Collection « Croix des fées »

Du même auteur,

AUX ÉDITIONS MNÉMOS

le Secret de Ji
Prix Ozone du meilleur roman de fantasy francophone, 1997
Prix de la Fondation Julia Verlanger, 1997

la Malerune
(en collaboration avec Michel ROBERT)

AUX ÉDITIONS BAYARD

la Malédiction du coquillage

la Reine des Amazones

le Baiser de la Subure

le Guetteur de dragons
Prix Européen du Roman pour Enfant, Poitiers 2003
Prix de l'Echappée-Livres, Annecy 2003
Prix du Livre Jeunesse, La Garde 2003

le Trophée des sorciers

AUX ÉDITIONS DEGLIAME

Prisonniers d'Harmonia

la Formule rouge
Prix du Livre Jeunesse, Lavelanet 2003

la Voie du voleur

le Guerrier de la tour

Pierre Grimbert

le Sang du Jal

les Enfants de Ji, tome 5

Editions Octobre

ISBN 978-2-915621-12-9
ISBN 2-915621-12-8
ISSN 1768-7705

Premier tirage

Editions Octobre
2 bis, chemin des cars - 59252 Marquette-en-Ostrevant

contact@ed-octobre.com
www.ed-octobre.com

JE M'APPELLE YAN. Yan d'Eza, selon les lois du Matriarcat, qui retiennent le nom du village natal en l'absence d'autre patronyme familial connu. Mais aussi Yan le Curieux, sobriquet marquant plus ou moins officiellement ma qualité de magicien. Pourtant, je n'avais pas fait usage de ma Volonté depuis plus de vingt ans. Depuis cette fois où mes amis et moi avions affronté Saat.

Cette nuit-là, contraint de fuir le sorcier qui prenait possession de mon corps, j'étais descendu dans le Mausolée de Sombre. Un labyrinthe de ténèbres et de puanteur, bâti dans le seul but de donner au monstre un terrain de jeu à la hauteur de sa cruauté. Et le démon était venu à ma rencontre, de manière brutale, ainsi qu'il fallait s'y attendre… Jouant avec moi comme un chat le fait avec une souris ; me frappant de griffes qu'il déployait en nombre, sans même me laisser l'occasion de l'entrevoir. J'aurais pu y perdre la vie ; mais le dernier-né de Karu finit malgré tout par écouter mon message. Par ma bouche, puis en fouillant mon esprit, il découvrit enfin la vérité sur celui qu'il considérait à tort comme son père, son frère, son ami enfin. Et dès lors, il refusa son soutien à Saat, condamnant la liche qu'était devenu le Goranais à une mort certaine…

Sombre lui-même disparut dans les profondeurs de son repaire, me laissant assourdi par ses cris de colère et de souffrance. Après quelques décilles, j'avais rassemblé assez de forces pour me traîner moi-même hors du labyrinthe, redoutant à chaque nouveau pas de sentir l'haleine chaude du monstre sur ma nuque. Cela n'arriva pas, pourtant, et je finis par me retrouver sous le ciel étoilé du pays wallatte, dans l'épilogue de la bataille entre les clans arques et les armées du sorcier… Il me fallut peu de temps pour retrouver mes amis, vivants, malgré leurs profondes blessures. Le soulagement que je ressentis alors effaça toutes les épreuves que nous avions pu endurer !

Saat était bel et bien mort, me confirmèrent-ils. Abattu de la main même de ma précieuse Léti, pour laquelle j'avais accompagné les héritiers dans leur quête… Notre périple semblait enfin achevé. Pourtant, mon regard se retournait inlassablement sur le Mausolée, où le plus redoutable des démons ruminait une frustration dont on ne pouvait qu'imaginer l'ampleur. Non, cela n'était sûrement pas terminé, *songeais-je malgré mon désir du contraire. Je n'eus pourtant le cœur de m'en ouvrir à mes amis, pendant les quelques décades de douce euphorie qui suivirent ces temps troublés. Ni même plus tard, alors que le monstre ne manifestait aucun signe de son courroux, et que je développais l'espoir de ne plus jamais en entendre parler…*

C'est à la naissance de mon fils, Cael, que mes inquiétudes revinrent en force.

Pas le jour même, bien sûr. Raisonnable de nature, je ne m'alarmai pas aux premiers pleurs de notre bébé… C'est en constatant que rien ni personne ne parvenait à l'apaiser que Léti et moi avons commencé à nous faire du souci. Et, après nous être assurés qu'il mangeait à sa faim, qu'il ne montrait aucune souffrance physique particulière, et qu'il n'était pas incommodé par un quelconque élément de son environnement, nous avons commencé à chercher d'autres explications. En nous souvenant que le petit Cael descendait, par sa mère, d'une lignée très particulière : celle des héritiers de Ji…

Faute de meilleure solution, nous avions placé le gwelom de Léti sur la poitrine hurlante de notre premier-né.

Et il s'était calmé, instantanément.

À notre soulagement de l'instant se mêla, très vite, l'angoisse de revivre tout ce que nous avions enduré pour vaincre Saat et retrouver la paix… Ainsi, dieux et démons ne nous avaient pas oubliés. Quelles que soient les intentions de Celui qui avait hanté Cael, il s'agissait d'un éternel, repoussé uniquement grâce au pouvoir de la pierre de Dara. Et nous ignorions pour combien de temps.

Les années passèrent, pourtant, charriant avec elles leur lot de joies et de préoccupations. Notre fils grandissait de la meilleure façon, se montrant aimant, d'esprit vif et de bonne constitution. En revanche, il était parfois sujet à des accès de colère dont lui-même ne gardait aucun souvenir… Grigán, la tante Corenn et moi évoquions rarement le sujet, mais nous avions deviné que ces crises de violence étaient la conséquence de cette influence divine des premiers jours. Et le coupable ne pouvait qu'être Sombre, même si Léti poussait les hauts cris dès que cette idée était seulement suggérée par l'un d'entre nous.

Il nous arrivait d'en discuter, pourtant. Avec toute la gravité nécessaire. Lorsque le petit groupe d'autrefois se réunissait, le plus souvent à Lorelia, dans le manoir du duc qu'était devenu Reyan… Alors, nous évoquions toutes les choses dont nous avions été témoins ou acteurs ; celles auxquelles on faisait d'ordinaire allusion d'un simple regard entendu. Et pendant que nous chuchotions les noms de Saat et de son démon, que nous méditions sur l'identité de l'Adversaire, sur l'Âge d'Ys, et sur les portes menant au Jal, nos enfants respectifs s'amusaient dans le jardin ou la pièce voisine…

La meilleure décision que nous ayons prise, à ces occasions, était de convenir d'un lieu de rendez-vous secret. Comme si nous pressentions que cela devait à l'avenir bouleverser le cours des choses… et sans pouvoir croire, malgré tout, qu'il nous arriverait de connaître encore une vie de fugitif.

Nous n'imaginions pas non plus que seuls nos enfants se retrouveraient sur la place des Repentis, en compagnie d'un Bowbaq désarmé devant les événements.

Pas plus que nous nous attendions à être un jour enlevés par une magie d'une incroyable puissance, pour nous voir ensuite retenus prisonniers au Jal'dara…

✢ ✢ ✢

La deuxième charge fut plus violente encore que la première. Une nouvelle fois, les troupes goranaises avaient brisé leur bel agencement pour se lancer à l'assaut des murailles de la cité... Contemplant la scène, le jeune capitaine qu'était Paulus ne put s'empêcher de frissonner. *Ils n'arriveraient peut-être pas à repousser l'attaque, cette fois.*

– Tirez ! hurla-t-il par-dessus le vacarme, d'une voix où pointait la panique.

Lui-même banda son arc pour lâcher un premier trait dans le ciel gris de l'Empire, en direction de la masse grouillante qui fondait sur eux. Il avait déjà fait s'envoler deux autres flèches que le moins maladroit de ses hommes décochait seulement son premier tir... *Ils sont trop inexpérimentés,* songea-t-il pour la centième fois depuis le début de la campagne. La moitié d'entre eux sortaient tout juste de l'adolescence ; et les autres s'étaient engagés pour des raisons plus mauvaises les unes que les autres... Soif de pillage et de butin, désir de fuir un quotidien misérable, haine irraisonnée de l'étranger, ou tout autre expression de l'égoïsme humain... Cela n'avait guère d'importance, en réalité. Ne restait qu'une évidence : ces Loreliens n'étaient pas faits pour la guerre.

– Plus vite ! exhortait leur capitaine, avec un sentiment d'impuissance grandissant.

Face à la horde de soldats qui accouraient, les compagnies d'archers représentaient la seule manière de contenir un tant soit peu l'assaut. Les rares balistes qui avaient résisté à la prise de la ville étaient trop longues à recharger, et l'on n'avait pas eu le temps de retirer le comble des fossés, ni de redresser les barres. Ainsi, on espérait que chaque flèche toucherait une cible, réduisant d'une petite unité les milliers de Goranais qui voulaient reprendre leur cité... et qui finirait par y parvenir, à n'en pas douter.

Paulus aurait voulu se trouver ailleurs, très loin de l'Empire où ils avaient eu l'audace de s'aventurer. Alors que la mort glissait vers lui, sous la forme d'une marée d'acier hérissée de glaives, il regretta de ne pas avoir déserté quand il en avait encore l'occasion. Quand son commandant, lui-même contraint par les généraux, avait lancé cet assaut contre une bourgade du sud de Partacle… La ville avait été prise, certes, mais quels avantages, quelle gloire en retirer ? Comme un peu partout aux frontières, les Loreliens avaient profité de l'effet de surprise, mais les Goranais n'avaient guère mis de temps à réagir et faire s'ébranler leurs innombrables armées. Et, à chaque jour qui passait, on recevait de tous les fronts des nouvelles de plus en plus mauvaises…

L'ennemi était désormais assez proche pour tenter de l'atteindre en tirs directs. Plutôt que de laisser ses traits terminer leur course au hasard des paraboles, le jeune capitaine commença donc à ajuster ses cibles… À vrai dire, elles étaient si nombreuses qu'il lui était impossible de ne pas faire mouche, même en cas de maladresse. En bon officier, il demanda à ses hommes de concentrer leurs efforts sur les porteurs d'échelles, de mâts et de grappins de toutes sortes ; tous objets identiques à ceux qu'ils avaient eux-mêmes utilisés à la décade précédente ! Beaucoup de Goranais tombaient sous les flèches qui se glissaient dans leurs visières, ou perçaient des armures trop fines, mais il était toujours autant de mains pour ramasser l'équipement et l'approcher plus près des modestes murailles…

Une autre clameur s'éleva soudain depuis l'intérieur de la ville ; plus exactement depuis le temple de Mishra, où l'on avait reclus les citadins survivants de la première bataille. Paulus ne voulait s'accorder qu'un instant de distraction, un simple regard, mais ce qu'il découvrit le pétrifia dans une expression d'une profonde gravité.

Les civils goranais avaient brisé les portes de leur prison, et ils se répandaient dans les rues en attaquant les Loreliens comme une meute de chiens affamés !

Il fallut un moment au capitaine pour s'arracher au spectacle horrible de ces lynchages, mais il retrouva une certaine lucidité en voyant quelques-uns des citadins s'avancer en direction des lourdes portes de la ville. Il devait les en empêcher à tout prix ; même si cela ne retardait la défaite que de quelques décans ! Il fallait caresser l'espoir d'un renfort inattendu ; c'était la seule manière de ne pas succomber au découragement, de ne pas se jeter la tête première au bas des murailles, pour en finir plus vite... Alors, avec un goût amer en bouche, il ordonna à ses archers de pivoter et de choisir désormais leurs cibles parmi les civils.

Lui-même lança trait après trait, en essayant de ne pas penser que ces hommes et femmes tentaient simplement de regagner leur liberté. Il s'efforçait d'oublier la sombre réalité : les Loreliens *étaient* les envahisseurs, et ces pauvres gens, des victimes... En revanche, il ne pouvait s'empêcher de juger la reine Agénor pour ses erreurs. Ces dernières allaient coûter la vie à des milliers et des milliers de personnes. Cette guerre contre Goran n'était *pas* une bonne croisade. Même si l'Empire se révélait effectivement coupable de l'assassinat des héritiers du trône, une telle campagne n'avait pas lieu d'être : elle était vouée à l'échec, dès le départ. Les généraux avaient certainement prévenu la reine ; ils avaient dû la mettre en garde contre les dangers de ses appels à la mobilisation, contre la précipitation... Elle n'avait rien écouté, probablement aveuglée par le deuil de son frère et de ses neveux. Et ainsi, très, très loin de Lorelia, des innocents tombaient par centaines, dans un camp comme dans l'autre...

En voyant les premiers ennemis se hisser sur les créneaux, Paulus songea qu'il aurait très bientôt l'occasion de payer pour ses propres crimes. Cela ne l'empêcha pas d'encocher une autre flèche. D'une main tremblante, cette fois.

✢ ✢ ✢

Je venais de libérer mes petits élèves, ce jour-là. Il n'avait pas dû se passer deux décimes, entre leur départ pour le village tout proche, et l'événement qui a suivi...

C'était vers la moitié du troisième décan, en fin de matinée. Léti avait pareillement renvoyé nos deux palefreniers chez eux, et jusqu'au lendemain, comme d'habitude. Je l'aidai à finir de fermer les stalles, et nous nous dirigions tranquillement vers la maison, main dans la main. En discutant des progrès de chacun de nos protégés, poulains ou gamins à qui j'apprenais à lire et écrire ; et en réfléchissant à la composition du repas que nous allions partager.

Nous nous sommes arrêtés presque en même temps, soudain éblouis par une lumière dont nous ne comprenions pas l'origine. Un instant, il me sembla être en face d'un véritable soleil, heureusement sans brûlure comparable… Cette sphère avait surgi de nulle part, juste devant nous, et elle grandissait à une telle vitesse que nous n'eûmes pas même le temps de faire un pas en arrière !

Impuissant, je me sentis happé, puis retenu à l'intérieur de cette lumière, comme si elle avait déployé un membre éthéré pour m'y contraindre. Comprenant que nos efforts pour y échapper seraient vains, je serrai la main de Léti autant que possible, angoissé à l'idée que cette étrange magie puisse nous séparer… Cela dura le temps de quelques battements de cœur, puis le soleil se retira progressivement, nous laissant hébétés et aveugles.

Je compris rapidement que nous n'étions plus au même endroit. Une fois au cœur de la sphère, nous avions connu une brève sensation de flottement, et le sol sur lequel nos pieds étaient désormais posés n'avait rien à voir avec le pavage et la terre damée de notre haras. Ainsi en allait-il des odeurs, de la fraîcheur de l'air, des bruits environnants, tous différents de notre réalité… Chacun de ces détails portait en lui quelque chose d'étrangement grisant. Avant même d'avoir complètement recouvré la vue, j'acceptai la seule explication possible.

Cette lumière surnaturelle nous avait ramené au Jal'dara !

Bientôt, nos yeux finirent par récupérer un peu de leurs facultés, nous permettant de confirmer notre pressentiment. J'échangeai un regard d'incompréhension avec Léti ; mais nous n'avions pas encore prononcé un mot que la sphère faisait une nouvelle et soudaine apparition… Cette fois, nous eûmes le temps de prendre un peu de distance avec le phénomène, foulant pour la deuxième fois de notre vie l'herbe douce du berceau des dieux.

Cela fut bref, et d'une telle intensité que nous dûmes à nouveau fermer les paupières… Quand nous pûmes les rouvrir, ce fut pour découvrir Grigán et Corenn à la place de la boule de lumière !

Encore aveuglé, le guerrier n'en brandissait pas moins sa lame courbe, mais je n'avais jusqu'alors remarqué aucun danger immédiat.

Par quelques appels et paroles rassurantes, nous les informions de notre présence et de la situation… Moins d'une décille s'écoula avant que ce soleil magique ne revienne, déposant cette fois Reyan et Lana dans les jardins de Dara.

Nous nous préoccupions surtout de nous signaler les uns aux autres, mais mille questions plus graves bousculaient mes pensées. À commencer par : que faisions-nous là ? Qui nous y avait ramenés ? Pourquoi ? Le devions-nous à la magie des portes ? À Nol l'Étrange ? Un événement avait dû déclencher le phénomène, et il me tardait de savoir lequel… Mais aurions-nous seulement cette chance ?

La sphère fit bientôt une quatrième apparition, en élargissant son diamètre de manière beaucoup plus conséquente, cette fois. Et, alors que la lumière se dissipait à nouveau, nous découvrions pas moins de sept personnes, en seuls vêtements de corps et trempées comme au sortir du bain… Il me fallut quelques instants pour reconnaître Ispen, la femme de Bowbaq, et toute leur glorieuse descendance, dont deux garçonnets apeurés.

Deux nouvelles questions vinrent alors me torturer : tout d'abord, pourquoi Bowbaq et sa petite-fille, Niss, n'étaient-ils pas avec ce groupe ?

Enfin, pourquoi les autres héritiers, nos enfants, n'avaient-ils pas été pareillement transportés ?

Aucune logique n'affirmait qu'il devait en être ainsi ; pourtant, il me suffisait de consulter mes amis du regard pour m'assurer qu'ils partageaient ces impressions. Quelle que soit cette magie, elle avait commencé à rassembler nos familles au Jal. Cela ne pouvait s'arrêter là, en laissant nos clans incomplets…

Et pourtant, les décilles passèrent sans que la sphère ne se matérialise à nouveau. Progressivement, nous abandonnâmes l'idée d'être rejoints par Amanón, Nolan, Eryne, ou… Cael.

En revanche, après avoir confronté nos récits, réconforté les plus jeunes, et réparti le peu d'équipement en notre possession, nous nous mîmes en quête de Nol l'Étrange, seul à pouvoir nous éclairer sur ces mystères.

Sans surprise, nous le trouvâmes près de l'immense porte qui dominait la vallée.

Son expression était plus grave encore que dans mes souvenirs. Et le regard triste qu'il posa sur nous me glaça les sangs.

+ + +

Le bruit d'une pierre dégringolant la falaise fit dresser l'oreille de la créature, un instant même avant qu'elle ne fut tout à fait réveillée. Même après des siècles d'une existence monotone, ses sens de félin étaient toujours aussi aiguisés. Une courte inspiration lui suffit à ramener du sang frais dans ses membres puissants, au pelage blanchi par le passage des saisons... Et, après un bref étirement, elle se jeta au bas du rocher sur lequel elle se chauffait depuis qu'elle était née des hommes. Ce qui semblait faire une éternité.

Son regard d'émeraude balaya rapidement les parois de l'immense cuvette rocheuse dont elle était prisonnière. Le paysage était tellement ancré dans sa mémoire qu'elle localisa sans peine l'endroit où s'était produit l'éboulement. Un bien grand mot, pour désigner un banal morceau de paroi cédant à la fatigue et à la gravité... Après une autre inspection, la créature dressa ses moustaches vers le ciel du crépuscule, en se concentrant sur les plus infimes odeurs qui pouvaient descendre jusqu'à elle. Elle ne décela rien qui sortît de l'ordinaire. Alors, elle s'abandonna à un long bâillement qui s'acheva sur un claquement de mâchoires, puis entreprit de faire le tour de son territoire, d'un pas leste et pourtant alourdi d'un profond ennui.

Il y avait fort longtemps qu'elle n'avait pas vu, ou juste flairé, une créature vivante. Même les bouquetins et autres yaks sauvages s'étaient faits de plus en plus rares, ces derniers siècles, pour finir par disparaître complètement des environs. Le félin, qui dépassait en taille et en poids les plus massifs de ces animaux, regrettait beaucoup l'époque où certaines bêtes manquaient leur pas en haut des falaises, pour dégringoler jusque dans la cuvette d'où elles ne devaient jamais remonter... Ce n'était pas tellement la faim qui l'emplissait de nostalgie ; il avait appris à vivre avec, et sa nature immortelle le mettait à l'abri d'une réelle dépendance physique. En revanche, tout ce qui pouvait lui apporter une distraction, aussi fugace fut-elle, était le bienvenu. Comme chacun des Éternels Gardiens, le félin connaissait un tel désœuvrement que rester plongé dans le sommeil devenait la plus intéressante de ses activités...

Il s'arrêta en un point éloigné du centre, s'assit sur ses pattes arrière, puis contempla l'arche granitique dont il était censé défendre l'accès. Aucun humain n'était pourtant monté jusqu'ici depuis plus de mille ans ! Et la porte ne s'était pas davantage rouverte sur l'une ou l'autre des faces du Jal... Les nouveaux dieux ne venaient plus prendre place dans le monde en empruntant ce chemin. Parfois, la créature se demandait s'il restait seulement des hommes pour nourrir les éternels de leurs prières. Il y en avait eu beaucoup, autrefois, et même dans ces montagnes escarpées qui entouraient sa prison... Puis, de moins en moins. Et finalement plus du tout, comme si les mortels avaient déserté cette région qu'ils appelaient Jérusnie, à moins que leur race ne se soit éteinte pour de bon.

Les capacités émotives du félin étaient heureusement limitées, car tout être pensant prisonnier de cette situation aurait sombré dans le plus profond des désespoirs. Le Gardien, lui, devait bien se contenter de tenir le rôle qu'on lui avait attribué. En conservant au ventre le désir de voir son quotidien troublé par une visite, aussi insignifiante fut-elle...

Il retournait justement se coucher sur sa pierre favorite, la patte lourde et l'échine basse, quand son souhait fut soudain exaucé. Mais à peine prenait-il conscience d'une présence inconnue, que les événements s'enchaînaient avec une rapidité inattendue ! Une rapidité qui n'avait d'égale que l'extrême violence de la scène...

Le félin eut à peine le temps de voir une ombre plonger sur son dos, depuis une hauteur qu'il ne pouvait qu'imaginer. L'instant suivant, il reconnaissait en cette ombre le dernier-né de Karu, sous un avatar fait de griffes et de crocs... Et le Gardien n'avait pas encore compris l'imminence de sa propre mort, que Celui-qui-Vainc traçait déjà des sillons sanglants dans sa chair dix fois millénaire, sans lui laisser la moindre chance de riposter d'un coup de patte ou de gueule.

Le temps de quelques battements de cœur, et ce fut fini. Le félin géant, Éternel Gardien de la porte perdue de Jérusnie, s'écroula sur son flanc meurtri, laissant sa tête basculer sur la roche qu'il avait tant arpentée. Il n'eut pas même l'occasion de comprendre qu'il quittait, ainsi et enfin, sa prison... Et l'ultime chose que son regard perçut fut le nuage de poussière soulevé par son dernier souffle.

Son ouïe si fine n'aurait pas supporté le démoniaque cri de victoire qui s'ensuivit, et qui résonna longtemps, dans ces montagnes abandonnées par les hommes.

✢ ✢ ✢

Le Doyen éternel retint nos questions d'une seule main levée, puis nous invita à nous asseoir à même le sol, au pied de cette arche dont il était le Gardien. J'ignore pourquoi nous avons obéi sans discuter ; sans doute étions-nous encore sujets à l'étrange euphorie qui emporte quiconque pose le pied dans les jardins, altérant le caractère... À moins, tout simplement, que notre impatience à entendre quelques explications ait surpassé notre révolte à être ainsi manipulés, déplacés, puis abandonnés comme de vulgaires jouets de bois. Toujours est-il que nous nous sommes pliés à sa demande, dans un silence à la hauteur de la gravité de l'instant.

Nol sembla chercher ses mots, ce qui ne ressemblait guère à Celui-qui-Enseigne... Il finit par avouer sa propre surprise. Il ne s'attendait pas à notre arrivée ; du moins, il n'en avait été averti que quelques décilles plus tôt. Il nous expliqua que la responsable de ces événements, la déesse qui nous avait transportés jusqu'à Dara, se nommait Aliandra du Soleil. Celle-qui-Songe. Et, alors qu'il prononçait ce nom, l'éternel sembla s'étrangler sur un sanglot. Un sanglot qui fit vibrer tout ce qu'il y avait en nous de plus sensible !

Le Doyen reprit rapidement contenance, néanmoins, retrouvant l'expression patiente et impassible qui le caractérisait. Il nous révéla bientôt qu'Aliandra était la seule, parmi les immortels, à pouvoir errer entre le Jal et le monde connu sans même utiliser les portes. Car elle était la déesse de l'esprit et des rêves, celle qui faisait voyager les âmes dans des contrées qu'elles n'imaginaient pas... Dara et Karu étaient donc ses territoires de prédilection, et elle y menait, puis protégeait les hommes endormis au gré de leurs désirs enfouis.

Du moins, c'était ce qu'elle faisait avant, *nous précisa l'Étrange avec gravité. Car Sombre venait de souffler son étincelle divine. Quelques décilles seulement après notre arrivée au Jal.*

L'annonce nous frappa avec une rare violence, bien entendu. Cela était si lourd de conséquences que nous ne trouvions même pas les mots pour exprimer nos angoisses réveillées. Ainsi, le démon avait refait surface. Et il se montrait assez puissant et cruel pour frapper dans les rangs mêmes des immortels... Quel rôle involontaire avions-nous joué dans cette tragédie ? Et qu'en était-il du sort de nos enfants ?

Nol s'efforça de répondre à nos questions, mais ce qu'il nous apprit, bien que clarifiant la situation, ne gomma pas nos inquiétudes. Ainsi, il nous raconta que Sombre s'était déclaré leur maître à tous, une année plus tôt environ. La plupart des éternels ayant choisi de l'ignorer, il était passé aux menaces... On l'avait alors pris au sérieux : n'était-il pas Celui-qui-Vainc ? Deux camps s'étaient peu à peu formés. L'un regroupant ceux qui avaient prêté allégeance au démon, dont Zuïa, Soltan, le Yoss, K'lur, et autres enfants généralement issus de Karu. L'autre, celui des indécis, trop effrayés pour s'opposer directement à Sombre, mais incapables de se soumettre à sa volonté, en raison de leur appartenance à Dara...

Le temps passa, sans que le monstre ne mette ses menaces à exécution. En revanche, il se montrait fort actif auprès des mortels, préparant avec quelques alliés humains des événements qui devaient changer à jamais la face du monde. Nol lui-même, Eurydis, et une poignée d'autres immortels dont Aliandra comprirent que cela pourrait définitivement empêcher l'avènement de l'Âge d'Ys... Cette ère promise qu'ils attendaient depuis toujours, et que l'on appelait également l'Harmonie, le Nouvel Éon, ou l'Âge de Raison. Cela les décida à entrer dans une lutte plus active ; pour autant, leurs moyens étaient limités, et le danger réel. Ils résolurent de concentrer leur attention sur les héritiers, et de leur apporter toute l'aide possible quand s'engagerait le combat entre le démon et l'Adversaire. Ainsi commença l'attente…

Celle-ci venait de prendre fin. Sombre connaissait ses ennemis, et il avait choisi de faire la preuve de sa puissance sur Aliandra : elle était la seule à pouvoir mettre les héritiers à l'abri à Dara, et il le savait parfaitement. La déesse n'avait même pas cherché à lutter dans ce combat perdu d'avance ; et alors que le monstre déchirait son enveloppe charnelle de toutes ses griffes, elle avait sacrifié ses dernières forces pour nous transporter, mes amis et moi, dans le seul endroit où le démon ne pouvait pas entrer…Ces jardins où nous étions assis.

Mon admiration et ma gratitude pour la martyre étaient infinies, mais à cet instant nous ne pensions qu'à nos enfants. Les hostilités étant ouvertes, Sombre allait probablement déployer toute son énergie pour les anéantir ! Nol nous rappela que Cael et les autres portaient des gweloms, et qu'il était dès lors impossible de les retrouver… que l'on soit dieu, ou démon. Ainsi, Aliandra elle-même n'avait pu rassembler les clans comme ils le souhaitaient.

Nous n'eûmes pas besoin de nous concerter, pour ramasser des pierres et exhorter l'Étrange à nous ouvrir un passage vers notre monde, le plus proche possible de nos familles… Mais le Doyen s'y refusa catégoriquement. Le danger était trop grand de perdre l'Adversaire, *prétendait-il.* Le sacrifice d'Aliandra ne devait pas être vain.

Nous eûmes beau tenter de le raisonner, de négocier le départ d'au moins quelques-uns d'entre nous, d'expliquer tout l'intérêt de mettre à l'abri chacun des héritiers en vie… Jamais il ne changea d'avis. Ils trouveront le chemin de Dara, *promettait-il.* Ou ils finiront par croiser le chemin d'Eurydis en personne, ou d'un de ses alliés, et ils seront alors reconnus et guidés. *Je ne demandais qu'à le croire, mais tout cela me paraissait bien hasardeux ! Comment nos enfants pourraient-ils nous retrouver en ces lieux étranges, alors qu'ils n'avaient aucune connaissance de notre ancienne aventure ? Et comment ne pas trembler à l'idée qu'ils croisent le chemin de Sombre* avant *celui d'Eurydis ?*

Torturés par l'angoisse, désespérés par notre impuissance, certains d'entre nous n'hésitèrent pas à menacer Nol, en des termes de plus en plus durs, s'il persistait à maintenir la porte fermée. En sachant pertinemment que l'éternel n'avait rien à craindre de nous... Néanmoins, Grigán, Rey et ma Léti finirent par encercler l'Étrange avec une animosité grandissante, au point que je finisse par me demander lequel, le premier, allait oser porter la main sur le dieu !

Ils n'en eurent pas l'occasion. Pas plus que Corenn n'eut le temps d'apaiser les esprits, ou Lana celui de finir la prière fervente qu'elle adressait à Celle-qui-Guide...Tous, nous fûmes pris d'une soudaine et puissante torpeur, faisant fléchir nos jambes et nous écrouler comme des poupées de chiffons. L'instant suivant, nous perdions conscience de ce qui nous entourait, plongeant dans ce sommeil si profond typique des séjours au Jal.

À notre réveil, nous nous découvrions sur une corniche surplombant les jardins, sans aucun moyen de nous en échapper. Les décans, puis les jours passèrent, et nous dûmes nous rendre à l'évidence : Nol avait décidé de nous garder prisonniers.

Nous n'eûmes l'occasion de lui reparler qu'à une seule reprise. Ce fut après notre tentative de communiquer avec le monde réel. Alors que le Doyen avait ouvert le passage sous l'arche, malheureusement inaccessible, j'avais utilisé mes pouvoirs pour lancer un message en direction de la Place des Repentis de Lorelia... Un message que quelques esprits inconnus seulement allaient entendre, et qui disait brièvement : « Cael, nous sommes vivants. »

Nol s'était ensuite présenté sur notre corniche, sans que nous comprenions comment il s'y était pris. En quelques mots, il nous avait expliqué que ce que nous venions de tenter avait pu mettre en danger les enfants que nous voulions justement protéger. Puis il avait disparu, et jamais plus il n'avait rouvert la porte pendant nos périodes de veille.

Je savais pertinemment que mon message avait dû alerter Sombre. Mais au regard de la situation, ça ne me semblait qu'un moindre mal. Bowbaq, Niss, Eryne, Nolan, Amanón et Cael, s'ils étaient vivants, s'ils avaient pu se rassembler, devaient savoir que nous allions bien. Ils devaient garder l'espoir, comme nous-mêmes nous y étions attachés, une vingtaine d'années plus tôt. Et comme nous nous y sommes accrochés, sur cette corniche entre ciel et terre, dans un endroit qui n'existe pas vraiment...

Les jours ont continué à passer, d'autant plus cruellement que nous connaissions la faculté du Jal à faire fuir le temps plus vite. Depuis combien de décades nos enfants étaient-ils poursuivis par le démon ? Étaient-ils toujours en vie ? Sombre n'avait pas proclamé sa victoire ; du moins, Nol ne nous en avait pas fait part… Et nous continuions à nous angoisser, rongés par notre impuissance, torturés par les pensées les plus tristes qui venaient inévitablement hanter nos esprits.

Jusqu'à cette dernière aube, où nous avons découvert un escalier taillé à même la falaise. Ou plutôt, mystérieusement surgi de la roche, en une seule nuit. Nous avons enfin quitté notre corniche, pour rencontrer Nol à l'ombre d'un cerisier… « Ils arrivent », avait-il simplement dit.

Et nous nous sommes mis à courir en direction des voix familières, depuis trop longtemps espérées, avant de tomber dans les bras de personnes que nous n'étions pas certains de revoir un jour. L'émotion que nous ressentions tous, décuplée par les pouvoirs de Jal, me plongea dans un vertige de plus en plus profond… J'eus le temps de serrer mon fils contre ma poitrine, de prendre son visage d'adolescent dans mes mains, avant de succomber à l'euphorie étourdissante de Dara.

Je m'endormis en songeant qu'il avait grandi, qu'il s'était endurci, en largeur d'épaules comme en esprit. Et aussi que, loin derrière la joie de nos retrouvailles, il gardait dans le regard un étrange mélange de tristesse et de colère…

De cette colère qui peut souffler les vies éternelles.

Livre XIX

la Dernière porte

L'HERBE ÉTAIT DOUCE, et fraîche, très agréable sous le soleil bienveillant qui baignait l'endroit. Le sens du toucher fut donc la première chose qui se réveilla chez Niss, et cela mit beaucoup plus de temps qu'il n'en faut d'ordinaire. Dans sa semi-inconscience, la jeune fille savait que les vertiges la reprendraient aussitôt, si elle essayait de brusquer les choses… Et donc, elle décida de laisser son esprit remonter lentement de la léthargie dans laquelle elle avait sombré, avant de demander le moindre mouvement à son corps détendu.

Après avoir recouvré le toucher, elle put à nouveau jouir de l'odorat, puis de l'ouïe. Le goût lui revint peu après ; et elle ne doutait pas de pouvoir désormais soulever les paupières… mais elle s'y refusait encore, préférant s'habituer doucement aux mille sensations qui assaillaient ses autres sens, et qui menaçaient de la replonger dans une ivresse soporifique.

Après quelques décilles, peut-être davantage, passées à s'imprégner et à amadouer l'atmosphère des lieux, elle se risqua enfin à ouvrir les yeux. Son instinct ne l'avait pas trompée : le ciel était déjà celui du crépuscule ; elle avait dormi toute la journée !

Elle attendit un moment encore, puis se redressa sur les coudes, soulagée de ne pas affronter de nouveaux vertiges. Le spectacle des silhouettes allongées autour manqua néanmoins de la faire chavirer. *Elle n'avait pas rêvé, ils étaient bien tous là...* Tous les héritiers, assoupis sur l'herbe des jardins dans des postures diverses, mais toujours près des êtres qui leur avaient tellement manqués. Là-bas, Yan, Cael et Léti, la Kaulienne gardant son fils serré contre son épaule, même au plus profond du sommeil... Plus loin, Corenn, Grigán et Amanón, les deux hommes offrant le singulier spectacle de leur ressemblance, jusque dans leurs vêtements noirs et leurs lames courbes...

À quelques pas reposait la famille de Kercyan, composée du beau duc Reyan, à la fine barbe blonde, de l'Emaz Lana, et de Nolan et Eryne, à l'apparence soudain rajeunie par la présence de leurs aînés. Mais n'en allait-il pas ainsi pour eux tous ? Plus troublant était la présence de Zejabel dans ce groupe, l'ancienne Kahati ayant dû être entraînée par ses amis... Niss se demanda s'ils avaient eu le temps de s'acquitter des présentations. Probablement pas. Leur joie décuplée par la magie des jardins, les héritiers avaient succombé à cette étrange langueur quelques instants à peine après être tombés dans les bras les uns des autres. Ils avaient été prévenus que cela pourrait arriver ; voilà qui confirmait l'avertissement ! Et la jeune fille avait au moins une raison supplémentaire de se laisser aller à l'allégresse : ce nouveau et long baiser échangé avec Cael... Elle se caressa les lèvres du bout des doigts, puis jeta un regard à la silhouette endormie de l'adolescent. Pour cela aussi, elle était heureuse d'être parvenue au Jal.

Les jambes encore faibles, elle se redressa sur les mains, s'assit pour de bon et contempla son propre entourage. Les neuf membres connus de sa famille étaient rassemblés là, affalés autour d'un Bowbaq qui en paraissait plus gigantesque que jamais. Le grand-père tenait Jeran et Tolomin dans chacun de ses bras, et l'on devinait qu'aucune force au monde n'aurait réussi à lui arracher les garçonnets. La grand-Mère Ispen était juste à côté ; elle affichait ce sourire paisible qui ne quittait presque jamais ses lèvres… La tante Iulane et l'oncle Harqi fermaient le cercle de l'autre côté ; tandis que les propres parents de Niss, Robe et Prad, s'étaient assoupis pratiquement contre leur fille unique.

L'adolescente resta un bon moment à profiter de cette image, voulant en graver chaque détail dans sa mémoire… Elle avait payé le prix fort, pour retrouver les siens. Elle avait connu la noyade et le jugement de Zuïa ; elle avait projeté son esprit dans une multitude d'ennemis différents, dont celui d'un lémure, et celui du démon qui habitait Cael… Elle n'oubliait pas non plus toutes les autres épreuves, les voyages difficiles, les privations, les angoisses, les drames. Mais, enfin, ils étaient parvenus à leur but : rassembler les clans. Pour le reste, ces histoires d'Adversaire et de combat contre Sombre… Eh bien, la jeune fille se sentait désormais beaucoup moins concernée. On verrait tout cela plus tard. Ensemble.

Elle attendit un moment encore, voulant assister au réveil de chacun, mais l'envie de prolonger son bonheur en faisant quelques pas dans ce lieu privilégié finit par l'emporter. Avec un luxe de précautions, elle s'extirpa du nid humain et contempla le paysage à loisir… La chose la plus remarquable était l'énorme arche de pierre qui dominait la vallée, et que l'on identifiait même à cette grande distance. Pour le reste, le Jal'dara était conforme aux descriptions de Bowbaq et du journal de Corenn : il s'agissait d'un territoire bordé de hautes falaises, et dont l'apparence tenait à la fois du coin de nature sauvage et des jardins parfaitement entretenus. Ainsi, Niss pouvait entendre le gazouillis de plusieurs centaines d'oiseaux, mais aurait-elle cherché la moindre fiente qu'elle aurait en cela échoué. De même, l'herbe qui tapissait le sol accueillait une myriade de fleurs des champs, mais aucune qui ne soit urticante ou parasite… Dans ses moindres détails, Dara représentait le paysage idéal, à tel point que son existence était résolument impossible, défiant la nature même qu'il était censé sublimer.

La jeune fille avait déjà visité ces jardins, bien avant ce jour heureux. Même s'il lui avait fallu, pour qu'elle s'en souvienne, s'y retrouver en chair et en os… Ce territoire était celui du Rêve, elle en était certaine. Elle y avait séjourné à deux reprises, plus ou moins brièvement, après ses expériences de la mort… Et, à bien y réfléchir, même l'immense porte qui trônait sur les hauteurs lui semblait familière. N'avait-elle pas eu l'impression de franchir une distance infinie, après chacune de ses agonies ? N'avait-elle pas pénétré une étrange lumière, avant que son esprit ne commence à errer entre ces montagnes, à la recherche des enfants qu'elle savait pouvoir y trouver ?

Cette dernière pensée renforça d'autant sa conviction. Les enfants, *les enfants dieux* ! Comment avait-elle pu manquer de faire le rapprochement plus tôt ? Elle pressentit avoir touché du doigt quelque chose d'important, mais sa curiosité d'adolescente la poussa à chercher l'un de ces êtres légendaires, plutôt que de poursuivre sa réflexion. Le cœur battant d'excitation, elle scruta les environs avec un intérêt décuplé, puis commença à contourner les plus proches des bosquets qui lui bouchaient la vue…

C'est alors qu'elle aperçut un de ces jeunes éternels, un garçon en très bas âge, à peine plus grand que Tolomin.

Et, face à lui, était assis Ke'b'ree.

Le premier sentiment qui traversa Niss fut la honte : jusqu'alors, elle n'avait pas prêté attention à l'absence du Wallatte ! Comment avait-elle pu l'oublier ainsi ? Seuls l'ivresse du Jal et la joie des retrouvailles excusaient un peu son égoïsme…

Sa deuxième émotion, brève, fut de s'inquiéter de ce que le fils de Saat projetait de faire avec cet enfant dieu. Et elle se reprocha aussitôt, avec une violente amertume, d'avoir eu cette pensée ! Sans Keb, jamais ils n'auraient survécu jusqu'à ce dénouement heureux ! Et il avait maintes fois prouvé sa loyauté envers les membres du groupe… Pourtant, la jeune fille ne pouvait oublier complètement la prophétie d'Usul. *L'un d'entre eux devait trahir les autres.* À voir le barbare ainsi esseulé, sans famille à embrasser, on était forcément tenté de porter les soupçons sur lui. Et, puisqu'il s'était réveillé le premier, on pouvait se demander ce qu'il avait bien pu faire depuis…

Elle s'approcha le plus doucement possible, craignant d'effrayer le garçonnet qui dansait d'un pied sur l'autre. En réalité, l'éternel lui accorda à peine un regard. Toute son attention était concentrée sur Keb, à qui il adressait des sourires aussi francs que d'une extrême brièveté... Niss comprit la situation lorsqu'elle arriva au niveau du Wallatte, et qu'elle surprit une grimace ridicule sur son visage. Le barbare se recomposa aussitôt une expression sérieuse, mais il ne tint que quelques instants avant d'à nouveau tirer la langue et d'éclairer d'une joie éphémère les traits de l'enfant dieu ! La jeune fille elle-même ne put se retenir de pouffer, s'attirant aussitôt le regard fixe et curieux du bambin.

— Ça fait deux bons décimes qu'il n'a pas bougé de là, chuchota Keb d'une voix amusée. Et il n'y a pas moyen de lui arracher un mot !

— Grand-père dit qu'ils ne parlent presque jamais, confirma Niss, sans cesser de sourire à l'éternel. Ils sont surtout à l'écoute des esprits...

Après quelques instants, le garçonnet se détourna de ses visiteurs pour reporter son attention sur un papillon aux ailes dorées, qui venait de passer devant son nez. Il tendit la main comme pour l'attraper, mais se contenta de le suivre deux pas plus loin, où il posa ses fesses nues dans l'herbe pour suivre le vol hasardeux de l'insecte. Niss remarqua alors la mine rembrunie du barbare. Elle regretta d'avoir interrompu la séance de grimaces, mais Keb ne pouvait tout de même pas lui en vouloir pour ça... Il observait l'enfant d'un air à la fois triste et bienveillant, ruminant des pensées qui n'étaient pas si difficiles à deviner. Après tout, le Wallatte lui-même était *peut-être* le père du bébé d'Eryne ! Et c'était forcément ce *peut-être* qui le rongeait... À moins qu'il ne réfléchisse au crime de Saat, qui avait perverti l'esprit d'un tel bambin pour en faire le plus redoutable des démons jamais sorti du Jal. Le fardeau de Ke'b'ree était décidément bien lourd à porter !

Devant le spectacle de pure innocence de cet enfant, Niss songea que l'acte du sorcier était d'une monstruosité sans égale. Sombre lui-même n'était, somme toute, qu'une victime de l'ancien ministre goranais... Une victime qui répétait les atrocités qu'on lui avait fait subir, en altérant les esprits pour les plier à son image, comme elle avait tenté de le faire avec Cael.

En imaginant que le garçonnet, fasciné par le papillon, pouvait un jour devenir une terrible créature assoiffée de cruauté, Niss sentit toute sa détermination revenir. Les héritiers étaient rassemblés, certes, mais leur quête n'était pas finie. Ils *devaient* arrêter Sombre.

+ + +

Lorsqu'il ouvrit les yeux, Amanón ne fut pas surpris de voir Grigán déjà debout. À soixante-cinq ans passés, le guerrier ramgrith semblait toujours aussi alerte et résistant qu'il l'était deux décennies plus tôt... Le jeune homme n'avait d'ailleurs pas souvenir d'avoir déjà vu son père malade, ou simplement voûté par le sommeil. Cela s'expliquait en partie par la magie du Jal, qui accroissait la longévité des héritiers y ayant séjourné – dans la même mesure qu'elle diminuait, malheureusement, leur fertilité. Mais c'était surtout une caractéristique propre à un homme qui avait mené une vie de fugitif pendant plus de *vingt ans*, poursuivi par tous les assassins que lui envoyait le tyran Aleb-le-Borgne, et qui y avait survécu !

Le vétéran s'était installé, assis, sur le bagage de son fils. Il patientait en mâchonnant une brindille, ses yeux gris-noir posés sur le fond de la vallée... Ces mêmes yeux vinrent surprendre le sourire de l'interprète, au premier mouvement de ce dernier. Pendant un instant, toute leur complicité se concentra dans un échange de regards, puis Amanón accepta avec gratitude la main que son père lui tendait pour se relever.

Le jeune homme connut alors un regain de vertiges, et il dut se recueillir un moment pour recouvrer tous ses esprits. Il procéda ensuite à un rapide examen des environs... À part son père et lui-même, seuls Lana et Prad, l'aîné de Bowbaq, semblaient réveillés. Il nota avec inquiétude l'absence de Keb et Niss, mais se détendit presque aussitôt en les voyant revenir à pas tranquilles de derrière un bosquet. Alors seulement, l'interprète se pencha vers sa mère, paisiblement allongée sur l'herbe douce où ils s'étaient écroulés... Il lui caressa les cheveux, avec une infinie tendresse. Mais aussi avec le plus sincère des respects, pour cette femme dont la grande intelligence était connue dans tout le Matriarcat ! Sans les indications de Corenn, sans le testament qu'elle avait laissé à la jeune génération, jamais les héritiers ne seraient parvenus jusqu'au Jal. Ils auraient probablement péri des décades plus tôt, sous les coups de poignard de la Jurande, si ce n'était de la main de Zuïa ou de Sombre lui-même...

Enfin, Amanón reporta son attention sur Grigán, qui lui rendit son sourire bienveillant. Ils avaient tant et tant de choses à se dire, que le jeune homme ne savait pas par quoi commencer. Il brûlait également de connaître tous les détails de l'aventure de ses parents... Comment étaient-ils arrivés ici ? Pourquoi n'avaient-ils pu se retrouver plus tôt ? Que savaient-ils des ambitions de Sombre, ou des moyens de le vaincre ? Cent autres questions et débuts de récits cherchaient le moyen de franchir les lèvres de l'interprète, mais ce dernier ne parvenait qu'à promener son regard sur la beauté du Jal, sur les silhouettes endormies de ses compagnons, et sur le visage légèrement ridé du père qu'il avait cru ne jamais revoir.

– C'est la lame de Nero ? demanda bientôt Grigán, avec un léger signe de tête.

Amanón jeta un œil sur l'arme qui battait sa cuisse depuis six bonnes décades. Oui, c'était bien le cimeterre au large acier que lui avait offert l'ancien roi de Griteh... Le jeune homme ne l'avait jamais utilisé, ni même porté, avant le début de leur quête. Depuis, en revanche...

– Je m'y suis habitué, avoua-t-il d'un air amusé. Je me suis même souvenu de certaines de tes leçons, ajouta-t-il, non sans fierté. Ça m'a... été précieux. Plus d'une fois.

Le vétéran le contemplait avec un mélange d'admiration et de crainte rétrospective. Il devait lui être difficile d'imaginer son littéraire de fils en train de ferrailler !

– Tu as été blessé ? Des cicatrices ?

Amanón commença par opiner d'un air grave, mais il finit par rassurer son père d'un geste. Il avait souffert dans sa chair, oui, et à plus d'une occasion. Chacun d'eux avait payé le prix du sang, et sans la présence divine d'Eryne pour apaiser leurs maux, la plupart n'auraient pas survécu... Mais expliquer cela allait être long, et difficile, et le jeune homme préférait ne le faire qu'une seule fois. Lorsque tous auraient retrouvé conscience, et qu'ils auraient goûté un peu du bonheur de ces retrouvailles, comme lui-même en cet instant.

Grigán dut le comprendre, car il ne posa pas d'autres questions. En revanche, il n'attendit pas pour faire le récit de leur propre aventure, satisfaisant ainsi la curiosité d'Amanón... et le plongeant dans des réflexions teintées d'amertume. Ainsi, durant tout ce temps, les héritiers disparus étaient retenus prisonniers au Jal'dara. Dans le camp même dont ils étaient les défenseurs ! Et pour les retrouver, il aurait suffi d'enlever les gweloms et de se laisser guider par Eurydis ou l'un des alliés de Nol l'Étrange... Tout cela était d'un tel cynisme que le jeune homme en ressentit de la culpabilité : celle de ne pas avoir au moins *essayé*. Mais rien n'affirmait que Sombre n'aurait pas été le premier à fondre sur ses ennemis, après tout.

Pendant qu'ils discutaient, et alors que la nuit s'étendait de plus en plus sur les jardins, plusieurs de leurs compagnons émergèrent à leur tour de cette étrange léthargie. Les échanges de saluts amicaux étaient alors systématiques, mais pour l'instant, chacun des héritiers préférait savourer cette réunion au sein des petits cercles familiaux. Ainsi, une véritable fête d'embrassades et de chatouilles s'improvisa autour de Bowbaq, relancée à chaque fois qu'un des Arques ouvrait les yeux. Leur joie était d'autant plus grande que chacun pouvait constater la totale guérison de Niss ! La dernière fois que les disparus avaient vu la jeune fille, elle n'était qu'une ombre silencieuse et perdue dans son rêve ; et ils la retrouvaient là plus épanouie et souriante que jamais...

Keb lui-même s'était joint à ce groupe. Il multipliait les pirouettes avec les deux garçonnets, sous les éclats de rire du grand-père, avec qui il avait développé des liens d'amitiés au cours de leurs interminables parties de pêche. Et ni Prad ni Harqi, les deux jeunes hommes du clan, n'y trouvaient à redire, alors que les Wallattes étaient les ennemis historiques du Blanc-Pays, depuis la bataille du Mont-fleuri…

Plus loin, chez les de Kercyan, Zejabel avait commencé à s'entretenir avec Lana, et Reyan rejoignit bientôt leur discussion ; tandis que Cael, Yan et Léti se réveillaient presque en même temps, avant de s'abandonner à un long câlin silencieux. Amanón ne fut pas en reste de tendresse ; surtout quand Corenn reprit conscience à son tour, et qu'elle étreignit son fils unique pendant un si long moment qu'il finit par s'en trouver autant ému qu'embarrassé. Il lui fallut maintes fois répéter qu'il allait bien, et qu'elle lui avait manqué, pour qu'elle consente enfin à le lâcher à regret. Dès lors, elle recouvra la modération qui était de coutume chez les dirigeantes du Matriarcat, mais ses yeux pétillants d'émotion manifestaient aussi bien son soulagement que toutes les accolades du monde !

— Tu as trouvé le journal ? demanda-t-elle, d'une voix encore fébrile.

Le jeune homme acquiesça avec une expression complice, tapotant la poche intérieure de ses vêtements où il conservait les précieux carnets.

— Alors, vous savez tout de la situation, résuma la Mère. Et… vous avez vu les Ondines ? Ont-elles révélé l'identité de l'Adversaire ?

Amanón fut contrarié de voir le sourire de Corenn retomber, alors qu'il hochait négativement la tête… mais il n'avait aucune bonne raison de lui mentir. La nouvelle génération avait découvert une foule de choses sur l'histoire des portes et des Etheques, certes, mais pour ce qui était de leur combat majeur, ils n'avaient qu'une seule information à rapporter…

— Nous savons seulement qu'il fait partie de notre groupe, révéla-t-il à ses parents stupéfaits. Mais son nom n'est pas encore connu. Il semble qu'un événement choisira entre nous tous.

+ + +

La Züe se redressa d'un bond, comme frappée par la foudre. Au cours de cet étrange sommeil, il lui avait semblé entendre des pensées qui n'étaient pas les siennes. Exactement comme lorsqu'elle faisait appel à l'Esthesia, quand elle était encore la Kahati… Exactement comme ce que devait ressentir Eryne, jour après jour, depuis le début de son élévation. Sans doute les pouvoirs du Jal avaient-ils amplifié cette capacité, résiduelle, chez Zejabel… La jeune femme en conservait une impression plutôt désagréable, et il lui fallut quelques instants pour retrouver sa quiétude. Elle ne voulait plus voir son esprit altéré par qui que ce soit, dieu, ou mortel. *Jamais* plus.

Encore assise dans l'herbe, sous la lumière faiblissante du crépuscule, elle se demanda si les autres connaissaient de pareils songes. Ceux qui étaient déjà réveillés n'en semblaient pas choqués, en tout cas, comme en témoignaient leurs effusions de joie ! Zejabel était tentée d'aller se dégourdir un peu les jambes autour de ses différents amis, quand elle sentit soudain le regard qui pesait sur sa nuque. Elle se retourna pour reconnaître Lana, fière duchesse agenouillée entre les silhouettes assoupies de son époux et de ses enfants. *La mère de Nolan et d'Eryne !* songea-t-elle avec un soudain effroi ; le même qui l'avait saisi, quand le jeune Maz l'avait entraînée à la rencontre de ses parents.

— Emaz… Duchesse…, commença-t-elle à bredouiller, ignorant si elle devait se fendre d'une révérence, ou d'un autre signe de respect.

— *Lana*, seulement Lana, la rassura l'intéressée d'une voix douce. Nous sommes entre amies, n'est-ce pas ? Nous n'avons guère eu de temps pour lier connaissance, mais j'ai vu l'affection que vous portent ma fille et mon fils. *Nolan*, en particulier, précisa-t-elle avec un léger sourire.

L'ancienne Kahati sentit le rouge monter à ses joues. On lui avait décrit l'Emaz comme quelqu'un de sensible et à l'intelligence intuitive, mais Zejabel ne s'imaginait pas faire si tôt l'objet de ces talents ! Jusqu'à quel point la prêtresse avait-elle deviné les sentiments amoureux que partageaient son fils et la jeune femme ?

– Pardonnez-moi cette question, enchaîna la duchesse, mais êtes-vous originaire de Zuïa ?

L'intéressée fut parcourue d'un frisson glacé, puis tentée de mentir, mais songea que c'était la pire des manières de démarrer une nouvelle relation... Elle acquiesça donc, de manière presque imperceptible.

– J'ai renié le démon qui a volé mon enfance, ajouta-t-elle vivement. J'ai même tenté de la tuer, avec l'aide de votre fille. Nous sommes allés jusque dans son palais. Malheureusement, nous avons échoué.

Elle releva les yeux sur le visage de la prêtresse, s'attendant à y lire du scepticisme, de la méfiance ou du mépris, mais Lana n'exprimait qu'une profonde surprise !

– Il ne m'était jamais venu à l'esprit que Zuïa puisse avoir une forme incarnée, avoua-t-elle. Et je ne pensais pas non plus que... vous puissiez faire partie de... Pardonnez-moi, je ne voulais pas vous indisposer. J'étais seulement curieuse de vos origines. Je suis confuse...

– Nous sommes entre amies, la rassura la Züe, à son tour. Et je m'appelle Zejabel.

Un échange de sourire acheva de sceller cette nouvelle complicité. La jeune femme s'expliquait mieux le caractère doux et prévenant de Nolan ! Comment ne pas développer les meilleures qualités, en grandissant auprès d'une mère aussi sensible que Lana ? Un privilège que Zejabel n'avait malheureusement pas connu...

Un bâillement exagérément sonore brisa soudain le silence qui s'installait, avant que le duc Reyan ne se redresse et s'étire sans davantage de retenue. D'humeur facétieuse, il feignit d'attraper son épouse par les épaules pour la forcer à se recoucher. Il obtint ainsi l'éclat de rire recherché et daigna alors lui rendre sa liberté, lui-même couvant du regard Eryne et Nolan, que le bruit ne semblait pas déranger. Enfin, il sautilla sur ses fesses jusqu'à atteindre la main de Zejabel pour y déposer un sage baiser.

— J'ai entendu malgré moi vos confidences, avoua-t-il, l'œil malicieux. Et il me tarde maintenant de connaître tout le reste de l'histoire. Mais avant cela, voudriez-vous m'accorder une faveur ? Me permettez-vous d'annoncer moi-même la nouvelle à Grigán ?

— Certes, mais, heu… de quoi parlez-vous ?

— De vos origines. J'imagine déjà sa tête, quand il saura que nous comptons désormais une Züe parmi nos amis ! Et j'adore le titiller. C'est une vieille habitude entre nous.

La jeune fille ne répondit que par un silence hésitant, que le duc choisit de considérer comme un accord tacite ! Il bondit donc sur ses pieds, s'éloigna de quelques pas, mais revint près des deux femmes en apercevant Ke'b'ree qui approchait.

Zejabel trouva au barbare une expression très grave. Elle remarqua sans mal le regard appuyé qu'il portait sur la silhouette inconsciente d'Eryne. Égoïstement, elle se mit à espérer qu'il ne mentionne pas tout de suite l'aventure qu'il avait eue avec la damoiselle… ainsi que sa possible paternité. Cela allait altérer, brutalement, l'ambiance insouciante qui se tissait autour du réveil des héritiers. Il y avait un temps pour tout… Mais quand le Wallatte se posta, bien droit, face aux parents loreliens intrigués, la jeune femme crut pourtant que ce moment était déjà arrivé.

— Je suis le prince Kebree lu Wallos, fils de la reine Chebree, annonça-t-il du ton cérémonial qu'il employait parfois. Lorsque j'ai commencé ce voyage, c'était pour rencontrer celle que l'on nomme Emaz Lana…

Avant que quiconque n'ait pu faire un geste, il posa un genou à terre, devant la prêtresse stupéfaite ! Il se lança ensuite dans un récit si rapide que personne ne put, ni ne voulut l'interrompre.

— Il y a vingt-trois ans, vous avez eu l'occasion d'achever celle qui vous considérait comme une ennemie mortelle, poursuivit-il. Elle vous haïssait parce qu'elle voulait donner un fils à Saat, et que le sorcier n'excluait pas d'avoir plutôt ce fils avec vous... Elle a cherché à vous tuer. Elle vous a traquée. Pourtant, vous l'avez épargnée. Vous lui avez même permis de conserver son gwelom. Quand elle m'a demandé de vous retrouver, j'ai pensé qu'il s'agissait de vous témoigner notre gratitude. Je sais maintenant que ma mission ne visait qu'à vous attirer tous dans un piège, avoua-t-il, le front bas. Mais je sais également que la reconnaissance de ma mère à votre égard est sincère, et qu'elle n'agit que par crainte de la colère du démon. Quoi qu'il en soit, je vous dois la vie, autant qu'à elle. Sachez donc, Emaz Lana, que le prince de Wallos est à jamais votre serviteur.

Il acheva son discours en baissant le front, laissant la prêtresse, son époux et Zejabel dans un silence embarrassé. Après un instant d'hésitation, Lana posa doucement la main sur le crâne chevelu du barbare, geste qu'il semblait attendre. Il se redressa alors et bomba le torse en prenant une grande inspiration, désormais libéré d'un poids. La Züe le félicita d'un regard amical.

— Sauf erreur, tu es donc bien le fils de Saat, commenta Reyan d'un air songeur. L'enfant même de celui qui est responsable de tous ces drames. L'unique héritier de notre ennemi. Le...

— Je n'ai que mépris pour cet homme, coupa le Wallatte d'un air excédé. Mais si ça t'empêche quand même de me faire confiance, tant pis. Je ne suis pas à la recherche de nouveaux amis.

— Ça n'a rien à voir avec la confiance, démentit le duc, l'œil rieur. Bowbaq semble t'apprécier ; moi, ça me suffit comme garantie... En revanche, j'aurais une petite faveur à te demander. Tu me permettrais d'annoncer moi-même la nouvelle à Grigán ?

✢ ✢ ✢

Dans son rêve, Cael avait l'impression de se battre contre une véritable marée humaine. Une foule dont chaque membre souhaitait se frayer un chemin jusqu'à son corps, pour y imprimer sa trace personnelle… L'adolescent menait donc un combat perdu d'avance. Pire encore, il hésitait parfois sur la conduite à adopter. L'indécision le plongeait alors dans une angoisse toujours plus profonde : devait-il fuir cette multitude qui cherchait à le happer, ou au contraire s'abandonner à son écoute ? Tout aurait été plus simple, si la Voix de son démon intérieur ne s'était pas autant manifestée. Dans la plus complète des confusions, le jeune Kaulien passait de la résistance à la renonciation, de la colère à l'apaisement, sans que les milliers d'esprits qui l'assaillaient ne renoncent à s'inviter dans l'une de ses deux consciences…

Lorsqu'il s'éveilla enfin, il ne connut pas la sensation de repos qu'éprouvaient les autres héritiers. Toute cette période de sommeil n'avait été pour lui qu'une lutte interminable entre sa Voix, et l'influence bienveillante des jardins. Son démon avait finalement remporté la victoire, en tirant brutalement Cael de sa léthargie… L'adolescent se sentait comme vidé de son énergie, au bord de l'abattement. S'il ne s'était pas trouvé à Dara, la plus protectrice des faces du Jal, il aurait probablement de nouveau succombé à ses colères !

Sourd, ou plutôt insensible aux manifestations de joie de ses amis, il connut néanmoins une bouffée de bonheur en sentant la main de sa mère lui caresser les cheveux. Il n'entrouvrit les yeux que le temps de se rouler tout contre elle, avec une soif d'affection que rien ne semblait pouvoir étancher… L'instant d'après, son père se joignait aux câlins, plongeant l'adolescent dans une sorte de torpeur hypnotique. Le simple contact de ses parents lui faisait un bien fou. Ils n'avaient pas besoin de parler, ni même de se voir. Ils étaient là, juste là. À veiller sur lui. Comme quand ils l'accueillaient dans leur chambre, après ses cauchemars d'enfant. Comme quand il n'était qu'un bébé.

Comme quand Sombre s'efforçait de pervertir son esprit, et que Yan et Léti ne savaient plus quoi tenter pour apaiser les hurlements de leur nouveau-né…

Cette pensée acheva de faire chavirer Cael. Il sentit un unique sanglot monter de sa poitrine jusque dans sa gorge, puis ses larmes brûlantes ne coulèrent plus qu'en silence, trempant la chemise parfumée de sa mère, qui ne l'en serra que davantage. L'adolescent avait un terrible besoin de ce moment d'abandon. Ces derniers jours, il avait été plus souvent le rejeton de Sombre qu'un être humain normal... Il avait même failli rester à jamais prisonnier de Karu, et ne devait son salut qu'aux baisers de Niss. Et ce souvenir ajouta encore à son émotion, amplifiée à mesure qu'il se remémorait toutes les horreurs que sa Voix l'avait contraint à perpétrer, jusqu'à tenter de s'en prendre à ses propres compagnons. Il pleura donc, et pleura encore, accroché aux deux êtres qu'il aimait le plus au monde, et prostré d'horreur à l'idée qu'ils puissent rejeter le monstre qu'il était en réalité...

Quand le plus gros de la crise fut passé, il se sentit beaucoup mieux. Toute la faiblesse qu'il venait de manifester semblait une victoire contre l'inhumanité de son démon. Par ses larmes, par sa prise de conscience beaucoup plus lucide de la situation, il avait regagné un peu de terrain sur sa Voix ... Probablement grâce aux effets bénéfiques des jardins, aussi. L'adolescent se découvrait de nouveau prêt à lutter. Ne serait-ce que par amour pour ses parents, qui devaient souffrir de leur impuissance à lui venir en aide.

Après s'être abandonné dans leurs bras, c'est donc lui-même qui s'en dégagea, avec toute la douceur possible. Tous trois se retrouvèrent assis, un sourire embarrassé sur les lèvres. Cael savait qu'ils ne lui poseraient aucune question ; ou en tout cas qu'ils ne le harcèleraient pas jusqu'à obtenir des réponses. Il rassembla donc son courage et se décida à prendre l'initiative.

— Je sais à qui appartient la Voix, révéla-t-il en portant la main à son front.

Devant leur mine de plus en plus grave, il avoua donc avoir vécu de nombreuses crises de possession, le plus souvent très violentes. Il ne détailla pas ces épisodes, devinant que les héritiers se réuniraient bientôt pour un long conciliabule, pendant lequel tout serait évoqué… Mais il avait besoin de confier les crimes de son autre conscience, la haine et la colère infinies qui l'habitaient, sa soif de domination, de puissance, de victoire.

– Sombre a voulu modeler mon esprit à son image, conclut-il d'une voix cassée. Il n'a simplement pas eu le temps d'étouffer pour de bon ma vraie personnalité. Depuis le début, je lutte pour ne pas lui céder… mais ça devient de plus en plus difficile.

Il avait encore des tas de choses à avouer, mais les regards attentifs de ses parents le pétrifiaient. Quelle allait être leur réaction, d'apprendre que leur fils unique finirait par se changer en un véritable démon ? Après un moment qui lui parut horriblement long, il vit avec surprise un sourire revenir sur le visage de sa mère !

– Par Eurydis, comme tu as grandi ! s'exclama-t-elle, presque ravie. Je voulais te garder mon petit bébé, mais tu parles, tu réfléchis comme un adulte !

– On dirait la tante Corenn, renchérit Yan, amusé. Ça nous promet de beaux débats…

– Mais… mais vous avez compris la situation ? C'est grave ! J'ai même essayé de tuer Niss, Eryne, Amanón ! Je pourrais même m'en prendre à vous !

Le regard de ses parents se fit aussitôt plus dur et décidé, au point que Cael ne regrettât ses paroles. Soudain, il se remémora toutes les choses qu'il avait découvertes sur eux, au cours de ce voyage. L'ensemble des épreuves qu'ils avaient affrontées, une vingtaine d'années plus tôt. Yan était même allé jusqu'au-devant de Sombre, seul et désarmé. L'adolescent ne pensait pas posséder pareil courage. Et c'était Léti en personne qui avait porté le coup fatal à Saat, un sorcier dont la puissance surpassait celle de n'importe quel mortel… À l'époque, tous deux n'étaient guère plus âgés que lui. Et ils avaient accompli l'impossible.

– Ça n'arrivera pas, promit sa mère d'un air déterminé. Je ne laisserai personne te faire du mal. On trouvera un moyen d'étouffer cette maudite Voix.

– Tout cela finira quand Sombre sera vaincu, renchérit son père. Et le moment semble venu, puisque nous n'avons pas vraiment d'autre choix que l'affrontement... Ce sera bientôt terminé, mon garçon.

Cael les contemplait avec la volonté d'y croire, mais sans y parvenir. Malgré l'estime qu'il avait pour les talents et la bravoure des héritiers, malgré la force que représentait la réunion de toutes leurs générations, il pressentait que la lutte finale serait bien plus difficile que Yan et Léti ne l'envisageaient. Et cela, pour une simple chose : il connaissait, lui, l'immensité de la puissance du démon. Pour l'avoir sentie monter en lui à chacune de ses crises.

– C'est grave, répéta-t-il, regrettant d'attrister ses parents. S'il ne se passe pas quelque chose très vite, je... J'ai peur de ce qui pourrait arriver. *J'ai déjà tué Usul,* révéla-t-il dans un souffle.

Cette fois, ils semblèrent prendre les choses au sérieux. Yan, surtout, qui avait rendu visite au dieu des Guoris, et avait été témoin de l'étendue de ses pouvoirs... *Ils ne me croyaient pas capable d'ôter la vie à un éternel,* comprit l'adolescent. *Ils n'imaginaient pas que mon démon puisse posséder une telle force...*

La conversation se serait certainement poursuivie sur ce sujet, si une plainte déchirante n'avait soudain résonné sous le ciel du crépuscule. Un cri fait de pure détresse, long à n'en plus finir, et qui montait de la gorge de Nolan.

✢ ✢ ✢

Le jeune homme se réveilla sur les derniers trémolos de son propre hurlement, avec la sensation de chuter dans un puits sans fond. Il tenta désespérément de s'accrocher aux détails de sa vision, de retenir les noms des vivants, des blessés, d'identifier les silhouettes qui gisaient au sol... Mais comme la première fois, tous ces éléments lui échappèrent, avalés par le néant qui ne lui laissa qu'une unique impression : celle d'une tristesse infinie, que devraient connaître les héritiers dans un jour prochain. Telle était la prophétie des

Ondines, qu'il venait de revivre dans ses songes. Une prophétie qui n'était soumise à aucune condition. Ce que Nolan avait entraperçu, c'était l'exact reflet de l'avenir !

Le malheureux en ressortait à la fois fiévreux et glacé ; et les vertiges causés par la magie des jardins n'amélioraient pas son état. Il entendait bien les nombreuses voix qui faisaient cercle autour de lui ; il reconnaissait sans mal les odeurs agréables de sa mère et de Zejabel, qui l'entouraient d'une étreinte protectrice... mais il attendit un bon moment, assis la tête entre les mains, avant d'ouvrir à nouveau les yeux sur le monde. Un monde qui n'existait même pas vraiment.

Les héritiers étaient désormais trop nombreux pour être comptés d'un seul coup d'œil, mais il s'imagina que tous étaient réunis là, alertés par le cri qu'il savait avoir poussé. Et, Eryne exceptée, tous paraissaient en assez bonne forme... Il étudia un instant le visage reposé, détendu, de sa sœur aînée. Elle semblait donc être la dernière encore endormie. *Puisse son sommeil être plus paisible que le mien*, songea le jeune homme avec mélancolie.

– Comment te sens-tu ? lui demanda enfin Lana.

– Je vais bien, mère, assura-t-il en se forçant à sourire. C'était juste un... cauchemar. Un *horrible* cauchemar.

La proximité de ses parents tant recherchés aidait beaucoup à son apaisement, mais après avoir revécu cette vision, c'était d'une autre complicité dont il avait besoin... Parmi la quinzaine de personnes présentes, son regard trouva enfin celui d'Amanón. Ils n'eurent pas besoin de s'expliquer pour se comprendre ; pas plus que Cael, Bowbaq, Niss, Zejabel ou Keb ne se leurraient sur la nature véritable de ce cauchemar...

Après quelques instants, soudain embarrassé par l'attention dont il était l'objet, Nolan se leva pour de bon en époussetant machinalement sa toute nouvelle robe de Maz. L'expression de fierté qui passa alors sur le visage de Lana et de Reyan ne lui échappa pas. Sa mère avait toujours rêvé de le voir suivre la même voie qu'elle ; tandis que son père, en ardent défenseur des libertés individuelles, avait toujours promis de soutenir son fils quels que soient ses choix. Devant la preuve matérielle de son accomplissement, ils ne pouvaient que se réjouir ! Du moins, tant qu'ils ignoraient tout de cette honteuse période où il portait le poignard des K'luriens… Ce qui semblait encore le cas, pour le moment.

Le jeune homme lui-même était dans un tout autre état d'esprit. Le fantôme de sa vision le hantait toujours, pesant sur ses épaules en la promesse de tragédies prochaines. Il se sentait prêt à éclater en sanglots à la première occasion qui se présenterait, même minime…

— J'ai manqué quelque chose ? demanda-t-il pour se donner une contenance.

— J'étais le premier debout, annonça Keb, et je n'ai rien remarqué de particulier. Enfin, à part les mille trucs bizarres que l'on peut voir dans un endroit pareil…

Reyan vint alors se placer près du barbare, en adressant un clin d'œil complice à son fils. Nolan ne connaissait que trop cette lueur finaude dans l'œil de son père : elle brillait chaque fois qu'il s'apprêtait à lancer un trait d'humour, plus ou moins irrévérencieux. Le jeune Maz n'avait plus qu'à attendre de découvrir lequel !

— Cela me fait penser, Grigán, que j'étais sur le point de vous présenter les nouveaux amis de nos chers enfants…

Il ne poursuivit pas son numéro, son regard s'étant soudain figé sur un point éloigné du groupe. Comme les autres, Nolan se retourna pour repérer le signe de sa distraction. Il le trouva sans peine.

Nol l'Étrange, gardien de la porte de Dara, venait dans leur direction !

Le jeune homme avait bien sûr envisagé sa visite, et il s'y était même attendu, depuis l'instant où ils s'étaient échappés de Karu. Et, après avoir côtoyé tant de choses extraordinaires, il s'était imaginé ne pas ressentir autant de fascination qu'à sa première rencontre avec Zuïa, par exemple… Il s'était ainsi complètement fourvoyé. À ses yeux, l'éternel dégageait une sorte d'aura que l'on ne pouvait contempler qu'avec le plus profond des respects. Cela n'avait aucun rapport avec son allure physique ; les héritiers savaient d'ailleurs que chacun d'entre eux voyait le dieu à sa manière, et que leurs descriptions ne concordaient pas... Non, il s'agissait bien d'un rayonnement *spirituel.* Nol était le premier des enfants etheques à naître et à grandir au Jal. Il était le Doyen de toutes les créatures vivantes au monde. Il avait vécu toute l'histoire, connu toutes les civilisations humaines, vu grandir chacun des immortels issus de Dara. Depuis toujours et à jamais, il était *Celui-qui-Enseigne.*

Niss fut la seule personne assez détendue pour lui adresser un petit salut de bienvenue... Les membres de l'ancienne génération, au contraire, semblaient plutôt crispés, et même sur leurs gardes. Tous répondirent néanmoins à la digne révérence qu'exécuta l'éternel, lorsqu'il se joignit à leur groupe. Même Keb, dont Nolan craignait le plus les réactions, se fendit d'un petit signe de tête.

Sans prononcer le moindre mot, l'Étrange s'avança ensuite entre leurs rangs, qui s'ouvrirent naturellement sur son passage. Nolan sentit les battements de son cœur s'accélérer en s'imaginant que le dieu venait dans sa direction, mais c'est finalement auprès de la silhouette inconsciente d'Eryne qu'il s'arrêta.

— Vous ne devriez pas la laisser dormir davantage, commenta-t-il bientôt. Elle risque de ne plus jamais se réveiller. Sous cette forme, tout au moins.

Pour la plupart des héritiers, c'était comme si le sol venait de s'ouvrir sous leurs pieds, les replongeant dans les angoisses de Karu.

+ + +

Six paires de mains s'étaient déjà lancées en direction de la damoiselle, la secouant, doucement d'abord, puis de plus en plus énergiquement. De multiples voix enjoignaient la malheureuse à revenir parmi les siens, ou simplement à ouvrir les yeux, à leur donner un signe... Le duc Reyan se fit une place à coups de coudes et chercha l'efficacité sous la forme d'une violente gifle, qui devait arracher ses entrailles et son cœur de père. Peine perdue. La joue d'Eryne fut bien marquée de rouge, mais le reste de son visage conserva une impassibilité effrayante.

— Qu'est-ce que c'est que ces histoires ? fulminait Grigán. Nous sommes tous debout ; qu'est-ce que vous avez fait à cette gamine ?

— Je ne suis pas responsable de son état, assura Nol d'une voix neutre. Elle est seulement soumise à l'influence des jardins. Ça arrive parfois, en fin d'évolution.

Zejabel avait entretemps fouillé dans ses sacs pour en tirer une de ses mystérieuses petites fioles. À peine en eut-elle ôté le bouchon qu'une forte odeur d'épices et de réglisse se répandit dans l'atmosphère, avant de se dissiper aussi rapidement. La Züe fit danser le flacon sous les narines de la Lorelienne, puis s'enhardit à en faire couler deux gouttes entre ses lèvres… sans davantage de résultat.

— Le Jal efface les effluves de votre élixir avant même qu'il n'ait eu le temps de faire effet, comprit Corenn. Aucune alchimie ne pourra nous aider, ici…

La fin de sa phrase fut masquée par les cris puissants de Reyan, qui avait redressé sa fille par les épaules pour mieux lui hurler dans les oreilles. Niss, Lana et Nolan pleuraient déjà, de même que les deux garçonnets, et d'autres allaient probablement suivre cette voie… Amanón contemplait la scène avec un sentiment d'horreur mêlé d'incrédulité. Depuis que Nol avait porté la mauvaise nouvelle, l'interprète s'était révélé incapable d'esquisser le moindre geste, d'avancer la plus petite suggestion. Lui qui avait mené son petit groupe jusqu'au terme d'un si dangereux voyage se trouvait impuissant à réagir, alors que la femme qu'il aimait semblait perdue pour de bon…

— Qu'entendez-vous par « en fin d'évolution » ? demanda Yan. Ce n'est plus une adolescente !

— Pas selon les critères des mortels, non, confirma le Doyen. Mais le sang du Jal est désormais majoritaire dans ses veines. Si elle continue à se laisser ainsi bercer par les esprits, il ne faudra guère de temps avant qu'elle ne rejoigne nos rangs pour de bon.

— Mais, de quoi parlez-vous ! implorait Lana, entre larmes et révolte. Rejoindre les rangs de *qui* ?

— Ceux des éternels, bien sûr. Votre fille est proche de devenir une véritable déesse.

La révélation provoqua des réactions diverses chez ceux qui n'étaient pas encore dans la confidence. Un mélange de stupeur, d'espoir, mais surtout d'incrédulité... Cette dernière disparut alors que les compagnons de route d'Eryne acquiesçaient lentement, dissipant les derniers doutes.

— Je ne dois pas bien comprendre, s'enfiévra Léti ; mais si elle devient une déesse, elle ne pourra pas mourir, non ?

— Elle le pourrait, si, mais uniquement de la main d'un autre immortel, expliqua Nol.

— Alors, il nous suffit d'attendre la fin de son élévation ! hasarda Nolan, les yeux bouffis.

— Le résultat risquerait de vous déplaire, commenta le Doyen. Son premier acte sera de quitter le Jal, par la porte ou par un autre moyen, commandé par sa nouvelle nature. Ni elle, ni moi n'aurions le pouvoir de l'en empêcher... Ensuite, rien ne garantit qu'elle conservera son apparence actuelle. Son nom sera Celle-qui-Apaise ; je penche donc pour une forme d'existence éthérée, capable de parcourir de grandes distances, et de se démultiplier. Enfin, toute à la mission que lui ont donnée les mortels, elle ne partagera peut-être plus vos aspirations... Il est même possible qu'elle oublie son bref passage dans le monde. Qu'elle ne garde aucun souvenir de son existence humaine.

La nouvelle frappa chacun avec violence, mais Amanón, en particulier, voyait sa souffrance atteindre des sommets insoupçonnés. Sans prendre le temps de réfléchir, sans *pouvoir* réfléchir, il entrouvrit les lèvres et laissa quelques mots s'en échapper. Des mots qu'il pensait prononcer pour lui, mais que chaque personne présente entendit distinctement.

— Elle attend un enfant de moi...

Ce n'est qu'un instant après, en se découvrant au croisement de tous les regards, que l'interprète prit conscience de son aveu. Il évita dès lors de fixer les visages de Reyan, de

Lana ou de ses propres parents ; c'était au-dessus de ses forces. En revanche, entre les ombres mouvantes, il reconnut la silhouette de Keb et ressentit aussitôt un fort sentiment de honte… honte qu'il lui fallait à tout prix effacer.

— De moi, ou de Ke'b'ree, ajouta-t-il avec honnêteté. Elle ne peut pas devenir une déesse *maintenant !* Il y a *deux* vies dans son corps !

— Tout est possible, démentit Nol. Cet enfant rejoindra peut-être ceux qui grandissent dans les jardins. À moins que l'élévation ne l'attache à jamais à sa mère, ou ne l'efface pour de bon…

Ces derniers mots achevèrent de mortifier Amanón. *Effacer.* Les pouvoirs de Dara allaient faire disparaître ce petit être, avant même qu'il n'ait pu recevoir un nom ! Une nausée fulgurante s'empara soudain de l'interprète, qui n'eut que le temps de s'éloigner de trois pas pour rendre toute l'acidité accumulée dans son estomac. Sa bile fut presque aussitôt assimilée par l'herbe douce, laissant les jardins aussi propres qu'à l'instant précédent… *Cet endroit est aussi horrible que Karu,* songea le jeune homme en luttant contre la douleur. *Les mortels n'y ont pas leur place ; jamais nous n'aurions dû en percer les secrets.*

— Nous devons partir au plus vite, décida Corenn. Dès que nous aurons quitté le Jal, Eryne ne sera plus sous son influence !

— Cela ne changerait rien, expliqua Nol. Le sommeil qu'elle a trouvé ne se quitte que de deux manières différentes. Soit elle va au bout de son évolution, ou soit elle se réveille avant, remettant son élévation à plus tard… Ce choix est normalement le sien, mais vous pouvez tenter de forcer le destin.

— Tenter, *comment ?* éclata Reyan, ivre de colère. Tout ce que nous faisons n'a aucun effet sur elle ! Donnez-nous un indice, au moins !

Le silence se fit autour du Doyen ; Amanón lui-même revint prendre place dans le cercle, priant pour qu'un miracle surgisse de la bouche de l'éternel… Sa déception n'en fut que plus grande.

— Je regrette, annonça Nol l'Étrange. Je n'ai aucun moyen de vous venir en aide. En vérité, j'ignore s'il est encore possible de la réveiller, à ce stade de son évolution.

+ + +

Niss se laissait bercer contre sa mère, mais même la douce chaleur de Robe échouait à vaincre le froid qui rongeait le corps de l'adolescente. La nuit tombée sur les jardins de Dara semblait des plus fraîches, et surtout, affreusement longue, pour ne pas dire interminable... Après de multiples tentatives infructueuses pour tirer Eryne de son inconscience, les héritiers s'étaient entendus sur quelques décisions d'urgence. Tout d'abord, ils avaient reporté leur départ du Jal à plus tard. Puisque cela ne pouvait en rien améliorer l'état de la damoiselle, autant profiter de la relative sécurité des lieux... Ensuite, ils avaient convenu de veiller la malheureuse à tour de rôle, chacun devant lui parler et lui parler encore, dans l'espoir d'éveiller quelque chose dans son esprit. Et, pour respecter l'intimité de ces moments particuliers, toutes les familles s'étaient réunies à l'écart... Cela durait depuis au moins deux bons décans déjà, et la jeune fille avait l'impression qu'il en serait ainsi pour l'éternité.

En sus de la tristesse qui la tiraillait, Niss commençait également à être dérangée par l'étrange magie des lieux. Elle ne ressentait ni soif, ni faim, alors qu'elle aurait dû être affamée, après un si long jeûne. Nol leur avait même confié que leur sommeil avait duré plusieurs jours, alors qu'ils pensaient n'avoir perdu que quelques décans ! Certains des héritiers lui avaient alors reproché son apathie ; il aurait dû les réveiller plus tôt, empêcher ce drame ! Le Doyen avait prétendu ne pas posséder ce pouvoir, puis s'était éclipsé vers l'une de ses mystérieuses occupations, sans qu'ils parviennent à le retenir. L'éternel avait profité d'un relief du paysage pour disparaître, littéralement...

Depuis, les invités forcés du Jal s'étaient renfermés dans l'angoisse et le chagrin, et discutaient assez peu. Cette attente interminable occupait toute la place dans leurs esprits. Les vétérans devaient se poser beaucoup de questions sur les épreuves traversées par leurs enfants, pourtant, mais une entente tacite les empêchait d'aborder ces sujets maintenant. Personne n'avait le cœur à parler d'Eryne au passé, même si c'était pour faire le récit de leurs aventures, ou pour évoquer ses moments de bravoure.

Lana, Reyan, Nolan, Corenn, Amanón et une poignée d'autres s'étaient déjà relayés auprès de la malheureuse pour tenter de la ranimer. Tous en revenaient avec un masque de désespoir, les yeux rougis, et le teint morne sous la lune reine du Jal. Ils y restaient plus ou moins longtemps, selon leur volonté à assister à un miracle, et leur force à supporter le manque de réaction de la damoiselle… À chaque fois, un volontaire se levait pour prendre son tour, quand les candidats ne se portaient pas directement auprès d'Eryne lorsque la séance s'éternisait. Niss projetait de participer également, mais quand l'occasion venait à se présenter, son courage fondait comme neige au soleil et elle restait collée entre les bras de sa mère, pétrifiée par l'angoisse.

Le pire était que ces confessions individuelles prenaient de plus en plus l'allure de derniers adieux. La jeune fille se refusait à adresser cet ultime salut à son amie. Ça aurait été comme accepter l'idée de leur défaite, et considérer la disparition d'Eryne comme inéluctable…

Niss avait également besoin d'encore un peu de temps, pour réfléchir et se concentrer sur ce qui semblait une folie. Sa décision était pourtant pratiquement arrêtée. Si aucune amélioration n'était constatée quand viendrait l'aube… elle utiliserait ses pouvoirs d'erjak pour tenter d'investir l'esprit de la Lorelienne, et s'efforcer de provoquer une réaction, quelle qu'elle fut.

C'était un projet désespéré, et qui avait très peu de chances d'aboutir, malheureusement. Rien que pour dominer la Voix que Sombre avait laissé dans l'esprit de Cael, la jeune fille avait eu besoin de toute son énergie, ainsi que de la volonté du Kaulien… Cette fois, elle serait seule et sans aide face à la puissance d'une déesse, et son échec se présentait comme plus que probable. Inconsciemment, Eryne refuserait cette intrusion dans ses pensées, se condamnant par la même occasion à achever son élévation… Et même, à supposer que Niss parvienne miraculeusement à prendre possession de son corps, rien n'assurait qu'elle pourrait interrompre le cours des événements. La Lorelienne continuerait à subir l'influence des innombrables âmes qui forgeaient sa nature d'immortelle, jusqu'à abandonner, pour de bon, tout ce qui restait de ses origines humaines.

La jeune fille se savait la seule à connaître ce que subissait vraiment Eryne ; du moins, elle s'imaginait assez proche de la vérité. Son propre esprit avait erré dans ces jardins, à la recherche d'un immortel en qui *se fondre*… Car telle était la réalité du Jal : en plus d'être le point de concentration de toutes les pensées, émotions et aspirations des mortels, il était également le centre de ralliement de leurs âmes libérées, tel que l'avaient souhaité les Etheques. Ainsi, dieux et démons grandissaient également en absorbant les souvenirs des défunts !

Niss avait compris cela en reconnaissant les jardins de Dara comme le territoire de ce qu'elle appelait le Rêve. Tout à la joie des retrouvailles, elle ne s'en était encore ouverte à personne… et depuis la découverte du drame, elle n'en avait plus le cœur. L'idée qu'Eryne puisse être hantée par les esprits des morts aurait sûrement rajouté à l'angoisse de ses proches, comme Niss elle-même en restait glacée d'effroi. Si seulement le fait de quitter le Jal avait pu changer les choses… mais Nol l'Étrange était incapable de mensonge ; il l'avait encore prouvé en livrant les plus crues des vérités sur l'avenir de la damoiselle et de son bébé !

Le retour de Zejabel interrompit les réflexions de la jeune fille. La Züe semblait particulièrement éprouvée, ce qui n'était guère étonnant, au regard de l'estime et de l'amitié qu'elle portait à la Lorelienne. Elle répondit d'un hochement de tête négatif aux rares questions qui lui furent posées, puis s'éloigna d'un pas contrarié, en quête d'un moment de solitude dont plusieurs avaient déjà ressenti le besoin. Une certaine confusion glissa sur les groupes assis des héritiers ; Eryne ne devait pas rester seule, on se demandait qui allait prendre le relais, et ce n'était pas faute de candidats... Finalement, Keb bondit du chêne où il était adossé et marcha vers le carré fleuri où l'on avait installé la belle. Une nouvelle fois, Niss avait laissé passer son tour. *Je dois me concentrer pour tout à l'heure,* ne cessait-elle de se répéter. Dans le même temps, elle méprisait sa lâcheté qui l'empêchait de voir la vérité en face : rien de ce qu'elle pourrait tenter ne donnerait de résultat. Ses pouvoirs d'erjak, bien qu'exceptionnellement élevés, ne pouvaient lutter contre la force de la volonté d'une éternelle...

Elle reprenait ainsi le fil décousu de ses pensées, quand un cri de souffrance déchira soudain la nuit ! Tous tressaillirent et bondirent sur leurs pieds ; certains s'élançaient déjà en direction de Keb et Eryne... Cet hurlement déchirant était celui d'une *femme !*

Niss avait l'impression d'avoir été frappée par la foudre ; son corps n'était plus qu'énergie, qu'elle dépensa pour arriver parmi les premiers auprès de la malheureuse. Là, sous une clarté lunaire, elle découvrit le Wallatte soulevant le buste de la damoiselle... Eryne elle-même avait le visage enfoui dans le cou de son ancien amant... Elle semblait aussi immobile et inconsciente qu'avant, et pour cause ! À hauteur de son cœur, ses vêtements se noyaient de *sang !*

Keb posa le poignard souillé sur lequel sa main était restée crispée, puis finit d'enlacer la malheureuse, d'un bras tremblant. Il leva alors un regard indéchiffrable sur les héritiers qui affluaient.

— C'était le seul moyen, énonça-t-il simplement.

Un cri inhumain, un véritable râle bestial, monta alors des rangs de l'assemblée. Niss n'eut pas le temps d'en reconnaître l'origine que Reyan surgissait soudain, comme un rapace fond sur sa proie ! Avec une agilité surprenante, il bondit derrière le Wallatte et l'arracha à sa fille en le tirant par ses cheveux longs. Il enchaîna d'une violente frappe de la paume dans la gorge du barbare, puis par une série de coups de pied visant les points les plus sensibles de l'homme à terre... Niss avait cru comprendre que le duc cachait un passé de voyou ; sa manière de combattre dissipait les derniers doutes sur la question ! En quelques instants, avant que quiconque n'ait pu réagir, il avait réduit Keb à sa merci ! Mais ce dernier ne faisait d'ailleurs aucun geste pour se défendre...

C'est au moment où Reyan ramassa le poignard ensanglanté, une expression vengeresse sur le visage, que ses compagnons furent saisis de la nécessité d'intervenir. Niss elle-même, sans certitude de bien agir, se lança en avant... Elle vit Zejabel et Amanón bondir par-dessus le corps d'Eryne ; en réalité, c'est tout le petit groupe de la place des Repentis, y compris le grand-père Bowbaq, qui vint bientôt se placer entre le duc et le Wallatte !

– Mais il a poignardé ma fille ! protestait le Lorelien, entre larmes et révolte. Nolan ! Il vient de tuer *ta sœur !*

– C'est peut-être tout le contraire, père, avança le jeune homme d'une voix tremblante. Tu ne sais encore rien de notre histoire...

– S'il s'est trompé, je vous *jure* qu'il périra dans la prochaine décille, lâcha Amanón.

Son murmure était presque inaudible, mais pas pour Niss, qui remarqua également la lueur de pure haine qui brillait alors dans l'œil de l'interprète. En comparaison, Keb semblait si brisé par la douleur et une souffrance plus morale qu'il en inspirait presque de la pitié... Pitié qui laissa place à la gratitude et à l'admiration, lorsqu'un gémissement prolongé franchit soudain les lèvres d'Eryne !

Un vent d'agitation balaya aussitôt les rangs des héritiers ; on soutint la blessée qui battait des paupières, on agrandit la déchirure de son chemisier ; on chercha à éponger le sang, à comprimer la blessure... pour découvrir enfin qu'il n'en restait plus trace.

Un silence religieux tomba alors sur la scène, seulement brisé par quelques sanglots plus ou moins retenus ; mais il s'agissait de sanglots de soulagement, cette fois. Après quelques instants, Eryne put ouvrir les yeux pour de bon, et contempler la forêt de visages qui l'entourait… Une ombre de sourire passa sur ses lèvres, déclenchant une série de cris de joie dans l'assemblée, puis la damoiselle s'abandonna aux caresses de Lana avec une expression apaisée. Les héritiers étaient bel et bien réunis, désormais.

Bouleversé par cette avalanche d'émotions, Reyan se contenta de relever lui-même le prince wallatte, de le serrer virilement par les épaules, en la promesse d'une reconnaissance éternelle, puis de repartir auprès de la miraculée dont il ne s'était que trop langui. La foule autour d'Eryne étant trop importante, Niss décida de rester près du héros du jour, en compagnie de Zejabel et de Harqi… Amanón se joignit bientôt à eux, charriant un silence lourd de sous-entendus. Keb ne put le supporter bien longtemps.

– C'était le seul moyen, répéta-t-il en massant sa gorge douloureuse. Il lui fallait un choc. Quelque chose de *vraiment* violent.

L'interprète lui rendit son regard en hochant lentement la tête, mais son expression était des plus graves.

– S'il était arrivé malheur…

Il hésita, fit la grimace, mais n'acheva pas sa phrase et finit par s'éloigner. Niss reporta son attention sur Ke'b'ree. Il ne semblait tirer aucune gloire particulière de son acte. Mais la jeune fille ne doutait pas que, *s'il était arrivé malheur*, pour reprendre la phrase d'Amanón… le Wallatte n'aurait pas cherché à fuir ses responsabilités. Sans doute même qu'il n'aurait pas attendu qu'un autre sanctionne ses erreurs.

* * *

Eryne faisait son possible pour sourire à chaque visage qui se tournait vers elle, mais elle était loin, très loin d'avoir recouvré tous ses esprits. Il lui semblait flotter dans une sorte de brouillard, une ivresse prolongée, qui estompait les contours de la réalité pour les fondre en un camaïeu de flous… Ainsi, ses yeux lui renvoyaient parfois une image inexacte de ses proches ; de même que les paroles qu'on lui adressait, ou qu'elle saisissait simplement au vol, prenaient régulièrement l'allure d'un brouhaha sans queue ni tête. Même sa perception du temps était altérée : elle se trouvait incapable de dire depuis quand au juste elle avait quitté l'état d'Esthésia. Il lui semblait que cela ne faisait que quelques instants, et aussitôt après, elle se sentait prête à jurer que cela remontait à plusieurs décans !

Les premières lueurs de l'aube finirent par confirmer cette dernière impression. La damoiselle se sentait enfin assez maître d'elle-même pour mieux appréhender la situation... Elle comprit également que famille et amis, qui l'avaient tour à tour veillée jusqu'au lever du soleil, s'étaient montrés d'une infinie patience devant sa faiblesse et ses probables divagations. Avec une honte rétrospective, la jeune femme se souvint soudain d'avoir confirmé à ses parents qu'elle attendait bien un enfant, et de père inconnu. Lana et Reyan avaient décidé de se réjouir de la nouvelle, mais Eryne n'en conservait pas moins un fort, aussi bien qu'injuste, sentiment de culpabilité. En outre, elle ignorait à combien de confidences de ce genre elle avait pu s'abandonner, pendant cette nuit de confusion...

Heureusement, et même si on l'avait entourée d'une attention toute particulière, Eryne n'avait pas été le centre principal des préoccupations des héritiers, pendant les débats nocturnes. Les échanges avaient commencé peu de temps après son réveil ; après que Lana et Zejabel aient aidé la jeune femme à changer, pour la deuxième fois en quelques jours, ses vêtements poisseux de sang... Personne ne ressentant le besoin de dormir, les langues s'étaient peu à peu déliées, au point qu'au petit matin chacun savait quelles épreuves avait dû affronter l'autre génération.

En chroniqueur inspiré, Amanón était l'auteur de la plupart des récits. Eryne avait remarqué la justesse et la pondération de ses propos, même dans l'état proche de l'ivresse qu'elle connaissait alors... L'interprète avait un don pour ménager les sensibilités des parents, dont chaque danger encouru par leur progéniture faisait se dresser les cheveux sur la tête. Il possédait aussi cette grande sensibilité qui l'empêchait de souligner les torts ou les faiblesses des uns et des autres. Ainsi, il passa complètement sous silence l'aveu de Nolan concernant sa brève affiliation aux fidèles de K'lur... Si le Maz ne décidait pas d'en faire lui-même la confidence à Reyan et Lana, ses compagnons emporteraient ce secret dans la tombe ! De même, il ne dit rien de la courte lutte qui l'avait opposé à Keb, quand la reine Chebree les avait faits prisonniers. Au contraire, il souligna le sacrifice du Wallatte, qui avait choisi de les libérer en s'opposant à sa mère... et prouvé une fois de plus qu'il n'avait rien de commun avec leur ennemi défunt, Saat, dont il était le fils.

Il en allait ainsi de tout le reste. Il minimisa la prime hostilité de Zejabel, pour au contraire mettre en avant son courage inépuisable. Il réduisit l'ampleur des crises de possession de Cael, préférant souligner que l'adolescent les avait ainsi sauvés à maintes reprises... Au final, tous ses compagnons sortaient de ses explications plus grandis et héroïques qu'ils ne l'étaient réellement. Le seul dont il ne vanta pas les mérites, c'était lui-même. Mais, considérant entre autres choses la manière intelligente dont il avait mené son petit groupe, ainsi que son succès dans la traduction des manuscrits etheques, personne ne se laissa tromper par sa modestie !

Quand le soleil se leva enfin sur le Jal, donc, et malgré de nombreuses interruptions et demande de précisions, les vétérans et les membres de la famille de Bowbaq connaissaient presque tout de la situation. Leurs nombreux ennemis : Sombre bien sûr, mais aussi Zuïa, la Légion Grise, les sectes de la Jurande, et la reine Chebree, à preuve du contraire, et dans l'attente d'autres noms... Ils savaient également que l'Adversaire faisait partie de la jeune génération, mais que le destin n'avait pas encore choisi parmi ses membres. Ils avaient écouté attentivement la théorie selon laquelle l'épée de Saat pourrait faire pencher le combat en leur faveur. Plus grave, ils avaient entendu la prophétie annonçant une future trahison dans leurs propres rangs... Yan avait rappelé que les prédictions d'Usul pouvaient très bien être contrariées, mais cette dernière révélation les laissa tout de même sur un certain malaise. Et celui-ci s'aggrava encore, quand Nolan rapporta la vision que lui avaient communiquée les Ondines. Là, le doute n'était pas permis : les héritiers auraient bientôt à affronter une terrible détresse. Sentiment qui pouvait être inspiré par leur défaite…

Alors qu'Eryne retrouvait peu à peu ses esprits, et que l'on échangeait les dernières explications, la plupart de ses compagnons semblèrent céder à leur tour à la fatigue. Yan, Corenn et les autres allaient avoir besoin d'un peu de temps, pour digérer cette masse d'informations et commencer à y réfléchir. Depuis un moment déjà, les expressions s'étaient faites songeuses, et Reyan et Léti, par exemple, s'étaient carrément couchés sur le côté pour mieux méditer… et prendre un peu de repos. Progressivement, le débat général se mua en conciliabules privés. Ainsi, Grigán voulut tirer de Kebree tout ce que le Wallatte pouvait lui apprendre sur l'épée de Saat, et l'endroit où la trouver. La patience n'étant pas le fort du Ramgrith et du prince barbare, Amanón se chargeait de tempérer leurs humeurs d'hommes d'action… Plus loin, la Mère avait appelé Niss et Cael auprès d'elle pour en apprendre davantage sur la manière dont leurs esprits avaient pu repousser la Voix de l'adolescent. Et, juste à côté, Lana et Nolan amorçaient une réflexion qui traitait à la fois de religion et de stratégie : comment amener Eurydis et ses alliés à intervenir de manière plus directe dans le conflit ?

Le regard de la damoiselle passait de l'un à l'autre de ces groupes, avec un sourire de plus en plus franc sur le visage. D'agréables pensées, apaisantes, venaient la caresser. *Les héritiers avaient désormais cessé de fuir. Ils faisaient le compte de leurs forces, organisaient leurs défenses, et préparaient même la contre-attaque.* Soudain, et pour la toute première fois, Eryne fut traversée par une étrange idée. Celle que les jours de Sombre étaient comptés.

Un petit moment plus tard seulement, ses angoisses ressurgirent, alourdies d'un nouveau fardeau… *Si elle se laissait aller à ces bouffées d'optimisme, c'était peut-être parce qu'elle n'avait déjà plus le sens des réalités.* Peut-être parce que sa nature proche des immortels lui faisait oublier à quel point le sort de ses compagnons, et même celui du monde connu, étaient en jeu !

+ + +

Le Doyen éternel réapparut quelque temps après l'aube, avec toujours la même expression indéchiffrable sur le visage.

Les héritiers qui n'étaient pas assoupis se levèrent aussitôt à son approche, en tirant doucement leurs compagnons du sommeil. Pour sa part, Cael n'avait pas dormi du tout. Il avait occupé le plus clair de son temps à discuter avec sa mère et son père, relatant plus en détails toutes les aventures qu'il avait connues... Mais aussi, il avait beaucoup débattu avec Niss et Corenn des luttes spirituelles qu'ils avaient menées, ensemble, contre son démon intérieur. Et cela leur avait permis d'entrevoir certaines choses. Grâce à la sagesse de la Mère, ils commençaient même à envisager un plan... Un plan qui glaçait d'effroi le jeune Kaulien, toutefois, et qu'il espérait ne *jamais* avoir à mettre en application !

La suite de leurs réflexions sur ce projet fut remise à plus tard, l'arrivée de Nol l'Étrange provoquant une nouvelle diversion. Le dieu les salua d'une brève inclinaison du buste... comme s'il ne les avait pas quittés dans un climat plus que tendu ! Il répéta sa révérence à l'intention d'Eryne, devant qui Reyan et Amanón s'étaient naturellement placés en protecteurs. On se demandait quelle autre mauvaise nouvelle allait leur apporter le Gardien de Dara... Depuis que Cael avait appris la manière dont Nol avait maintenu prisonniers ses parents, il ne posait plus sur lui le même regard. Décidément, les héritiers ne pouvaient compter que sur eux-mêmes, et ne se fier à personne !

— Maintenant que vous êtes réunis, amorça l'éternel, je voudrais connaître vos projets. Si vous en avez.

Le silence fut tout d'abord la seule réponse de ses invités, rendant la situation de plus en plus embarrassante... C'était compréhensible : personne n'avait envie de s'éterniser dans cet endroit étrange, mais en faisant cet aveu, les héritiers allaient peut-être se condamner à un nouvel emprisonnement !

– Nous n'avons pas encore fini d'en débattre, annonça bientôt Corenn d'une voix neutre. Le tout est de savoir quels sont réellement les choix qui s'offrent à nous.

– Vous êtes libres de rester ou de partir, assura Nol. Tant que vous ne portez pas atteinte aux enfants, je ne vous chasserai pas des jardins.

L'annonce souffla un vent d'agitation dans les rangs, provoquant un certain nombre d'exclamations indignées !

– C'est une plaisanterie ? grogna Grigán. Nous sommes restés coincés sur cette corniche à nous ronger les sangs pendant des jours et des jours, et vous nous relâchez maintenant sans un mot pour vous justifier ?

– Il nous fallait conserver le plus grand nombre d'entre vous à l'abri, expliqua posément le Doyen. C'était nécessaire, au cas où l'Adversaire serait encore à naître, dans trois, vingt ou cent générations... Mais nous savons désormais qu'il fait partie des plus jeunes de vos lignées. Je n'ai donc plus aucune raison de vous retenir.

– Vous nous avez espionnés ! accusa Léti. Vous avez écouté nos conversations !

– Rien de ce qui advient à Dara ne m'est inconnu... répliqua calmement l'éternel. Et ce que vous avez découvert est précieux. Cela signifie que l'ultime combat contre Sombre aura bel et bien lieu. À travers le temps, nous avons conservé cette unique chance de l'emporter contre Celui-qui-Vainc.

– *Nous ?* railla Keb.

– Le prince a raison, appuya Reyan. On ne peut pas dire que votre aide ait fait trembler les montagnes, jusque-là !

– Chacun de nous souhaiterait faire davantage, promit le Doyen. Cela nous est simplement impossible, *par nature*. Nous ne disposons pas de la puissance belliqueuse des enfants de Karu. Nous sommes même incapables d'éprouver de la haine ou de la rancune pour Sombre... Nous souhaitons simplement que les choses restent comme elles l'ont toujours été. Et nous ne pouvons lutter qu'avec les moyens que les hommes nous ont donnés.

– Le *Livre de la Sage* fait pourtant mention de plusieurs combats d'Eurydis contre des démons, rappela Nolan. Ne serait-ce que contre les huit sauriens de Xétame, la plus connue de ses victoires… Faut-il penser que ces passages sont erronés ?

Une ombre passa sur le visage de Nol ; un instant, Cael crut y deviner de l'embarras… mais cela disparut aussi vite que c'était venu.

– Comme quelques-uns des enfants… Eurydis n'a pas toujours grandi à Dara, expliqua-t-il sobrement.

– Vous prétendez que la Sage s'est un jour corrompue à Karu ? s'insurgea Lana. Quelle hérésie ! Quelle…

L'Emaz sembla alors seulement se rappeler à qui elle s'adressait, et elle retrouva aussitôt une attitude respectueuse.

– Les plus vives des lumières sont celles qui naissent dans les ténèbres, énonça le Doyen en posant son regard sur Nolan, puis Zejabel. La petite part de Karu qui subsiste en Eurydis lui permet justement de trouver la force de lutter. Et c'est sa rencontre avec les Ondines, tout au fond des fosses, qui lui a permis de connaître et d'annoncer l'Âge d'Ys…

– …Âge dont l'avènement est lié à la victoire de l'Adversaire sur Sombre, conclut Yan. Si seulement nous en savions un peu plus…

La remarque visait évidemment le Gardien de Dara, dont Cael avait déjà remarqué l'habitude à ne rien livrer de sa propre initiative. Il était *Celui-qui-Enseigne*, mais se contentait le plus souvent de répondre aux questions ! L'idée qu'ils puissent passer à côté de quelque chose d'important, faute d'avoir abordé le bon sujet, était oppressante pour chacun des héritiers.

– J'ignore comment vous pourrez vaincre le démon, confia l'éternel, à la déception générale. Je doute également que la possession de l'épée de Saat vous soit réellement utile, même si elle est composée de gwele. Vous pourriez forger ici toutes les armes imaginables sans que cela ne vous donne l'avantage.

— Saat avait *enchanté* cette épée, rappela Keb. Et nous n'avons pas de meilleure idée pour l'instant.

Cael étudia la mine du barbare, le plus souvent renfrogné, depuis qu'ils avaient quitté le Jal'karu. Il soupirait beaucoup, et avait à peine écouté les remerciements d'Eryne pour le geste courageux qui l'avait sauvée… Il souffrait du mal du pays, à n'en pas douter. Devant le spectacle des familles réunies, il devait songer à sa propre mère, à son royaume, à son peuple. Il lui tardait sûrement de les retrouver.

— Quelle aide pourriez-vous nous apporter, *concrètement* ? relança Amanón. Pourrons-nous compter sur le soutien de vos Maz, de vos fidèles ?

— Malheureusement, non, reconnut le Doyen. Je n'ai, pour ma part, aucun culte vers qui vous diriger. Et beaucoup de nos alliés refuseraient d'intervenir de manière aussi directe… Ce serait comme tendre leurs gorges au démon. Quand à Eurydis, la plupart de ses grands prêtres ont été exterminés par la Jurande de Karu. Il ne reste plus guère de temples encore debout, à la Sainte-Cité.

Lana retint un cri horrifié d'une main plaquée sur la bouche, mais son expression de douleur exprimait aussi bien sa détresse. D'entre tous les héritiers, elle était celle qui portait le plus grand amour à Ith, sa ville natale. Amanón et Nolan avaient bien évoqué l'attaque des Loreliens, dans leurs récits, mais eux-mêmes n'avaient pas imaginé que la bataille serait si lourde en pertes et conséquences… Déjà, le visage du monde avait changé. La Sainte-Cité n'était plus que la capitale des martyrs.

— La reine Agénor est-elle l'alliée de Sombre ? demanda soudain Cael.

Les mots étaient sortis tout seuls de sa bouche. Il y avait fort longtemps que les héritiers entretenaient ces soupçons ; c'était le moment ou jamais d'en avoir le cœur net !

— Oui, révéla le Doyen. Le plus souvent, Sombre se tient dans son palais. Il ne se manifeste plus ailleurs que par des avatars.

— La garce ! s'emporta Reyan. Je ne peux pas dire que Bondrian avait toute mon estime, mais de là à massacrer sa famille pour installer un démon sur le trône... Lorelia va devenir invivable !

— Qui sont les autres ? enchaîna Corenn. De qui devons-nous nous méfier ?

— Il serait trop long de les nommer tous. La plupart des proches d'Agénor ont également prêté serment à Sombre. Les plus actifs sont certainement le prince Alcide de Bénélia, et l'Emaz Varcus, qui dirige la Jurande. Mais vous aurez surtout à craindre des éternels qui ont déjà juré allégeance au démon. Pour l'instant, ils redoutent encore d'être eux-mêmes terrassés par l'Adversaire, mais il viendra un moment où leur crainte de Sombre surpassera celle que vous leur inspirez. Et alors...

Cael s'efforça de ne pas réfléchir à cette prédiction pessimiste, préférant s'attacher à retenir les noms de leurs ennemis.

— Et Chebree ? lança soudain Grigán.

Le Wallatte se raidit aussitôt, mais le vétéran prévint tout conflit d'un geste et d'un mot d'explication.

— Je ne demande qu'à croire à sa rédemption, et je souhaite qu'elle nous remettre l'épée, comme tu le prétends. C'est seulement une manière de m'en assurer.

— Je ne peux répondre à la question, de toute manière, reprit l'Étrange. La reine de Wallos porte un gwelom ; ses pensées me sont inaccessibles. J'ignore même où elle se trouve.

Le prince barbare eut un reniflement de mépris, puis fendit les rangs pour s'éloigner de quelques pas, en restant toutefois à portée d'écoute.

— Pour résumer, à part confirmer ce qu'on savait déjà, vous ne pouvez rien faire, cingla Reyan.

— Je vous offre la protection des jardins, aussi longtemps qu'il vous faudra pour vous préparer à la bataille. Et, le moment venu, je m'engage à vous ouvrir la porte vers la destination de votre choix... Du moins, tant que cela reste possible, précisa-t-il.

Les héritiers échangèrent aussitôt des regards d'incompréhension.

– Que voulez-vous dire par là ? demanda Yan. Que se passe-t-il avec les portes ?

Le Doyen commença par lever les yeux sur l'arche qui dominait son territoire, avant de répondre d'une voix où perçait l'inquiétude :

– Sombre est en train d'exterminer tous les Éternels Gardiens, un à un. Nous ignorons ce qu'il projette au juste, mais il sera bientôt impossible d'ouvrir un passage entre le Jal et le monde des mortels.

+ + +

L'Étrange s'était montré plutôt avare de chiffres. Pour une raison inconnue des héritiers, il ne pouvait, ou ne voulait compter les enfants actuellement dans les jardins, ceux qui étaient descendus à Karu, ou encore ceux qui avaient quitté le Jal depuis son origine. Ainsi en allait-il pour les Gardiens : Nol ne confia à personne le nombre exact des victimes du démon. Il se contenta de préciser que l'extermination avait déjà frappé la moitié d'entre eux… Une estimation si énorme que ses invités restèrent un moment paralysés devant l'ampleur du drame !

Après la surprise vint le temps de la réflexion. Amanón, soutenu par sa mère, supposa que les nouveaux crimes de leur ennemi ne visaient qu'à les enfermer définitivement au Jal, ôtant ainsi toute chance à l'Adversaire de le défier un jour. Tous se rangèrent rapidement à cette idée, et l'unique conclusion qui s'imposait alors était de ne pas reporter davantage leur départ… Il fut néanmoins décidé de respecter une dernière période de réflexion, afin de ne pas regretter plus tard ce voyage sans retour possible. Cela devait également permettre à chacun de manifester son libre-arbitre, notamment sur la destination choisie… Ainsi, les héritiers se dispersèrent pour une dernière promenade dans les jardins, par petits groupes, le plus souvent en cercles familiaux.

Zejabel s'était donc montrée vaguement décontenancée par l'invitation de Nolan à l'accompagner, mais elle n'avait pas hésité un instant. Le plus embarrassant fut de passer juste devant le reste de la famille de Kercyan, alors que le Maz l'entraînait par la main, en un geste des plus tendres... De toute évidence, le jeune homme n'entendait pas dissimuler son affection pour l'ancienne Kahati. Cette dernière hésitait encore à s'en réjouir, mais les sourires encourageants, voire complice, que lui adressèrent Eryne, Lana et Reyan l'aidèrent beaucoup à se détendre sur ce sujet !

Ils s'enfoncèrent ainsi dans le cœur de Dara, loin des autres groupes, qui se rapprochaient plutôt de la porte. Ils semblaient suivre un chemin précis, qui n'existait pourtant que dans leur imagination... À moins que l'architecture faussement sauvage des jardins, cette disposition particulière des bosquets, des buissons et des clairières, n'incite justement à les contourner de manière prédéterminée. Zejabel n'y prêtait guère attention, à vrai dire. Elle se laissait entraîner par le prêtre aux yeux doux, profitant de chacun de ces instants de répit... L'envie grandissait en elle de s'abandonner totalement à ses sens, mais elle savait que l'euphorie la reprendrait aussitôt, si tel était le cas. Et la jeune femme redoutait de sombrer de nouveau dans un sommeil perturbé. En outre, elle tenait à garder l'esprit le plus clair possible, pour graver à jamais ce souvenir dans sa mémoire...

Nolan se tournait fréquemment pour lui adresser un sourire, mais ni l'un ni l'autre n'avaient prononcé un mot, depuis qu'ils s'étaient isolés. Pour autant, la tendresse que le Maz appliquait dans ses gestes, de même que l'éclat bienveillant qui brillait dans son regard, étaient aussi éloquents qu'une déclaration en bonne et due forme. Ils avaient tellement parlé, déjà, depuis leur rencontre sur l'île Ji... Tellement appris à se connaître, à s'apprécier, à s'estimer... Il n'avait manqué à tout cela qu'un petit moment d'intimité, dont les jardins de Dara leur fournissaient enfin l'occasion.

Après un décime pourtant, et alors qu'ils marchaient tranquillement sous une rangée de saules, Nolan retrouva une expression plus grave. L'estomac serré, Zejabel attendit alors que le jeune homme lui confie ses inquiétudes... Ces quelques instants d'incertitude lui parurent affreusement longs. Celle qui avait été la Kahati, pratiquement une déesse vivante en son royaume, redouta soudain de se voir repoussée comme la plus misérable des créatures. Après tout, le Maz n'était-il pas fils de duc, et riche de surcroît ? Tandis qu'elle n'était plus qu'une vagabonde... Pourquoi s'encombrerait-il d'une relation si pesante ? D'ailleurs, ne l'avait-il pas justement entraînée à l'écart pour lui exposer ces vérités ? Le Jal sembla subitement bien fade, alors que la Züe se laissait emporter par ces réflexions de plus en plus pessimistes. Elle prit conscience que son désir de se venger de Zuïa, ou sa volonté d'aider les héritiers qui l'avaient sauvée, étaient encore inférieurs à l'amour qu'elle ressentait pour Nolan. Jamais elle n'avait imaginé qu'il puisse exister des êtres si compréhensifs, si attentionnés, si agréables... Il était sa meilleure raison d'être restée dans le groupe, depuis si longtemps. Et elle n'en prenait vraiment conscience qu'au moment où il allait peut-être la rejeter !

— À propos de ce départ... commença-t-il enfin. Je... n'ai pas vraiment le choix. Il me faut aller jusqu'au bout, et accompagner ceux qui iront défier Sombre.

— Je sais, répondit-elle sobrement.

— J'ai aussi eu cette vision, rappela-t-il, troublé. Nous allons au-devant d'une grande détresse. Il y aura peut-être d'autres batailles ensuite, dont nous pouvons sortir victorieux, mais nous allons tout de même souffrir cruellement... *au moins une fois*. Tu n'es pas forcée d'endurer ça.

Zejabel se figea dans son mouvement, hésitant à lâcher la main du jeune homme. L'idée lui vint, cruelle, que c'était peut-être la dernière fois qu'elle effleurait sa peau.

— Tu me demandes de vous quitter ? résuma-t-elle, pétrifiée par l'angoisse.

— Certainement pas ! démentit Nolan, aussi ému. C'est que... rien ne t'oblige à te sacrifier encore. Depuis que tu n'es plus la Kahati, il n'est rien que tu puisses faire contre les démons. Et tu n'as aucune chance d'être l'Adversaire. En outre, nous allons pouvoir emporter d'ici tous les gweloms que nous désirons... Tu es donc libre de garder celui que Bowbaq t'a confié, et de suivre la voie que tu désires.

— Mais *toi*, insista Zejabel, que voudrais-tu que je fasse ?

Pendant un instant d'une rare intensité, Nolan lui rendit un regard indéchiffrable... avant de baisser les yeux, trop embarrassé.

— Moi, je suis le plus égoïste des hommes, avoua-t-il en souriant néanmoins. J'aimerais te garder toujours près de moi.

Zejabel n'avait pas besoin de plus grande promesse ; elle fit un pas vers le jeune prêtre et lança ses bras autour de son cou, avant de poser sa tête sur son épaule et de le serrer fort, si fort... Nolan lui rendit naturellement son étreinte, et l'instant d'après, ils échangeaient un baiser dont la magie du Jal décupla l'intensité... Une autre chaleur gagna bientôt le ventre de la Züe, et ses caresses se firent plus pressantes, plus charnelles. Ils glissèrent doucement sur le sol, ne se séparant que le temps de commencer à se dévêtir mutuellement... Ils surprirent alors deux des enfants dieux qui les contemplaient à quelques pas, et succombèrent alors à un fou rire qui ne diminua en rien leur désir !

Emportés par cette tempête d'émotions, ils s'entraînèrent l'un l'autre à l'écart des curieux, s'embrassant, riant encore, échangeant quelques caresses avant de repartir à nouveau, en quête de l'endroit idéal pour s'abandonner... Ils parvinrent ainsi au bord d'une rivière au cours placide, devant laquelle ils s'arrêtèrent, réunis dans un pareil recueillement.

— C'est dans... dans une rivière semblable que mes parents ont conçu Eryne, finit par énoncer Nolan. Peut-être même que... il s'agit...

Zejabel ne lui laissa pas le temps de terminer sa phrase. La même réflexion l'avait traversée, et le feu qui animait son ventre n'en était désormais que plus ardent, plus avide de satisfaction... Grisée, presque dirigée par son seul instinct, elle saisit le jeune homme par la main pour l'entraîner jusque dans l'eau. Une eau qui glissait sur eux comme le vent, sans les rafraîchir, se contentant de porter leurs corps en mouvement...

Quand ils regagnèrent enfin la berge, épuisés mais comblés, Zejabel songea qu'elle venait d'abandonner la dernière chose que l'on imposait à une Kahati. Elle était femme, désormais. Rien qu'une femme, comme les autres. Et en contemplant son ventre nu, elle comprit qu'il n'existait qu'un seul bonheur plus grand que celui-ci. Il lui suffisait de patienter pour le connaître. Un jour, peut-être.

+ + +

Les pages du cahier se noircissaient à grande vitesse, mais pourtant pas aussi rapidement qu'Amanón l'aurait souhaité. Il devinait déjà qu'il n'aurait pas le temps de recopier tous les symboles gravés sous l'arche. Pour cela, il lui aurait fallu un échafaudage, ou tout au moins une échelle... mais aussi quatre ou cinq jours de plus, ainsi que des encres de teintures multiples, qui lui faisaient alors cruellement défaut. Pour pallier au manque, l'interprète s'efforçait de traduire à la volée, ses notes prenant toujours davantage l'allure d'une succession incompréhensible de mots en ithare ancien et de signes etheques, qu'il serait bien le seul à pouvoir déchiffrer !

La tâche, ingrate et fatigante, lui semblait pourtant d'une importance capitale. La porte de Dara était la première qu'il pouvait étudier sans crainte d'un danger immédiat ; par ailleurs, elle était parfaitement conservée, comme surgie du sol à l'instant même ! Le jeune homme remettait à plus tard l'étude de ses annotations, mais il lui paraissait déjà que le texte gravé était différent de celui des autres portes. Cela n'était peut-être qu'un détail sans influence sur l'histoire des héritiers ; tout comme cela pouvait se révéler capital... Et Amanón ne supportait pas l'idée de passer à côté d'un potentiel trésor de connaissances.

Il ne releva la tête qu'un instant, le temps de masser son cou endolori par les torsions qu'il lui infligeait. Corenn lui adressa un petit signe, auquel il répondit par un salut affectueux... La Mère s'était installée sous l'arbre le plus proche, pour y étudier toutes les traductions que son fils avait déjà réalisées des grimoires etheques. *Si nous avons négligé un détail, elle le trouvera,* songea l'interprète en se remettant au travail.

— Alors, je suis grand-père, ou pas ?

Amanón reconnut aussitôt la voix de Grigán. Il trouva son père appuyé sur l'autre pilier de l'arche ; il ne l'avait même pas entendu approcher !

— Rey ne m'appelle plus que comme ça, grommelait le vétéran. Ça l'amuse beaucoup, mais ça ne l'empêche pas de taper dans le dos de Kebree dès que le Wallatte passe à sa portée... Vous ne savez vraiment pas à quoi vous en tenir, tous les trois ?

Sa franchise était désarmante. Amanón fut tenté de changer de sujet, mais il ne put se soustraire au regard gris-noir qui le fixait avec bienveillance.

— C'est arrivé trop vite, alors que nous étions tous bouleversés, s'excusa-t-il. Personne n'est fautif.

— Je le sais bien. Et qu'avez-vous prévu de faire ?

— Rien, soupira Amanón. Nous avons repoussé toute discussion sur ce sujet à... beaucoup plus tard. Quand Sombre sera vaincu.

Grigán retint ses commentaires, si toutefois il en avait à formuler. Avisant son expression, le jeune homme comprit néanmoins qu'il partageait son désarroi.

— Et si elle choisit de partir avec le fils de Saat ? reprit le vétéran. Tu dois déjà te préparer à l'accepter. Aucune bataille n'est plus dure à remporter, que celle que l'on livre contre soi-même.

Amanón acquiesça docilement, mais cette évocation de l'avenir lui avait comme tordu les entrailles. Imaginer qu'il perdrait Eryne au profit de Keb... qu'elle disparaîtrait de sa vie, emportant un enfant qui était peut-être de son sang... Il s'aperçut soudain que sa main tremblait, et tenta de le dissimuler. Peine perdue. Son père avait toujours fait preuve d'un regard d'aigle.

— Tu peux compter sur ta mère et moi pour tout ce qu'il est possible de faire, assura le vétéran. Que tu sois l'Adversaire ou qu'il s'agisse d'un autre, nous vous aiderons jusqu'à ce que Sombre disparaisse enfin de nos vies. Et nous trouverons *aussi* un moyen de retenir Eryne chez les mortels, j'en suis sûr. Par contre, c'est à toi de savoir ce que tu veux vraiment.

— Je veux qu'elle soit ma femme, lâcha Amanón dans un accès de sincérité.

— Bien, conclut Grigán avec un petit sourire. C'est tout ce que je voulais entendre. Tu sais ce qu'il te reste à faire.

Il s'éloigna sur ces derniers mots, sa lame battant sa cuisse, en direction de Corenn qui sourit à son approche. La Mère n'avait rien pu entendre de cette conversation, mais nul doute que son complice de mari lui en résumerait le principal, à mots plus ou moins couverts... De nouveau seul, Amanón reporta son attention sur le cahier qu'il tenait toujours.

Il se sentit soudain bien stupide.

Quelques instants plus tard, il descendait de la colline où l'arche était érigée, avec la ferme intention de profiter un peu, lui aussi, de la beauté des jardins...

Il lui fallut à peine trois décilles pour repérer la famille de Kercyan, qui déambulait tranquillement entre les buissons fleuris et les bassins de nénuphars. Il s'élançait déjà vers eux, lorsqu'il s'aperçut que la quatrième silhouette n'était pas celle de Nolan... mais celle du prince wallatte.

Une soudaine bouffée de haine enflamma alors l'esprit du jeune homme, qui eut tôt fait de l'étouffer. Après tout, il ne pouvait reprocher qu'une seule chose au barbare : celle d'aimer la même femme que lui...

Un court moment seulement après cette scène, il était de nouveau sous l'arche des Etheques, à recopier des symboles qui ne leur seraient probablement d'aucune utilité. Ni à eux, ni à leurs enfants, quels qu'ils soient...

Grigán passa deux fois encore à proximité de son fils. Il n'engagea plus la conversation. Sans doute à cause de l'expression dure qui marquait désormais les traits d'Amanón.

✣ ✣ ✣

Reyan avait attrapé Keb par l'épaule, pour entraîner plus ou moins de force le Wallatte dans la promenade familiale. Le duc se sentait probablement encore coupable d'avoir agressé le barbare… Ce dernier ne semblait en garder aucune rancune, pourtant. Il ne se montrait pas plus distant ou maussade avec le père d'Eryne, qu'avec n'importe lequel des autres héritiers. En fait, seuls les deux petits-fils de Bowbaq réussissaient parfois à arracher un sourire au guerrier, mais la plupart du temps, il n'affichait qu'une indifférence soucieuse.

La damoiselle elle-même avait remarqué d'importants changements dans l'attitude de son ancien amant. Il ne plaisantait presque plus. Il râlait beaucoup moins, également. Il avait même mis un frein à sa campagne de séduction, engendrant chez la damoiselle une sensation de manque dont elle ressentait une grande honte ! Elle se savait impliquée dans les préoccupations de Keb, et aurait donné beaucoup pour apaiser une partie de ses maux… mais personne ne pouvait revenir sur le passé. Eryne n'avait plus qu'à assurer le malheureux de son amitié, de son soutien, chaque fois que l'occasion lui en était donnée… et cela, tout en prenant garde à ne pas le nourrir de faux espoirs. La Lorelienne n'avait rien décidé de son propre avenir ; elle ignorait même si elle pourrait rester humaine ! Aussi refusait-elle toute forme de promesse ou d'engagement.

Les premières décilles de cette balade se révélèrent des plus embarrassantes. La relation complexe entre Keb et Eryne, le geste violent qui avait sauvé la jeune femme, le malaise de Lana et Rey devant cet étranger dont ils avaient tué le père, pesaient lourdement sur l'ambiance et les humeurs. Le duc s'efforça de les détendre en multipliant les mots d'esprit, mais les traits de génie qui faisaient le succès de ses pièces comiques ne trouvèrent pas, alors, de public assez réceptif. Après un moment, Lana se pendit au bras de son époux et l'entraîna volontairement à une dizaine de pas en avant. Eryne lui en fut reconnaissante. Depuis le début de leur voyage, elle avait appris à cerner le Wallatte… Il ne se confiait pratiquement jamais ; et lorsque c'était le cas, il semblait à chaque fois regretter ce qu'il considérait comme une faiblesse. Jamais il n'aurait ouvert son cœur devant les de Kercyan réunis ! Même en la seule compagnie de son amante, rien n'assurait qu'il le ferait. Après quelques instants de marche silencieuse, la jeune femme se décida donc à provoquer les choses.

– Je me demande quelle va être la suite des événements, avoua-t-elle. Mon père, Grigán et les autres semblent décidés à aller chercher l'épée de Chebree… Tu as réussi à les convaincre. Tu vas bientôt rentrer chez toi, dirait-on !

Keb lâcha un soupir désabusé, puis reprit son expression maussade.

– J'espère seulement que Wallos est toujours debout, commenta-t-il avec amertume. J'en suis parti depuis si longtemps que les Solenes ou les Thalittes ont pu enfoncer nos frontières au moins dix fois. Et avec ce démon qui la menace, ma mère… n'est pas libre de repousser les assauts comme il le faudrait. Dans cette guerre, nous avons pourtant besoin de toute notre énergie…

– Je suis sûre qu'elle va bien, promit Eryne. Et vous allez bientôt vous retrouver.

– Mouais, acquiesça le Wallatte.

Il laissa passer un nouveau silence, puis ajouta :

– On ne s'est pas quittés de la meilleure manière. Si elle refuse de me recevoir, je n'aurais plus qu'à lui voler l'épée pour la sauver malgré elle. Je me passerais bien de cette nouvelle trahison.

Eryne ne put qu'acquiescer, compatissante. Elle devinait également d'autres inquiétudes chez Kebree : à quel point le démon avait-il asservi sa génitrice ? Donnerait-elle l'alarme dès sa rencontre avec ne serait-ce qu'un seul des héritiers ? Aurait-il à user de la force contre sa propre mère ? Tout cela, et peut-être d'autres choses encore, plissait le front du barbare au beau visage, lui donnant une expression étonnamment sérieuse.

– L'un de tes amis au palais pourrait peut-être nous aider, avança la damoiselle. En nous informant de l'état d'esprit de la reine, par exemple… Nous éviterions les mauvaises surprises.

— Je ne suis *que* le prince de Wallos, démentit Keb. Tous resteront fidèles à Chebree, jusqu'à ce que je la remplace sur le trône. Ainsi en est-il depuis qu'elle a réuni le reste des clans. Pour savoir à quoi m'en tenir vraiment, il me faudra la rencontrer.

— Plusieurs d'entre nous insisteront pour t'accompagner, supposa Eryne. C'est même le contraire qui m'étonnerait...

— Je sais. Vos aïeux ont du mal à me faire confiance. Je reste le fils de leurs anciens ennemis.

— Mais c'est faux, je...

— C'est humain, l'interrompit le Wallatte en haussant les épaules. Je ne leur en veux pas. On verra quand le moment sera venu.

Il y avait comme une résignation mélancolique dans ses réponses, qui fit grandir l'inquiétude de la jeune femme. Keb s'était toujours montré le plus téméraire d'entre eux, se dressant face aux dangers comme si la mort ne pouvait le prendre... Cette fois, il semblait pourtant prêt à se laisser emporter.

— Et... que feras-tu, *ensuite ?* demanda-t-elle. Une fois que nous serons en possession de l'épée ?

Le Wallatte prit une profonde inspiration, puis promena son regard sur la tranquillité des jardins de Dara. Lana et Reyan se retournèrent de concert pour adresser un petit salut aux deux jeunes gens. Eryne fit des vœux pour qu'ils ne les rejoignent pas trop vite... pas avant qu'elle ne connaisse les projets de celui qui pouvait être le père de son enfant.

— Ensuite, je ne sais pas, finit par avouer Keb. Cela dépend de ce que je trouverai à Wallos. Ma mère et mon peuple ont peut-être besoin de moi... tandis que vous êtes assez nombreux, maintenant, pour vous passer de ma compagnie. À part cette épée, je n'ai plus rien à vous apporter.

Il pressa aussitôt le pas, bifurquant pour rejoindre le clan de Bowbaq, rassemblé autour d'un petit étang. Eryne chercha un mot pour le retenir... en vain. Le Wallatte ne semblait guère désireux d'être retenu, de toute manière. Il ne lui avait même pas adressé un dernier regard avant de s'éloigner.

Restée seule, la damoiselle ravala la boule qui grossissait dans sa gorge, puis rejoignit ses parents en se forçant à sourire. Ça lui était pourtant extrêmement difficile, et il fallut en appeler à tous ses talents de courtisane pour y parvenir… Car, à mots couverts, Keb venait de lui faire ses adieux. Las sans doute de l'indécision de la jeune femme, il avait tranché pour eux tous.

Eryne voyait ainsi une nouvelle part de sa vie lui échapper. Sans qu'elle ressente ni soulagement par rapport à Amanón, ni profonde détresse pour l'abandon qu'elle venait de subir. Seulement l'impression de chuter dans un gouffre, dont le fond reculait toujours plus loin…

+ + +

Bowbaq accueillit Kebree de son sourire le plus amical, mais il se rembrunit aussitôt en découvrant l'expression accablée du Wallatte. Le grand-père aurait trouvé *impoli* d'interroger son jeune compagnon sans y avoir été invité ; aussi se contenta-t-il de tapoter l'herbe à son côté, proposant au barbare de s'y asseoir. Après quelques instants d'attente silencieuse, il apparut évident que Keb ne projetait pas de se confier, ni même d'engager la conversation… Bowbaq rumina alors sa déception. Il avait espéré que l'arrivée du Wallatte lui donnerait l'excuse qu'il cherchait pour reporter ses décisions à plus tard. Ou plutôt, *l'aveu* de ses décisions. Car le grand-père n'avait aucun doute sur les résultats de ses réflexions. Il cherchait juste à rassembler assez de courage pour les partager avec sa famille ; et ça, c'était pour l'instant au-dessus de ses forces…

Alors que la plupart de ses amis s'étaient dispersés dans les jardins pour évoquer leurs projets, la troupe des Arques s'était installée au bord d'un petit plan d'eau de faible profondeur. Jeran et Tolomin s'amusaient depuis à s'asperger d'un liquide qui ne laissait aucune trace d'humidité sur leurs vêtements. Les adultes présents allaient tour à tour participer à la bataille, et Niss elle-même multipliaient les allers et retours entre le bassin et ses aïeux, qu'elle couvrait d'inépuisables baisers. Personne n'avait encore abordé le sujet qui justifiait ces apartés... On riait seulement de ces jeux enfantins, en vantant la beauté des jardins ou en soulignant leurs aspects les plus perturbants. Bowbaq avait au moins vu l'un de ses espoirs confirmés, pendant ces conversations : aucun des anciens prisonniers du Jal ne souhaitait y séjourner plus longtemps. Même si quitter cet endroit les exposait à de bien plus graves dangers.

Le temps passait, pourtant, sans que le grand-père ne trouve le courage d'exposer ses projets. Il éprouvait l'envie étrange de s'en ouvrir d'abord à Amanón, à Nolan, ou à n'importe lequel des jeunes gens qu'il avait suivis au cours de ces dernières décades... Mais la plupart étaient hors de vue, et Keb, tout proche, semblait comme emmuré en lui-même.

Restait Niss. Niss, qui n'était plus l'enfant sans grâce qu'il avait emmenée jusqu'à Lorelia... mais au contraire une belle jeune fille, d'autant pleine de vie et d'entrain qu'elle avait connu la mort par deux fois, sans compter sa noyade. *Oui, peut-être devait-il d'abord en parler à Niss.* Il se répétait cette évidence, s'encourageait à se mettre debout, à entraîner un moment sa pupille à l'écart... sans parvenir à agir pour de bon. Finalement, ses soupirs et ses expressions tracassées le trahirent avant qu'il ne puisse entreprendre quoi que ce soit. Son épouse depuis presque quarante ans, la douce Ispen, fit mine de poser la tête sur son épaule pour mieux lui chuchoter quelques mots à l'oreille.

— Tu veux repartir seul, n'est-ce pas ?

La clairvoyance de sa femme le stupéfia ; mais un instant, seulement. Sous le regard amoureux du grand-père, Ispen était aussi intelligente que Corenn, aussi intuitive que Lana. Elle venait encore d'en faire la preuve.

— C'est mieux comme ça, marmonna-t-il, troublé. Nos enfants ne peuvent rien faire contre ce démon. Seule Niss a peut-être une chance.

— Robe et Prad voudront l'accompagner, remarqua la grand-mère. C'est leur fille, après tout. Leur fille unique.

— Je sais, soupira Bowbaq. Mais nous serons bien assez nombreux pour la protéger... Et Robe et Prad n'ont jamais vécu une bataille. Même leur fille a plus d'expérience qu'eux. Je préfère vous savoir en sécurité, quelque part, au pays. Avec des gweloms plein les poches.

Ispen acquiesça, puis se redressa pour plaquer un tendre baiser sur les lèvres de son époux. Elle lui caressa les cheveux, les tempes creusées de rides, et la barbe qu'il avait toujours eu fournie... Le regard qu'elle lui rendait donnait l'impression à Bowbaq qu'il pourrait soulever des montagnes.

— Tu reviendras, assura la grand-mère d'une voix émue. Tu es *toujours* revenu. Le temps que j'ai passé ici, je n'ai pas eu peur un instant : je n'ai fait que t'attendre. Et je t'attendrai encore, mon gentil mari. Tu reviendras, et tu me ramèneras ma petite.

Bowbaq voulut en prêter serment ; il chercha ses mots, mais se contenta finalement de serrer sa femme contre lui, en la plus sincère des promesses.

Quelques instants après, il se levait et réclamait l'attention de sa petite troupe.

Il avait enfin trouvé assez de courage pour exposer son projet. Il allait devoir affronter pas mal de protestations et de menaces de désobéissance, à n'en pas douter, mais il savait qu'il aurait gain de cause. Avec la confiance dont l'avait assuré Ispen, il se sentait prêt à relever n'importe quel défi.

✣ ✣ ✣

— Je n'aime pas ça, commenta Léti, les lèvres pincées.

Cael et Yan échangèrent un regard entendu. Avant même que son père n'ait fini d'exposer son idée, l'adolescent avait déjà deviné ce que sa mère en penserait... C'était inévitable : elle avait perdu de vue son fils pendant si longtemps qu'elle ne supportait pas l'idée de le voir prendre un nouveau risque, même minime. Et, à vrai dire, Cael lui-même ne se sentait guère rassuré !

— Nous n'aurons pas d'autre occasion, rappela Yan. Dès que nous aurons quitté le Jal, nous devrons porter des gweloms en permanence. Il faut profiter de pouvoir nous en passer, *ici*.

—Tout de même ! Tu sais à quel point j'ai confiance en toi... Mais là, tu parles d'entrer *dans l'esprit de ton propre fils !* Sans aucune idée des conséquences !

— Niss l'a déjà fait plusieurs fois, rappela l'adolescent.

— Il s'agit seulement d'une expérience, rappela son père. Le cas échéant, je... veux pouvoir aider Cael, comme Niss, quand elle a repoussé l'esprit de Sombre. Je dois vérifier si j'en suis capable.

— Et si ça empirait les choses, justement ? répliqua Léti. Si ça réveillait cette fameuse Voix ?

— Elle est en sommeil depuis que je suis à Dara, annonça Cael. Je crois qu'elle ne supporte pas les jardins.

À bout d'arguments, sa mère se contenta de lui adresser un regard implorant. L'adolescent était tenté de lui céder... mais d'un autre côté, l'idée de pouvoir compter sur son père, en cas de nouvelle crise, était bien rassurante ! Cael était également curieux d'assister à une démonstration des pouvoirs de Yan. On lui avait tellement vanté ses facultés de magicien, qu'il se demandait si le contact de leurs esprits serait différent de son expérience avec Niss.

— Allons-y, décida-t-il en évitant de regarder sa mère. Ça pourrait un jour sauver la vie de quelqu'un.

Ses mains connurent un léger tremblement, alors qu'il faisait glisser le collier de son pendentif par-dessus son crâne. Du plus loin qu'il s'en souvienne, il ne s'était *jamais* séparé de l'objet. Même lorsqu'il avait fallu en changer les attaches, ou simplement le nettoyer, il l'avait à chaque fois conservé entre les doigts. Ainsi, lorsqu'il déposa délicatement le bijou sur l'herbe... il eut une désagréable sensation de vulnérabilité. Pour ne pas dire de nudité.

Le geste était pourtant nécessaire. Quand Cael était en possession de son gwelom et maître de lui, son esprit était inaccessible, même pour les dieux. Niss avait essayé ; elle avait eu l'impression de n'avoir personne devant elle...

L'adolescent ne se découvrait qu'à l'instant où sa Voix prenait l'avantage, rendant inopérante la magie du pendentif. L'idée de Yan était d'inspecter le fantôme de Sombre alors que ce dernier se trouvait *justement* en position d'infériorité. Leur plus grand espoir était de trouver ainsi une manière de l'étouffer pour de bon, mais Cael n'y croyait guère... *Ils ne risquaient rien à essayer, de toute façon,* songea-t-il en un affreux mensonge.

Ses parents et lui étaient agenouillés dans l'herbe. Il se déplaça pour se mettre bien en face de Yan, acquiesça et ferma les yeux, indiquant ainsi qu'il était prêt pour l'expérience... Son père ne fit pas monter son angoisse plus longtemps. Un instant à peine après avoir clos les paupières, Cael sentit une pression s'exercer sur son esprit, en une sensation à la fois familière et différente. Une terrible envie de révolte s'empara de l'adolescent, mais cette réaction était inévitable et il s'efforça de la contrôler... Sa torture fut heureusement de courte durée. Le temps de quelques battements de cœur, et l'intrus se retira avec une douceur proportionnelle à la puissance de sa Volonté.

— Ça va ? s'inquiéta Léti, alors que son fils portait la main à son front. Tu souffres ?

— Ça va, promit Cael avec un geste excédé.

Il lui fallut un moment encore pour étouffer la brève bouffée de haine engendrée par l'expérience. Les erjaks lui avaient expliqué, quelques décades plus tôt, que l'utilisation de leurs pouvoirs avaient toujours cette conséquence sur leurs sujets : qu'y avait-il de plus terrible agression que celle de voir son esprit soudain violé ? Heureusement prévenu, l'adolescent eut l'intelligence d'attendre l'apaisement, avant de relever les yeux vers son père. Avec Niss, jamais il n'avait connu ces désagréments... mais la jeune fille s'était attaquée à sa Voix. Son *autre* conscience. Donc, pas vraiment à lui.

— Alors ? demanda-t-il, désormais impatient.

— Rien, soupira Yan. Je ne l'ai pas trouvé. Il est sûrement là, quelque part, mais trop ténu en ce moment pour être repéré. Le pouvoir de Dara y est peut-être pour quelque chose... À moins que les capacités de Niss ne dépassent largement les miennes, ce qui ne m'étonnerait pas, d'après vos récits.

— Mais… qu'as-tu vu, alors ? insista Léti.

— Cael, seulement Cael, répéta Yan. Les magiciens ne se représentent pas tous les choses de la même manière ; pour ma part, l'esprit humain est une sorte de brouillard en perpétuel mouvement… Un nuage composé de fumées qui se croisent, se chevauchent ou se démultiplient, un peu comme la danse des Ondines, en fait. Toutes les pensées mouvantes que j'ai surprises étaient celles de Cael. La Voix se cache sûrement parmi elles, mais il est impossible de la déceler sous sa forme actuelle. Je regrette…

L'adolescent acquiesça lentement, sans pouvoir masquer sa déception. Ainsi, même celui qui avait trouvé le courage de se présenter devant Sombre ne pouvait rien faire pour l'aider ! Inévitablement, l'une des prophéties d'Usul lui revint en mémoire : il finirait par se soumettre totalement à sa Voix. L'étincelle noire que le démon avait allumée dans son esprit réussirait un jour à consumer toutes les fumées blanches décrites par son père.

— On trouvera quelque chose, promit Yan. Dis-toi au moins que tes crises cesseront dès que Sombre aura été vaincu… Tu ne te sentiras plus menacé.

Cael lui rendit un sourire triste, puis ramassa son pendentif avant de le repasser à son cou. Alors qu'il peinait à s'en séparer, encore quelques décilles plus tôt, il trouvait désormais l'objet presque inutile… À quoi bon continuer à se cacher des démons, alors que lui-même en abritait un au creux de son esprit ? Léti dut deviner son trouble, car elle attira bientôt l'adolescent tout contre elle pour le réconforter comme un enfant. Cael se laissa bercer, mais le pessimisme avait repris le dessus sur ses autres sentiments… Il eut soudain une très forte envie de voir toute cette histoire enfin terminée, même de la plus tragique des façons. Il ne supportait plus d'être continuellement rongé par l'angoisse.

Perdu qu'il était dans ses pensées, son premier frisson ne le fit même pas réagir. Ce n'est qu'à la deuxième sensation de froid, alors qu'une bise traversait les jardins en dérangeant leur immuable harmonie, que l'adolescent se redressa avec étonnement... Ses parents étaient pareillement surpris, pour ne pas dire inquiets : le ciel toujours clair de Dara se couvrait de nuages gris ! Ces derniers descendaient de plus en plus bas sur les montagnes, à une vitesse qui n'avait rien de naturelle. Le temps que les Kauliens se lèvent et prennent la direction de l'arche, la température baissa encore de quelques graduations... Le fracas du tonnerre explosa soudain au-dessus du paysage enchanteur, puis son roulement fut longuement répercuté par les parois rocheuses. Cael et ses parents avaient adopté le pas de course ; ils aperçurent bientôt les autres héritiers, qui convergeaient pareillement vers la porte des Etheques... La pluie commença à tomber bien avant qu'ils ne l'atteignent. Une pluie drue et glacée, accompagnant la succession d'éclairs et de coups de tonnerre qui s'abattaient désormais sur le Jal. Une pluie qu'aucun d'entre eux n'avait jamais vue à Dara.

Toutes les générations des héritiers furent bientôt réunies à l'abri de l'arche. Ils étaient plus ou moins trempés, selon le temps qu'il leur avait fallu pour gagner ce point de ralliement, mais ils partageaient la même expression grave, les mêmes interrogations chargées d'inquiétude.

– Quelqu'un a-t-il fait quelque chose qu'il n'aurait pas dû ? demanda Grigán, ses vêtements noirs luisant d'humidité.

Son attention se portait sur Keb, mais Bowbaq posa la main sur l'épaule du Wallatte avant de hocher négativement la tête. En revanche, Cael surpris le regard indéchiffrable qu'échangèrent Zejabel et Nolan... Il s'attendait presque à les entendre avouer quelque chose, quand Nol l'Étrange surgit soudain du rideau de pluie qui les encerclait.

Naïvement, l'adolescent remarqua que l'éternel était le seul à ne pas être mouillé... mais il y avait évidemment bien plus grave phénomène dont s'étonner !

– Que se passe-t-il ? s'enquit Corenn, en porte-parole improvisé. De tels orages sont-ils choses normales, à Dara ?

Le Gardien examina les symboles gravés sur toute la hauteur de l'arche, sourcils froncés, avant de répondre.

— Ils étaient fréquents, à une autre époque, révéla-t-il distraitement. Je n'en avais pas connu depuis bien longtemps.

— Mais *que se passe-t-il ?* répéta Grigán, à bout de patience. C'est seulement un caprice du temps, ou le présage d'une nouvelle catastrophe ?

Le Doyen promena son regard sur les mortels rassemblés avant de revenir fixer le vétéran.

— Je crains que vous n'ayez deviné juste. Ces orages ne se produisent qu'à une seule occasion : lorsqu'une nouvelle porte vers le Jal est élevée dans votre monde. C'est ce qui vient d'arriver.

+ + +

Nolan crut d'abord avoir mal entendu.

C'était possible, après tout ; il avait connu bon nombre d'émotions dans ces derniers décans, et sa faculté de concentration en était d'autant diminuée. Mais devant les expressions sidérées de ses compagnons, il comprit ne pas s'être trompé. Le Doyen venait effectivement de leur annoncer l'inimaginable.

— Mais... comment... comment... bredouillait-il, incapable de construire une phrase.

Les théories les plus délirantes envahissaient déjà son esprit. Il s'imagina qu'une peuplade etheque avait pu vivre à l'écart du monde pendant des siècles et des siècles, jusqu'à ressusciter le culte de leurs anciens en édifiant une porte. Puis, il songea que ce miracle pouvait être le résultat d'un improbable concours de circonstances, une erreur, commise par des curieux qui n'avaient aucune idée de ce qu'ils faisaient... Enfin, il commença à soupçonner les sectes de la Jurande de ne pas être étrangères à l'affaire. Toutes ces pensées assaillirent le Maz en quelques instants, et il aurait probablement continué à divaguer ainsi un moment si Nol n'avait enfin livré la vérité :

— Sombre est à l'origine de cet événement, révéla-t-il à la stupeur générale.

— Oh, vous êtes sûr de vous ? railla Reyan. Et vous ne l'aviez même pas prévu ! J'oserais dire que vous n'avez pas vu l'orage venir !

— Le démon ne nous dévoile que ce qu'il veut bien, expliqua le dieu. Comme chacun de nos frères et sœurs, il peut fermer son esprit sur ses plus grands secrets.

— Il vient donc de faire une sorte d'annonce ? supposa Amanón. Une nouvelle provocation adressée aux Anciens ?

— Ça aurait été inutile. Nous avons tous ressenti la modification qui s'opérait en lui. Il n'est plus seulement, désormais, le dernier d'entre nous à avoir achevé son élévation. Il est *aussi* l'Éternel Gardien de cette nouvelle porte.

Les héritiers s'interrogèrent mutuellement du regard, mais aucun n'avait de réponse à apporter à leurs questions...

— Quels avantages lui donne ce nouveau titre ? s'inquiéta Corenn. Est-il plus puissant encore, ou autre chose ?

— Ni plus fort, ni plus résistant, expliqua Nol. Ses facultés sont et seront à jamais les mêmes, depuis qu'il est né des hommes. En revanche, il a pris un certain contrôle sur le Jal. Il peut à volonté faire surgir des alliés de Karu, tout comme empêcher la plupart des enfants de quitter Dara par ce chemin... Du moins, tant qu'il reste à proximité de l'arche. Mais rien ne l'y contraint ; il est libre de parcourir le monde, comme il l'a toujours été.

— Magnifique, commenta Keb avec amertume. Il ne manquait plus que ça.

— C'est affreux... murmura Lana.

Nolan se tourna vers sa mère, mais lui-même, comme la plupart, était déjà arrivé à la conclusion de l'Emaz.

— Voilà pourquoi il extermine les autres Gardiens, poursuivit-elle. Il veut détenir le seul accès possible au Jal ! Personne ne pourra plus y entrer sans son consentement !

— Il serait le maître des deux mondes, acquiesça Nol. Ce qu'il a toujours désiré être, de par sa nature profonde.

— Mais vous n'avez vraiment aucun moyen de l'en empêcher ? intervint Eryne. Après tout, vous êtes vous-même le plus ancien des Gardiens !

— Cela ne me donne aucun avantage, réfuta l'Étrange. À peine aurais-je franchi la porte que Sombre profiterait de l'occasion pour souffler ma flamme éternelle. Je n'ai aucun moyen d'échapper à sa haine. Sans la protection des jardins, il m'aurait tué depuis déjà bien longtemps.

— Il vous est pourtant arrivé de sortir, rappela Yan.

— Cela m'est nécessaire, pour m'entretenir avec nos alliés. Mais je ne peux me risquer plus de quelques instants dans le monde des mortels. Dès que le démon détecte ma présence, il se précipite pour me combattre… Ses formes d'avatars sont si rapides que je lui échappe parfois de toute justesse.

— Et bientôt, il vous attendra au pied de sa porte, glosa Reyan. Autant dire que vous ne mettrez plus le nez dehors.

Le silence se fit quelques instants, alors que la pluie diminuait brutalement d'intensité. L'orage se dissipa bientôt, plus vite encore qu'il ne s'était déclaré… Les jardins de Dara allaient retrouver leur quiétude. *Une quiétude sourde et aveugle*, songea Nolan, en serrant les doigts de Zejabel entre les siens.

— Le passage est refermé, commenta le Doyen sans émotion apparente.

— Que voulez-vous dire ? releva Corenn. Que Sombre vient d'utiliser sa porte, *à l'instant même ?*

— C'est ce qui a provoqué la tempête, acquiesça Nol. À la première utilisation d'une nouvelle arche, il se produit toujours quelques perturbations, le temps que le Jal retrouve un équilibre avec le monde des mortels. Le phénomène a dû être bien pire, à Karu. Ce que nous avons vécu ici n'était qu'un lointain écho.

— Il n'y a plus qu'à deviner ce qu'il est allé faire là-bas, grommela Grigán. Pas retrouver ses souvenirs, j'imagine…

— Il ne peut lui-même y retourner, rappela le Doyen. Et, même s'il est le Gardien de sa porte, sa nature profonde l'empêche d'ouvrir un passager vers les jardins. Vous êtes toujours en sécurité ici.

— Mais nous y serons à jamais prisonniers, si nous ne partons pas au plus vite… conclut Lana.

— Avant cela, il nous manque encore un renseignement de taille, intervint Amanón. Vous ne nous avez pas encore dit *où* se trouvait cette nouvelle arche.

— Elle est à Lorelia, annonça l'éternel. Dans le palais même de la reine Agénor.

Nolan connut alors un violent frisson ; l'espace d'un instant, il sentit se déchirer le voile qui masquait certains de ses souvenirs… Il tenta de s'accrocher à quelque chose qu'il entrevoyait à peine, lutta pour en découvrir davantage, mais finit par se perdre entre imaginaire et réalité. Quand il rouvrit les yeux, ce fut sur l'expression inquiète de Zejabel, qui le dévisageait, le front plissé.

Le jeune homme ne trouva pas les mots pour la rassurer. Il sortait tremblant de cette brève, mais étrange expérience. Avec une seule certitude : la représentation de cette arche monumentale, édifiée au sein même d'une bâtisse séculaire, ne lui était pas étrangère. D'une manière ou d'une autre… il en avait déjà eu la vision.

+ + +

Les événements s'étaient précipités de manière fulgurante. Niss avait l'impression d'avoir retrouvé sa famille depuis seulement quelques décimes ; et voilà qu'ils devaient déjà se séparer ! La jeune fille avait peine à y croire, mais les adieux que l'on échangeait autour d'elle étaient pourtant bien réels. La grand-mère Ispen, l'oncle Harqi et tante Iulane, les cousins Jeran et Tolomin… Tous adressaient un dernier salut aux héritiers, en des mots aussi fraternels que vibrants d'émotion. On se souhaitait bonne chance, on promettait de se retrouver bientôt, on lançait quelque ultime plaisanterie pour masquer son véritable trouble… Quand Robe et Prad se présentèrent enfin devant leur fille unique, celle-ci ne put contenir ses larmes plus longtemps. La cruauté du destin envers leurs familles l'amena au bord de la nausée. *Si seulement les Ondines n'avaient jamais fait cette prophétie ! Si seulement Sombre n'existait pas !* Malheureusement, aucun miracle ne vint soudain bouleverser le cours des choses, et Niss ravala ses sanglots en se serrant contre sa mère. Elle s'était promis d'être forte ; du moins, le plus possible...

– Je viens avec vous, décida son père. Je ne peux pas te laisser dans cet état !

La jeune fille l'étreignit en hochant négativement la tête. Pour rien au monde, elle ne voulait mettre ses parents en danger. Bowbaq avait raison : c'eut été folie de tous courir au-devant du démon ! Ispen, Robe, Prad, Harqi, Iulane, sans parler des garçonnets, étaient désarmés face à leur ennemi. Aucun d'eux n'était l'Adversaire ; pas plus qu'ils n'avaient d'expérience de la bataille... Tout ce que les générations d'héritiers avaient affronté avant ce jour, tout ce qui les avait préparés à l'ultime confrontation, les Arques ne l'avaient pas connu. Ils périraient à la moindre rencontre avec des sectateurs de la Jurande, ou mettraient en danger leurs compagnons, ce qui serait tout aussi effroyable.

Prad lui-même dut se remémorer ces réflexions, car il n'insista pas. Niss en fut soulagée. Ispen et Bowbaq avaient eu assez de mal à convaincre leur fils, son père, et elle ne se sentait pas la force de recommencer...

Malgré tout, elle jalousait les autres, ceux qui l'avaient accompagnée depuis Lorelia jusqu'au Jal, et qui ne souffraient pas, *eux*, du déchirement de la séparation. Cael, Amanón, Eryne et Nolan quitteraient les jardins entourés de leurs parents respectifs. Quant à la jeune fille, elle ne pourrait compter que sur son grand-père, ce qui était beaucoup et peu à la fois... Elle songeait même, lors de brèves prises de conscience, à demander à Bowbaq de la laisser partir seule avec ses amis. Il n'était pas *non plus* l'Adversaire, après tout. Mais elle ne pouvait se résoudre à cette forme de solitude, tout en reconnaissant son égoïsme... Elle se réconfortait en songeant que le grand-père n'aurait jamais accepté cette proposition. Il veillait sur elle depuis des lunes ; il était incapable d'arrêter au moment même où elle allait en avoir le plus besoin !

Enfin, elle se sépara de ses parents à regret, alors que Zejabel ramenait les pierres qu'elle s'était chargée de rassembler. Des petits morceaux du Jal, qui devaient préserver leurs possesseurs de l'œil noir des démons... Chacun en prit deux ou trois dans le sac ouvert de la Züe, même ceux qui portaient déjà des gweloms. Tout cela sous le regard indéchiffrable du Doyen... Il avait déjà exprimé sa réticence à laisser emporter du gwele des jardins, une vingtaine d'années plus tôt. Il ne renouvela pas ses avertissements, conscient sans doute que les mortels n'en auraient pas tenu compte ! À moins qu'il n'accepte ce sacrifice en hommage à ceux qui représentaient la dernière chance des enfants de Dara.

Cet ultime préparatif terminé, il ne restait plus aucune raison de s'attarder davantage. En s'enlaçant les uns les autres, les héritiers prirent un peu de distance avec la porte, laissant à Nol l'Étrange suffisamment de place pour en appeler à son pouvoir de Gardien... Niss marchait le front bas, et le pied lourd. Malgré sa mélancolie, elle remarqua que le sol n'avait gardé aucune trace de cette violente averse. Elle ressentit soudain une profonde répulsion pour cet endroit, qui pouvait être aussi beau que figé dans une espèce de négation de la vie ! Dans les derniers décans, toute à la joie des étreintes familiales, elle avait presque oublié que ce territoire était celui du Rêve. Le lieu qui rassemblait les esprits des défunts, ainsi que l'avaient souhaité les Etheques... Le lieu où les âmes mortelles venaient accroître les pouvoirs d'enfants exceptionnels, en se liant, ou plutôt en se *fondant* en eux à jamais.

En repensant à sa propre expérience de la mort, la jeune fille ne portait plus le même regard sur le paysage. Même si ces derniers instants passés avec ses parents étaient précieux, il lui tardait désormais de franchir la porte vers le monde connu. De retrouver de véritables sensations humaines, comme la faim ou la fatigue. D'être soumise aux lois naturelles qu'elle avait toujours connues. De se sentir vivre *réellement*, même si c'était au prix de certaines souffrances.

Son vœu devait bientôt être exaucé. Le Doyen n'esquissa qu'un simple geste de la main, probablement symbolique, avant qu'une éclatante lumière n'emplisse soudain l'intérieur de l'arche. Et quelques instants suffirent à ce que cette clarté diminue, pour laisser place à un paysage enneigé... Avec un pincement au cœur, Niss reconnut les plaines de l'Arkarie. Il lui semblait pouvoir sentir l'odeur forte des sapins bleus, alors que cela même était impossible. Elle fut tentée de marcher jusqu'à la porte, de la franchir, ne serait-ce que pour faire dix pas dans la poudreuse et respirer un air de liberté... C'eût été déraisonnable. Ses parents n'en auraient été que plus torturés par le remord et l'angoisse, et elle n'aurait peut-être pas trouvé la force de revenir de ce côté... à moins que Cael ne le lui demande, bien sûr.

— La porte n'est pas très loin des camps du Renne, rappela Bowbaq, des trémolos dans la voix. Vous serez vite à l'abri... On vous rejoindra bientôt... Et on parlera de tout ça au passé, et on recommencera la fête de la nouvelle année de Niss, avec du *milo* et de la *qinga*... et...

La grand-mère Ispen ne laissa pas à son époux le temps de s'enfoncer dans sa tristesse ; elle l'obligea à se pencher pour lui donner un dernier baiser, puis serra sa petite-fille contre elle, avant de s'avancer vers le passage magique. Là, elle vérifia les attaches de ses vêtements et s'avança résolument dans la vision. Niss avait beau avoir elle-même emprunté semblable raccourci, le spectacle de son aïeule debout dans la neige, si près et si loin à la fois, était stupéfiant... Tante Iulane et sa famille suivirent peu après, de même que les parents de Niss, avec une émotion beaucoup plus marquée.

Tous se saluaient encore à travers la porte, en faisant fi de la distance considérable qui les séparait désormais, quand le passage fut brutalement refermé. Alors, Niss sut être à nouveau seule. Elle se tourna vers son grand-père, mais lui-même se concentrait sur les paroles réconfortantes, pleines de promesses, de Corenn et Grigán... La jeune fille se serait joint à eux si Cael ne s'était soudain avancé, bras ouverts, pour la consoler. Elle s'abandonna à cet instant rare avec fébrilité. L'adolescent tremblait également. Il lui avait fallu beaucoup de courage, pour vaincre la réserve qu'il affichait habituellement. Ou beaucoup d'amour...

— À notre tour, enchaîna Amanón. Vous savez où nous emmener.

Quand Niss releva la tête, l'arche était déjà ouverte sur un autre paysage. L'autre côté de la porte semblait juché sur une colline, surplombant une forêt aux couleurs rouge et ambrées. La jeune fille ne croyait pas la saison du Vent si avancée, mais cette région était située du côté oriental du Rideau, après tout, et le climat y était sûrement différent des Hauts-Royaumes...

Sans surprise, Keb fut le premier d'entre eux à quitter le Jal. Tous se raidirent en voyant le barbare empoigner sa lowa, mais il ne cherchait apparemment qu'à réveiller en lui tout ce qu'il y avait de plus wallatte. Niss le regarda inspirer profondément l'air de son pays, avec une pointe d'envie. Prad, Robe et les autres faisaient de même, en ce moment. Ils avaient déjà dû prendre la direction d'un refuge de chasse, où ils s'installeraient en attendant que l'un deux n'aille chercher des vêtements et autres équipements... alors que les héritiers se préparaient à une tout autre aventure !

Contrairement à Kebree, tous ressentirent le besoin de saluer le Doyen avant de partir ; même ceux qu'il avait retenu prisonniers si longtemps... Le duc Reyan s'enhardit à lui tendre la main comme à un égal, et puisque Nol acceptait de la lui serrer, ils défilèrent un à un pour manifester de pareils adieux. La jeune fille appréhendait ce contact physique avec l'éternel ; elle s'imaginait devoir entendre tous les esprits dont le premier enfant du Jal s'était nourri ! Elle s'arrangea donc pour passer dans les derniers, puis perdit sa répulsion en constatant que la paume du Doyen était aussi chaude et douce que la sienne.

Amanón eut le privilège de clore cette séance. Fidèle à ses habitudes, l'interprète venait de procéder à une ultime inspection des environs... exactement comme son propre père, à la décille précédente. L'esprit net de tout oubli ou regret, le jeune homme s'avança alors vers l'éternel, dont il serra la main avec solennité. Tous les autres l'attendaient déjà près de l'arche, pressés de la franchir... Niss s'attarda encore un peu. Il lui semblait assister à quelque chose d'important.

— Vous n'avez jamais dit *pourquoi,* commenta soudain l'interprète. Pourquoi vous avez amené, siècle après siècle, des mortels jusque dans les jardins. Tout cela se serait pas arrivé, si Saat n'avait jamais foulé le sol de Dara.

— Je devais le faire, répondit sobrement le Doyen. C'est une des tâches que m'ont confiées les hommes. Installer l'Harmonie entre les mortels et mes semblables.

Devant l'expression perplexe d'Amanón, il ajouta :

— J'étais le premier enfant à naître dans ces jardins. On m'a appelé l'Étrange. On me craignait tout autant qu'on m'admirait. On espérait entendre la vérité par ma bouche, on voulait me montrer en exemple, et on priait aussi pour que je ne bouleverse pas l'équilibre du monde. Ainsi suis-je devenu Celui-qui-Enseigne. Ma plus grande mission envers les mortels est de les mener à ce qu'ils désirent *vraiment.*

— Qu'est-ce à dire ? L'Harmonie, l'âge d'Ys ? Mais que sera-t-il, en réalité ?

Le Doyen prit un long instant de réflexion avant de répondre. Niss le soupçonna même de préparer un mensonge, mais il en était incapable, par nature…

— Je l'ignore, annonça-t-il enfin. Le produit de votre volonté, de vos efforts, de votre liberté… Un peu de tout cela, sans doute. En remontant de Karu, Eurydis voulait enseigner trois vertus aux mortels. *Savoir, tolérance, paix.* Peut-être en connaît-elle davantage sur cet avenir.

—Vous ne lui avez *jamais* posé la question ? bondit Amanón, surpris au plus haut point.

Tous avaient entendu cette conversation ; les derniers échanges avaient même convaincu Nolan, Lana et Corenn de redescendre pour y participer… L'Étrange les interpella à mi-chemin, avant qu'ils n'arrivent à sa portée.

— Il serait dangereux de laisser le passage ouvert trop longtemps, expliqua-t-il. Le Gardien de cette porte pourrait en être perturbé, puis sortir de son hibernation. Et je ne peux malheureusement pas vous accompagner pour le contrôler ; Sombre se présenterait aussitôt…

À regret, les héritiers se regroupèrent à nouveau devant l'arche, avec un certain sentiment de frustration. Mais sans doute n'en auraient-ils pas appris davantage en quelques décilles supplémentaires... Le visage que prendrait un jour le monde n'était pas au cœur de leurs préoccupations, de toute façon. Si Harmonie il devait y avoir, elle serait agréable aux mortels ; c'était une chose promise depuis toujours.

À condition que Sombre soit défait.

C'est avec cette pensée que Niss s'enfonça dans le passage surnaturel, pratiquement la dernière. L'Étrange la vit lui adresser un signe, puis il dissipa brusquement la magie de l'arche, plongeant les jardins dans un silence d'autant plus profond qu'il était soudain.

Nol goûta un instant de cette solitude retrouvée, les yeux fermés sur ses propres craintes. Si ces mortels échouaient, il n'en viendrait plus jamais d'autres. Et même, dans le cas contraire... rien n'était certain, en vérité. Eurydis ne lui avait pas confié quelle était la véritable nature de l'Âge d'Ys. Elle s'était contentée de rappeler que tout ce qui avait un début, devait aussi avoir une fin.

Parmi ses nombreux pouvoirs, l'Étrange n'avait pas celui de prévoir l'avenir. Il finit donc par mettre ses inquiétudes de côté pour s'asseoir dans l'herbe douce, comme il le faisait depuis toujours. Et il attendit.

Après un temps qu'il n'aurait pu mesurer, les premiers des enfants arrivèrent. Les plus petits, évidemment. Ils improvisèrent une joyeuse pagaille autour de lui, riant, dansant, ou lui réclamant des câlins. Nol attendit encore, et plusieurs cadets finirent par se présenter. Leur méfiance s'exprimait à fleur de peau ; quelques-uns des mortels étaient restés très longtemps dans les jardins, et ces futures divinités craignaient de les voir soudain ressurgir à travers la porte pourtant inanimée. Le Doyen patienta donc un moment encore, le temps de voir grossir leur nombre, puis il entama son récit...

Il manquait toujours les grands, les presque-dieux, mais l'Étrange savait qu'ils n'arriveraient que bien plus tard. Voire, pas avant une très, très longue période. Ce n'était pas grave.

L'important était de reprendre le cours normal des choses.

Ainsi, le Doyen continua à expliquer aux enfants les étranges lois qui régissaient leur monde, et celui des hommes. Comme il le faisait depuis qu'il était leur aîné. Et comme il continuerait à le faire, jusqu'à ce que l'univers change une nouvelle fois de visage.

✢ ✢ ✢

Quiconque aurait alors pénétré dans l'immense salle serait devenu fou de terreur. Les cœurs les plus faibles auraient sans doute lâché, incapables de surmonter l'émotion qui se serait emparée de leurs propriétaires. Même le prince Alcide de Bénélia, pourtant averti depuis longtemps, souffrait de palpitations et de sueurs froides, au point de se trouver plusieurs fois sur le point de défaillir. Le plus primaire de ses instincts de survie lui criait de bondir hors de son siège, de courir à la lourde porte et d'en ôter la barre pour fuir loin, très loin de cet endroit maudit... mais il restait parfaitement immobile, paralysé par la peur, et conscient que de tels agissements attireraient sur lui l'attention de cette horrible assemblée.

À ses côtés, la reine Agénor et l'Emaz Varcus affichaient un tout autre visage. On devinait sans peine la joie féroce que leur procurait le spectacle, un mélange de jouissance, de triomphe et de fascination... Leurs yeux brillaient d'une flamme vorace, pendant qu'ils contemplaient le sujet de leur réussite commune. Leurs lèvres semblaient parfois remuer à l'unisson, alors qu'ils laissaient échapper des râles d'adoration... Cela participait également au profond malaise du prince. Il se jugeait différent de ses alliés. Il lui arrivait parfois, même, de s'interroger sur les raisons qui l'avaient conduit à cette situation. Puis, il se souvenait : s'il avait refusé de se soumettre, il serait mort depuis longtemps !

À eux trois, ils étaient les seuls mortels présents dans la pièce. Du moins, les seuls encore en vie ! Le carnage avait pris fin quelques instants plus tôt, et les hurlements de douleur venaient de laisser place à d'horribles bruits de succion ou de mastication, selon les préférences gustatives des vainqueurs. Les monstres se repaissaient avec une satisfaction d'une rare bestialité…

Seul Sombre semblait encore insatisfait. *Comme toujours,* songeait Alcide, avant de chercher à enterrer cette pensée au plus profond de son esprit. Il n'oubliait pas que Sombre pouvait lire en lui comme dans un livre ouvert.

La cérémonie avait pourtant été un succès ; son déroulement avait suivi exactement le plan d'Agénor. On avait d'abord renvoyé tous les gardes de cette aile du palais. Puis, Sombre, la reine, Varcus et enfin Alcide lui-même s'étaient enfermés en compagnie des ouvriers qui avaient élevé l'arche monumentale. Tailleurs, maçons, graveurs, scribes, apprentis et compagnons, maîtres d'œuvre et besogneux, tous s'attendaient à des félicitations, et peut-être à une prime de fin de chantier…

Leur patience fut mise à rude épreuve. Alors qu'ils s'étaient regroupés d'un côté de la salle, guettant le moment où la souveraine leur ferait signe d'avancer, ils eurent la surprise de voir une nouvelle personne se joindre aux festivités. Une femme grande de taille et d'épaules, toute vêtue de rouge, et qui portait une lance d'origine exotique. C'était l'Emaz personnel de la reine qui lui avait ouvert la porte, faisant naître autant de chuchotements parmi les artisans… *Pourquoi ce haut personnage de la Cour s'inclinait-il ainsi devant cette inconnue ? Qui était-elle, au juste ?*

S'ils ne pouvaient reconnaître Zuïa, ces hommes n'eurent, en revanche, aucune difficulté à exprimer leur terreur quand les autres démons de la Jurande se matérialisèrent devant eux ! *Phrias,* énorme satyre aux doigts tranchants comme l'acier. *Valiponde,* sous l'aspect d'une araignée gigantesque aux pattes barbelées. *Le Yoss,* humanoïde à l'intelligence limitée, mais à la chair et aux gencives dures comme la pierre. *Soltan,* androgyne à la peau blanche et aux canines démesurées. Et *K'lur,* guerrier infernal, dont les yeux de braise paraissaient brûler ceux qui croisaient son regard… Tous avaient répondu à l'invitation de leur maître sous l'apparence d'un avatar, une projection de leur esprit, pratiquement aussi puissante que leur forme originale. Seule Celle-qui-Juge avait dû se déplacer en personne, puisqu'elle ne disposait pas de ce pouvoir.

À chacune de ces apparitions, les ouvriers avaient poussé des hurlements de terreur, de stupéfaction et de démence. Certains s'étaient écroulés, les mains crispées sur la poitrine, une ultime grimace sur le visage. D'autres s'étaient roulés à terre ou lancés contre les murs, la bave aux lèvres, cherchant à fuir ces horreurs par n'importe quel moyen… Mais les démons leur barraient la seule sortie à leur portée. Les deux énormes balcons qui dominaient la scène, et par lesquels ils auraient pu espérer s'enfuir, se trouvaient à plus de dix pas au-dessus de leurs têtes ! Alcide regrettait encore le désir de la reine de vivre l'événement de l'intérieur. Pour sa part, il aurait nettement préféré se trouver dans ces hauteurs…

Les mortels avaient sans doute cru atteindre les limites de la terreur ; mais leur panique avait encore monté d'un cran, lorsque Sombre avait quitté son apparence humaine pour prendre une de ses formes abominables ! Pourtant, aucun sang n'avait encore été versé… Cela n'avait commencé qu'après. Quand le démon avait commandé à la porte de s'ouvrir vers les enfers.

Malgré sa répulsion, Alcide n'avait pu détourner ses yeux du carnage. Galvanisés par le succès de leur maître, et encore enfiévrés par la dévastation des temples de la Sainte-Cité, les démons avaient exprimé toute leur fureur destructrice. Sombre lui-même s'était amusé à projeter quelques-unes de ses victimes à travers le passage magique ; en morceaux, parfois ! Agénor, Varcus et Alcide les avaient regardé brûler dans des flammes serpentines, tandis que Zuïa appliquait son Jugement à coups de lance, que Phrias et K'lur découpaient les chairs, que le Yoss broyait les os, que Soltan et Valiponde perçaient des gorges hurlantes… C'était un cauchemar en plein jour, avec, au centre de la scène, un Sombre d'autant plus monstrueux qu'il projetait de le renouveler à l'infini.

Alcide ne se détendait même pas, alors que la tuerie était enfin achevée, et que le démon avait repris son apparence de jeune homme aux cheveux noirs. La manière dont ses alliés se repaissaient de leurs victimes l'écœurait. Même Zuïa, pourtant dégoulinante du sang des innocents, avait pris de la distance avec ceux qu'elle considérait comme des puissances inférieures. Sombre semblait également s'ennuyer, depuis que la magie de la porte s'était dissipée… Il errait entre les corps avec une moue méprisante, insatisfaite, cherchant probablement un mortel à qui il resterait un souffle de vie. Et il ne releva la tête qu'aux premiers applaudissements de la reine Agénor.

– *Merveilleux*, commenta la souveraine, la voix chargée d'émotion.

Elle ne quitta son siège que pour mieux exprimer sa satisfaction, battant des mains de plus belle.

– Nous avons réussi, *mon fils !* Le temps de ton règne est enfin arrivé ! Nous n'avons plus aucune raison d'attendre pour l'annoncer !

L'Emaz Varcus se leva à son tour pour manifester bruyamment sa joie, tandis que les créatures démoniaques s'inclinaient ou exultaient selon leurs manières propres. Avec un soudain frisson, Alcide prit conscience d'être le dernier à féliciter le monstre dont il servait les plans ! Il se dressa d'un bond et applaudit aussi chaleureusement que possible…

Le visage de Sombre s'éclaira enfin d'un sourire.

Le genre de sourire que l'on peut esquisser, quand on tient enfin son ennemi mortel sous sa botte.

Livre XX
les Insoumis

AMANÓN ÉTAIT TELLEMENT habitué à mener son petit groupe qu'il fut presque déstabilisé, en constatant soudain l'expansion de ce dernier. Maintenant que Yan, Léti, Corenn, Grigán, Rey et Lana s'étaient joints à eux, c'était pas moins de *quatorze* personnes qui erraient autour de la porte en attendant de se mettre en route ! On partageait armes et équipement, on échangeait des estimations sur la position du soleil et des lieux, on se promettait la prudence… Tant de mouvement autour de l'interprète, de discussions, de choses à penser, lui faisaient légèrement tourner la tête. Mais peut-être était-ce dû à sa sortie du Jal… Le retour à la réalité, à des contraintes physiques comme la soif ou la fatigue, était aussi brutal qu'une gifle en plein visage. Disparue, l'étrange euphorie des jardins, qui atténuait les souffrances et dissipait les craintes. Les héritiers se trouvaient de nouveau livrés à eux-mêmes, avec un objectif aussi ambitieux qu'improbable : vaincre le démon immortel qui menaçait l'équilibre du monde.

Passées ces quelques décilles d'adaptation, le jeune homme retrouva tout de même son esprit pratique. Et la première chose dont il fallait décider était leur destination : dans la précipitation de leur départ du Jal, ils avaient simplement convenu de se rapprocher de Wallos... Il était temps, désormais, de mettre au point certains détails avec Keb. L'interprète se rapprocha donc du prince barbare, qui prenait patience à l'écart en scrutant les environs. En quelques instants d'ailleurs, tous se rassemblèrent autour des deux hommes !

– Le palais est à une journée de cheval vers le nord-ouest, indiqua le Wallatte en devançant les questions. L'ancien camp de Saat est à un peu plus de deux jours, à l'ouest. Derrière nous, ce sont les Solenes ; du moins si la frontière n'a pas bougé depuis mon départ...

– On ne voit que de la forêt partout, remarqua Bowbaq.

– Je suis sûr de ce que j'avance, annonça Keb. C'est mon pays ; je le connais comme la paume de ma main. Et cette arche est un sacré point de repère. La première fois que je suis venu jusqu'ici, je devais avoir onze ans... Si j'avais su à quoi elle servait, je l'aurais fait détruire depuis longtemps.

– Et tu aurais attiré son Gardien... rappela Nolan. Le Doyen nous a dit qu'il était seulement en hibernation.

Comme quelques-uns de ses compagnons, Amanón baissa alors les yeux vers le sol, ou plus exactement vers la colline qui supportait la porte des Etheques. Un étrange pressentiment lui soufflait que ce Gardien était roulé en boule, quelque part là-dessous. Sous une apparence que le jeune homme n'était pas si pressé de connaître.

– Sombre viendra ici un jour prochain pour défier ce Gardien, rappela Léti. On pourrait peut-être l'y attendre, plutôt que de le chercher partout ?

– L'idée de nous retrouver entre ces deux monstres ne me plaît qu'à moitié, prévint Grigán.

– Et le démon doit sûrement être vaincu dans sa forme originelle, réfléchit Corenn. Abattre l'un de ses avatars serait inutile ; ce n'est qu'une projection de son esprit...

– Je propose de discuter de tout cela plus tard, quand nous aurons récupéré l'épée, intervint Rey. Alors, c'est au nord-ouest, hein ? Et il y a un moyen de se procurer des chevaux quelque part ?

Amanón s'apprêtait lui-même à poser cette question. Il étudia le visage étrangement préoccupé du Wallatte.

— Peut-être dans un village, finit par lâcher le prince. En marchant bien, on doit pouvoir l'atteindre en moins de deux décans.

— Qu'attendons-nous, alors ? reprit le duc, l'œil rieur. Grigán n'a plus l'âge de traverser le pays à pied ; il faut absolument lui trouver un cheval !

La boutade fit naître quelques sourires, même si personne n'était dupe de la véritable énergie du vétéran, et surtout pas son fils. La question étant entendue, la petite troupe se mit bientôt en branle, derrière un groupe de tête composé de Kebree, Yan, Grigán et Amanón lui-même. L'interprète n'attendit pas d'être au bas de la colline pour exprimer ses inquiétudes.

— Il y a un problème avec ce village ? demanda-t-il, le regard en coin.

— C'est juste que j'ignore comment nous serons accueillis, répliqua le barbare. Sous la contrainte du démon, ma mère a pu faire beaucoup de bêtises, comme me déclarer soudain traître à la nation wallatte. J'aurais préféré aller tout droit au palais, et m'expliquer avec elle.

— Nous aurons besoin de chevaux, insista Yan. Pour nous déplacer plus vite, mais aussi pour fuir rapidement en cas de besoin.

— Je sais. J'espère seulement être encore reçu comme le prince, non comme un paria qu'il faut chasser à coup de lowa. Et il est hors de question que je lève mon arme devant ces gens.

Yan et Grigán acquiescèrent d'un air entendu, mais Amanón connaissait le Wallatte beaucoup mieux que les vétérans. Il soupçonnait Keb de ne pas livrer toute la vérité sur ses préoccupations. À moins qu'il n'appréhende simplement la future rencontre avec sa mère ?

L'espace d'un instant, l'interprète songea que le barbare pouvait projeter de les livrer à leurs ennemis. Rien de plus facile, maintenant que les héritiers étaient réunis au cœur de son territoire... Peut-être même que tel était le plan des B'ree depuis le début ! Mais une telle chose était impossible, après toutes les épreuves qu'ils avaient affrontées coude à coude. Sans parler des raisons qui attachaient Keb à Eryne… Décidément, Amanón ne pouvait pousser son imagination aussi loin. S'il devait réellement y avoir un traître dans le groupe, ce ne serait *pas* Kebree.

Pourtant, en se retournant sur le reste de ses compagnons, le jeune homme songea que personne parmi eux ne pourrait mieux tenir ce rôle.

✢ ✢ ✢

Depuis un bon moment, Eryne vacillait au bord de l'Esthesia. Elle continuait à marcher, à écouter les conversations, à répondre aux sourires de ses parents et amis, mais son esprit était comme endormi, ou plutôt assourdi par des pensées étrangères qui venaient la traverser comme le vent. C'était la première fois que cela se produisait en état de veille, sans qu'elle s'y prête volontairement. Zejabel, Nol l'Étrange et sa propre expérience l'avaient prévenue : le phénomène serait de plus en plus fréquent, jusqu'à ce qu'elle ne connaisse plus un moment de tranquillité. À chaque instant qui passerait, elle recevrait le flot continu des émotions et des prières des mortels… alors qu'elle-même n'aurait plus grand-chose de commun avec eux.

Elle n'en avait rien dit, pour ne pas inquiéter ses proches, mais son propre trouble était profond. Depuis une certaine conversation avec Zejabel, elle avait toujours gardé l'espoir que le fils qu'elle attendait lui rendrait sa nature humaine. Après tout, ses pouvoirs ne s'étaient manifestés qu'à cause de son état de future mère… Elle s'était accrochée à l'idée que tout redeviendrait normal dès que cet enfant serait venu au monde. C'était son phare dans la nuit, son vœu secret, la force qui lui permettait de résister à l'abattement… Mais il paraissait de plus en plus évident qu'elle n'aurait pas le temps d'entrer en couches. Son « élévation » au rang d'authentique déesse semblait bien plus rapide qu'elle ne l'aurait souhaité.

À moins que Sombre ne se charge, tout simplement, de mettre un terme à ses tourments...

Bien malgré elle, la jeune femme recevait donc des impressions et des idées qui lui étaient totalement étrangères. Lorsqu'elle n'y prêtait pas attention, elle percevait l'ensemble comme un brouhaha monotone. Mais quand elle choisissait de se concentrer sur l'une ou l'autre image, elle pouvait alors tout découvrir sur le mortel qui en était à l'initiative ! Dans son ancienne vie de courtisane, avide de secrets d'alcôve et de cancans, elle aurait trouvé l'expérience des plus enthousiasmantes... mais il en allait désormais tout autrement. Ce qui la frappait le plus chez ces inconnus était leurs nombreuses souffrances, physiques ou morales. N'était-elle pas destinée à devenir Celle-qui-Apaise ? Alors, presque inconsciemment, elle soulageait parfois l'un ou l'autre malheureux par sa seule compassion. Sans en tirer d'autre sentiment que celui de mener un combat qu'elle ne pourrait jamais gagner tout à fait. Sans pouvoir s'en empêcher, non plus...

Elle ne sortit de cet état hypnotique qu'au moment où Kebree annonça leur arrivée prochaine. Elle ne s'imaginait pas avoir marché si longtemps ! Leur progression avait été d'une telle monotonie... Pas une fois, le Wallatte n'avait hésité sur la route à suivre ; et les héritiers n'avaient fait aucune rencontre. Alors que l'après-apogée tirait à sa fin et que les jambes se faisaient lourdes, les vétérans du groupe ne parlaient que de goûter les spécialités locales en compagnie du prince barbare. Eryne dut faire un grand effort de volonté pour rassembler ses esprits et rejoindre la tête de la colonne.

– Il ne faut pas descendre dans ce village, lâcha-t-elle, fébrile. Il y a des hommes dangereux là-bas !

– Comment le sais-tu ? sourcilla Grigán.

– Je reçois... des pensées, depuis un moment, fut-elle contrainte d'avouer. Beaucoup de ces mortels sont hostiles les uns envers les autres.

Elle rougit aussitôt d'avoir employé le mot « mortel », mais les hommes qui l'écoutaient avaient d'autres préoccupations !

– Tu peux être plus précise ? demanda Amanón.

– Eh bien... Il n'y a pas que des Wallattes, dans le village. Certains sont des « Tuzéens »...

– *Quoi ?* rugit Kebree.

L'annonce semblait lui faire l'effet d'une insulte. Le prince paraissait soudain plus massif, tendu, prêt à en découdre avec n'importe quel adversaire. Eryne redouta de le voir partir seul et subitement à l'assaut de ses ennemis !

– Ils ne s'affrontent pas, se hâta-t-elle d'ajouter. Ils cohabitent même, mais leur haine réciproque est évidente... Je suis désolée, conclut-elle naïvement.

– Jamais ma mère n'aurait laissé des Tuzéens s'installer sur nos terres, fulminait le prince. Ça aurait été comme tendre la gorge à notre pire ennemi ! Même les Thalittes sont plus dignes de confiance ! Comment ces porcs sont-ils arrivés là ?

Le reste des héritiers se rassemblait peu à peu autour du groupe arrêté. Les retardataires se firent expliquer la situation, pendant que Keb multipliait les jurons et les grands gestes excédés. S'il n'avait aussi bien connu Eryne et ses capacités, il l'aurait probablement traitée de menteuse...

– Devant la situation, mieux vaut tenter notre chance dans une autre bourgade, réfléchit Corenn. Ces Tuzéens ne manqueraient sûrement pas une occasion de capturer Kebree... Et nous ignorons comment nous serions accueillis, si nous descendions sans le prince à nos côtés.

– Impossible, gronda le barbare. Je ne vais pas plus loin. Je veux savoir ce qu'il se passe au juste.

– Les tiens ne semblent pas en danger, rappela Nolan. Il est peut-être inutile de nous faire remarquer...

– Ma décision est prise, s'entêta le Wallatte. Je dois y aller. Vous pouvez m'attendre ici ; faites comme vous voulez.

– Tu parles d'un choix ! pesta Grigán.

Le vétéran exprimait là l'avis général. Ils ne pouvaient pas forcer Keb à la prudence, de même qu'il leur était impossible d'abandonner le Wallatte à son sort ! Ne serait-ce que pour l'épée vers laquelle il devait les mener... Rapidement, donc, on abandonna l'idée de convaincre le barbare pour étudier plutôt les meilleures stratégies d'approche.

— Autant agir comme si de rien n'était, suggéra Yan. Nous descendons tous au village, comme prévu, et nous essayons de trouver quelques chevaux sans faire d'histoires.

— Je n'ai jamais croisé un Tuzéen sans que cela ne finisse par un combat, réfuta Kebree. C'est comme ça. Nos deux peuples ont toujours été rivaux.

— Ça promet, gouailla Rey.

— Tu peux nous dire combien ils sont ? demanda Nolan.

Eryne acquiesça brièvement, puis ferma les yeux pour mieux se concentrer. Elle s'effrayait elle-même de la facilité avec laquelle elle usait désormais de l'Esthesia... Un instant plus tard, elle avait déjà survolé tous les esprits des mortels à proximité. Du moins, tous ceux qui n'étaient pas cachés par la magie des gweloms.

— J'en ai compté dix-neuf, révéla-t-elle d'une voix mal assurée. Ce sont tous des hommes. Des guerriers.

— Et nous sommes quatorze... rappela Bowbaq. Ça pourrait les faire hésiter, peut-être ?

— Nous ignorons comment ils vont réagir, soupira Amanón. Nous ne savons même pas comment les Wallattes vont accueillir leur prince... Tu es sûr de vouloir aller jusqu'au bout, Keb ?

Le barbare hocha la tête avec assurance. Ses joues se déformaient parfois sous la crispation de ses mâchoires ; ses poings allaient sans cesse de ses hanches à sa lowa... Pour lui, toutes ces discussions n'étaient que perte de temps. S'il avait été seul, il se serait précipité vers le bourg depuis longtemps.

— On y va, alors, conclut l'interprète. Le plus calmement possible. Mais que chacun se tienne prêt.

La colonne se mit en branle, adoptant intuitivement une formation défensive. Eryne se retrouva protégée entre son père, Zejabel, Grigán et Bowbaq. Elle ne pouvait cependant s'empêcher de trembler, en songeant qu'elle était la seule à ne pas risquer de succomber d'un mauvais coup d'acier.

+ + +

Les mains de Cael se couvraient d'une moiteur désagréable, alors qu'ils approchaient des premières maisons de bois. Pourtant, l'adolescent n'avait pas une crainte particulière de ces Tuzéens... Il redoutait plutôt de voir son démon se réveiller encore, si jamais il devait y avoir combat ! Depuis qu'il était sorti du Jal, le Kaulien n'était plus à l'abri d'une nouvelle crise de violence, et la proximité de ses parents augmentait encore son angoisse. La pire chose qui pouvait lui arriver était de se réveiller sur la dépouille d'un être cher, comme cela s'était presque produit, quand il avait tenté d'étrangler Niss... Aussi, Cael s'efforçait de se détendre, de contrôler sa respiration, la régularité de son pas, et vingt autres détails qui pouvaient occuper ses pensées. Mais le plus difficile était de ne pas s'imaginer déjà en train de tailler les chairs de ceux que Keb considérait comme des ennemis ! Le feu de la bataille et de la victoire couvait déjà dans son esprit, n'attendant que d'être réveillé par sa Voix...

Le fait de ne plus porter sa rapière était, en cela, à la fois un soulagement et une frustration. L'adolescent s'était habitué au fourreau de l'arme battant sa cuisse, il en tirait un certain réconfort ; mais la lame se révélait également trop dangereuse pour ses compagnons lorsqu'il était sous l'emprise du démon. Il l'avait donc confiée à Léti, d'autant plus logiquement que sa mère en était la véritable propriétaire. Elle-même avait hésité à priver son fils de cet unique outil de défense, puis avait perdu tous ses doutes en retrouvant le contact de la poignée contre sa paume. *Main sûre, pied ferme, esprit vif,* avait-elle murmuré avec un clin d'œil à Yan.

Toute trace d'amusement avait maintenant disparu des visages. Les héritiers voulaient se donner l'air le plus naturel possible, mais une troupe aussi hétéroclite que la leur, émergeant soudain de la forêt comme tombant de nulle part, ne pouvait passer inaperçue ! Ainsi, les premières interjections des villageois s'élevèrent dès qu'ils furent repérés. Un vieillard assis sous son porche se leva au passage de Kebree, une expression incrédule sur le visage. Une femme occupée à tresser un panier lâcha son ouvrage pour rameuter sa famille à grands cris. Bientôt, la rue principale tout entière retentit d'appels et de conversations animées, tandis que le groupe continuait à avancer derrière le guerrier wallatte...

Cael, ne connaissant pas la langue de ces villageois alignés, n'avait aucune idée de ce qu'ils pouvaient bien raconter, mais il se rassura lorsque quelques-uns commencèrent à adresser des saluts discrets à leur prince. Keb y répondit avec un plaisir sincère, visiblement soulagé, lui aussi. Pour autant, il ne s'arrêta pas pour entamer une discussion avec l'un ou l'autre de ses sujets qui l'interpellaient. Le Wallatte semblait vouloir rejoindre la plus grande des maisons du bourg, qui se trouvait pratiquement en son centre.

Les petits signes d'amitié furent bientôt remplacés par quelques acclamations timides, puis de plus en plus chaleureuses, pour ne pas dire exaltées. Si la foule avait été plus dense, on aurait appelé ça un triomphe... Mais Cael s'étonnait aussi de la réserve des villageois, qui n'osaient quitter leur fenêtre, ou au mieux le sol damé qui jouxtait leur habitation. Il était facile de remarquer, également, que les hommes adultes brillaient par leur absence : à côté des femmes, enfants et adolescents, seuls quelques doyens ridés par les années représentaient la gent masculine du bourg !

Les héritiers n'avaient pas encore atteint leur but quand les vivats s'interrompirent soudain de manière brutale. Cael vit des mères tirer leurs benjamins dans l'intérieur des maisons ; on recula précipitamment sous les porches, on ramena les rideaux sur les fenêtres... Keb s'était figé, également, et ses compagnons l'avaient aussitôt imité. En se penchant derrière le barbare aux cheveux longs, l'adolescent put voir la raison de ce changement d'ambiance : la bande si redoutée des Tuzéens venait à leur rencontre !

Ils étaient sortis de la bâtisse même que le Wallatte cherchait à rejoindre, d'un pas tranquille, mais en adoptant tout de même une formation serrée relativement impressionnante. La plupart de ces hommes étaient de grande taille et larges d'épaules. Ils portaient des vêtements de cuir renforcés de plaques métalliques ; sans doute avaient-ils pris le temps de les enfiler avant d'aller au-devant des étrangers... Enfin, tous étaient armés d'un lourd bâton, avec une extrémité en pointe de lance et l'autre sphérique comme un casse-crâne. Bien malgré lui, Cael s'imaginait déjà s'emparer d'un de ces objets pour semer la mort chez ses ennemis. Il lui fallut se concentrer sur les visages aimés qui l'entouraient pour repousser les premiers appels de sa Voix...

Kebree ne bougeait pas d'un pouce ; bras croisés, tête haute, il attendait d'être rejoint par ceux qu'il considérait comme des envahisseurs. Grigán et Amanón avaient naturellement pris place sur ses côtés, tels deux gardes noirs dévoués au prince barbare... Le tableau n'eut aucun effet sur les Tuzéens, dont le plus avancé n'affichait que mépris. L'hostilité de l'étranger fut plus évidente encore, quand il aboya un ordre dans une langue que Cael ne pouvait comprendre ! Chacun guetta la réaction de Keb, qui conservait une immobilité parfaite... Peut-être projetait-il quelque chose, mais le Tuzéen reprit la parole avant qu'il n'ait eu l'occasion de passer à l'action.

– Donnez-nous vos armes ! commanda-t-il, en ithare cette fois.

– Pour quel motif ? répliqua Amanón. Nous ne sommes pas vos ennemis. Nous ne faisons que traverser ce village.

– La reine Chebree l'a placé sous notre protection, cracha l'homme. Obéissez, ou mourez !

– Tu mens. Tu n'es qu'un porc.

Les mots avaient franchi les lèvres de Keb comme une hache s'abat sur le billot : en sifflant dans le silence. Le Tuzéen reçut l'affront en pleine figure, bondit de colère, puis concentra toute son attention sur le visage du Wallatte... Cael eut le temps de voir les yeux plissés de la brute, son changement d'expression, avant que la lowa de Kebree ne vienne soudain semer un beau désordre dans le visage de son ennemi. Le prince concentrait sa colère depuis si longtemps, qu'un instant lui avait suffi pour empoigner son arme et l'abattre avec une violence extrême !

Le Tuzéen n'était pas encore tout à fait écroulé que Keb plongeait déjà vers un deuxième adversaire, entraînant malgré lui les héritiers dans la bataille. Grigán et Amanón tirèrent leurs lames courbes en un même mouvement ; Bowbaq souleva sa lourde pognée ; Nolan tira sa canne-épée ; Reyan et Zejabel dénudèrent leurs poignards… Le temps que Cael se décide à s'écarter pour laisser passer les adultes, trois nouveaux ennemis étaient déjà au sol, fauchés par la lowa de Kebree ou les cimeterres des Ramgriths.

Les victimes tombèrent plus rapidement encore quand les héritiers se portèrent au-devant de leurs adversaires. Cael se trouva même bouche bée en contemplant la dextérité de sa mère. C'était comme s'il assistait à sa première bataille ! Léti déviait les lances ennemies d'un pivot ou d'un coup de pied, avant de plonger sa rapière au cœur des rangs sans défense, avec une facilité qui n'était sûrement qu'apparente ! Les autres avaient tout autant de réussite ; personne n'avait encore reçu de blessure plus grave qu'une estafilade ou une contusion… Ce séjour au Jal avait-il décuplé leurs capacités ? Non ; en tout cas l'adolescent ne se sentait guère différent, pour sa part. Il avait seulement l'occasion de constater, pour la première fois, à quel point toutes les épreuves subies par leurs familles avaient renforcées chacun de ses membres. En voyant Reyan, Amanón et les autres virevolter autour de leurs ennemis comme autour de simples marionnettes, Cael devinait soudain la crainte que Sombre devait avoir de l'Adversaire ! *Effectivement*, leur groupe pouvait s'avérer redoutable. Saat, les Züu, la Légion Grise, la Jurande et même les lémures de Karu avaient échoué à prendre *une seule* de leurs vies… Toutes les tentatives du démon pour tuer l'Adversaire avant leur rencontre avaient échoué. L'affrontement final aurait bien lieu, l'adolescent n'en doutait plus, désormais.

Il fallait seulement espérer que son issue soit différente de la vision de Nolan…

Qu'il en soit la cause ou l'effet, le spectacle de la victoire de ses compagnons avait au moins permis à Cael d'ignorer les appels colériques de sa Voix. En retrait du combat, les bras ballants, il se sentit soudain bien inutile... Il n'était pourtant pas le seul à rester à l'écart. La grand-tante Corenn, Eryne, Niss, Lana et son propre père étaient pareillement à l'abri d'un mauvais coup. L'adolescent en ressentit un léger réconfort, jusqu'à ce qu'il observe leurs visages plus attentivement.

Tous étaient plongés dans une intense concentration. Après quelques instants, Cael associa les étranges péripéties des duels aux expressions de ses compagnons... Corenn plissait le front, et un Tuzéen lâchait brutalement son arme, comme brûlé par la foudre. Yan fronçait un sourcil, et un autre ennemi s'effondrait soudain comme un pantin, inconscient, ou plus grave encore... Puis ce fut le tour de Niss de s'écrouler, juste avant qu'un des barbares ne commence à frapper dans ses propres rangs. Pendant ce temps, l'Emaz Lana en appelait au soutien de leurs puissants alliés de Dara, tandis qu'Eryne apaisait par sa seule volonté la moindre coupure infligée à ses amis ou parents... Tous, ils usaient de leurs pouvoirs, de leur foi, de leur volonté, alors que Cael ne pouvait rien faire d'autre qu'attendre !

Il se sentit soudain revenu une éternité en arrière, alors qu'il n'était qu'un élève parmi d'autres, à Grand'Maison. Presque un enfant, une charge, peut-être, pour ses compagnons... Piqué par cette pensée humiliante, il fit deux pas vers la lance rustique d'un des Tuzéens écroulés. Puis il s'arrêta aussitôt, alors que son démon intérieur grandissait soudain comme une ombre au crépuscule ! Au premier sang qu'il verserait, ou au premier coup qu'il subirait, Cael perdrait de nouveau la tête, sans doute possible. Il le savait aussi bien qu'il pouvait constater l'inutilité de son renfort. La bataille était presque terminée...

L'adolescent reprit donc sa place à côté de son père, avec en bouche un fort goût d'amertume. Il se savait stupide, orgueilleux peut-être, mais il aurait aimé témoigner de sa propre bravoure au moins une fois. De son propre chef. Sans subir l'influence tyrannique d'un démon.

✢ ✢ ✢

Étrangement, Zejabel avait hésité à porter des coups mortels aux barbares qui s'étaient rués sur elle. La mort lui semblait un châtiment disproportionné, pour ces hommes qui n'avaient pas frappé les premiers... Jamais elle n'avait ressenti une telle chose, et elle en avait été quelque peu perturbée. Le Jal avait-il modifié sa manière de voir le monde ? Impossible, pas en si peu de temps. Elle connaissait de toute façon la vérité : elle était encore bouleversée d'avoir découvert l'amour !

Depuis que Nolan et elle-même étaient remontés de cette rivière, à Dara, la Züe flottait sur un petit nuage. Elle était probablement la seule à ressentir encore un peu de l'euphorie du Jal ; surtout quand le jeune homme lui adressait un regard complice ! Même cette bataille lui semblait lointaine, comme si elle y assistait à travers les yeux d'une autre. Du moins, au début. Une fois les premiers coups échangés, l'ancienne Tueuse avait retrouvé tous ses réflexes, et une envie de vivre décuplée par sa récente et douce expérience ! Puis, devant la sauvagerie et l'acharnement de ses adversaires, elle s'était résolue à viser les points cruciaux...

La suite lui prouva que ces hommes étaient destinés à mourir, de toute manière. Alors qu'il ne restait plus que six Tuzéens plus ou moins prêts à se rendre, les villageois accoururent de partout, s'entraînant les uns les autres en poussant des cris enragés... Femmes, vieillards, et les plus grands des enfants lynchèrent tout ce qui restait de vivant chez leurs ennemis, sous le regard triomphant de Kebree, et celui plus réprobateur des héritiers. Les vivats reprirent alors, de manière beaucoup plus prononcée ! Les Wallattes se tombaient dans les bras et entonnaient des chants victorieux, après avoir prélevé l'un ou l'autre trophée douteux sur leurs victimes... Une femme âgée vint embrasser la main de Zejabel et lui marmonner quelques mots incompréhensibles, avant de s'éloigner pour agir de même avec chacun des héritiers. Puis la plainte vibrante d'un cor de chasse s'éleva de l'une des plus grandes maisons, quatre fois, avant qu'un autre instrument beaucoup plus lointain ne lui réponde... La Züe échangeait des regards perplexes avec ses compagnons, tout aussi décontenancés. En pénétrant dans ce village, ils semblaient avoir déclenché quelque chose qui allait bien plus loin que la simple escarmouche !

Les premiers instants d'exultation passés, les Wallattes se rapprochèrent ensuite de leur prince, dont ils paraissaient connaître le visage aussi bien que le nom. Keb les laissa lui exprimer leur joie ; certains même s'agenouillèrent pour lui embrasser la main... Mais assez rapidement, le barbare les releva et retrouva son expression préoccupée. Avisant un vieillard en retrait, il fendit la foule pour le rejoindre, les héritiers sur ses talons.

— Explique-moi, Dou'r. Qu'est-ce que ces porcs faisaient ici ? Pourquoi n'ont-ils pas été chassés ?

L'homme grisonnant rendait un regard indéchiffrable à son suzerain. En avisant ses cicatrices, dont une qui courait de la tempe au menton, Zejabel songea qu'il était peut-être un vétéran de la bataille du Mont-fleuri... L'un des anciens guerriers de Saat, adorateur forcé de Celui-qui-Vainc, et aujourd'hui pauvre hère fatigué.

— Pardonne-moi, seigneur, finit-il par demander. Mais le Tuzéen disait la vérité. C'est ta mère qui les a envoyés chez nous.

— Tu mens ! C'est impossible !

La colère du Wallatte était évidente, tout comme les efforts qu'il déployait pour ne pas lancer sa main vers le visage du vieillard... Ce dernier n'avait pas besoin d'autre motivation pour fournir des explications plus détaillées. Ainsi, Keb apprit que son royaume avait bien changé, depuis son départ. La principale raison en était le réveil de l'Ancien Culte. Des centaines d'hommes juraient avoir vu le démon qui avait promis de les mener à la victoire, une vingtaine d'années plus tôt... Les rois de Thalos, de Sole et l'empereur tuzéen eux-mêmes affirmaient avoir été visités par Sombre. On disait aussi que face à leur nouvelle alliance, Chebree n'avait eu d'autre choix que de s'incliner à son tour... Puis le démon avait demandé le rassemblement de leurs armées aux abords du Val guerrier. Mais beaucoup de Wallattes refusaient de suivre encore le monstre qui avait failli causer l'anéantissement de leur peuple. Pour éviter d'être enrôlés de force, une minorité d'hommes avaient donc pris le maquis, frappant ponctuellement les étrangers qui s'étaient répandus dans leurs terres… tels ces Tuzéens, dont la mission était d'étouffer toute tentative de soulèvement contre l'alliance des royaumes de l'est, mais qui se révélaient aussi violents et meurtriers qu'une bande de pillards.

— Jamais nous n'avons cru à la trahison de la reine, jura le vétéran. La rumeur prétendait qu'elle était contrainte d'obéir à nos ennemis parce que tu étais retenu prisonnier quelque part. Je constate avec bonheur que tu es bien de retour au pays, seigneur.

— Et Lyn'a ? enchaîna Keb, toujours aussi tendu. Elle est dans le maquis, aussi ?

— Non. Toute sa famille est au palais, depuis déjà quelques décades. Ta mère les a réclamés bien avant l'arrivée des Tuzéens. Elle voulait sans doute les protéger.

— Au palais… répéta le Wallatte, le front barré.

— Qu'est-ce que cette armée est censée faire au Val guerrier ? intervint Reyan. Il ne va pas nous refaire le coup de la diversion pour repasser ensuite par son tunnel ?

— Il veut attaquer Goran sur deux fronts, réfléchit Corenn. Les Loreliens d'un côté, l'alliance estienne de l'autre. L'empire est désormais pris en tenaille.

— Mais l'empire dispose toujours de la plus grande armée du monde connu, et je ne parle même pas des fortifications de ses cités, reprit le duc. À moins d'intervenir en personne, le démon n'est même pas certain de l'emporter… Et d'abord, pourquoi Goran ? Qu'est-ce qu'il a contre l'empire, au juste ?

— S'il veut conquérir le monde, il faut bien commencer quelque part, avança Bowbaq en haussant les épaules.

— Il dispose déjà des richesses de Lorelia, rappela Yan. S'il y ajoute la puissance militaire de Goran, c'est comme s'il tenait l'ensemble des Hauts-Royaumes dans son poing…

– Et Goran est dévoué à Mishra, tout comme Ith l'était à Eurydis, avança Nolan. Peut-être veut-il ainsi frapper ses ennemis immortels.

– Ça pourrait être aussi un caprice de revanchard, lança Grigán. Il a échoué la dernière fois ; il veut reprendre exactement où il en était.

Zejabel se désintéressa de ce débat : personne ne pouvait deviner ce qui se passait dans la tête du démon – à part Cael, peut-être. En revanche, la Züe ne manquait pas une seule des expressions de Kebree. Depuis qu'il s'était renseigné sur cette Lyn'a, le Wallatte était perdu dans de mystérieuses pensées... En observant Eryne, la jeune femme comprit que son amie commençait également à nourrir certains soupçons.

– Tout ça ne nous aide pas, en tout cas, commenta Amanón. La capitale elle-même est peut-être quadrillée par des guerriers ennemis. Nous aurons toutes les difficultés à nous faufiler jusqu'au palais !

– J'en fais mon affaire, promit Keb en sortant de sa rêverie. Regardez comme mon peuple me soutient ! J'arriverai jusqu'à ma mère ; j'en suis sûr.

– Mouais, grogna Grigán. Et la prochaine fois que tu décides de nous lancer dans une bataille, préviens-nous un peu avant, au moins. Qu'on sache à quoi s'en tenir

Le Wallatte lui rendit l'un de ses fameux sourires carnassiers, puis invita les héritiers à le suivre dans la grande maison du centre. Zejabel laissa volontairement passer le gros de la troupe, se contentant de retenir par le bras une Eryne étonnée... Lorsque ses compagnons furent assez loin, la Züe se retourna vers le vieillard impassible.

– Cette *Lyn'a,* demanda-t-elle. Qui est-ce ?

Une brève lueur d'amusement passa dans le regard du vétéran, alors qu'il contemplait les deux jeunes femmes dévorées par la curiosité. Puis une certaine tristesse revint sur son visage.

– Un des amours de jeunesse de notre prince, révéla-t-il. On les voyait souvent ensemble, à une époque... Puis il l'a répudiée, et il n'est plus jamais revenu dans notre village, jusqu'à ce jour.

Zejabel le remercia d'un signe de tête, puis entraîna une Eryne au visage soucieux vers le reste du groupe. Au moins, elles s'expliquaient maintenant les étranges réactions de Keb au sujet de ce bourg.

Restait à croiser les doigts pour que de pareils débordements ne surviennent pas aux abords du palais.

✣ ✣ ✣

La maison des A'min appartenait à une branche lointaine de la famille de Gors le Douillet, l'ancien roi de Wallos et chef de guerre de Saat. Le hameau était donc sous la protection de cette noblesse de campagne ; du moins, jusqu'au départ de ces gens pour le palais, et avant l'arrivée des occupants tuzéens. Ces derniers y avaient pris quartier pour transformer l'endroit en une immonde porcherie ! Keb obtint de ses sujets qu'ils nettoient rapidement ces lieux honorables, où il semblait avoir déjà séjourné.

Nolan était fasciné par le respect que le barbare inspirait à ses compatriotes. Tous semblaient n'avoir d'autre désir que celui de prévenir les siens. Sans doute parce que le jeune prince était le contraire même d'un tyran, traitant chacun comme un égal, et n'hésitant pas à payer de sa personne pour voir ses souhaits satisfaits… Ainsi, il prit l'initiative de défaire toutes les couches que les Tuzéens avaient installées à même le sol, amassant un beau paquet de couvertures sales, pour demander qu'elles soient emmenées et brûlées. Les héritiers eux-mêmes se sentirent le devoir de mettre la main à la pâte ; si bien qu'en moins de deux décimes, ils avaient rendu à la pièce principale une allure tout à fait acceptable.

La salle ressemblait pour beaucoup à celle où ils avaient rencontré Chebree, à Goran, ce qui réveillait d'assez mauvais souvenirs… Mais la situation était tout autre, désormais. Les familles avaient été réunies. On ne craignait aucune trahison dans le groupe, même si Usul avait prédit le contraire. Et Nolan disposait de ce bonheur supplémentaire qu'était le sourire de Zejabel ! Quand tous prirent place sur les tapis, c'est naturellement qu'il passa son bras derrière les épaules de la jeune femme, en souriant aux clins d'œil entendus de son père. Ce soir, le Maz ne voulait pas songer à sa vision d'un avenir fait de détresse. Il ne désirait que reposer ses membres fatigués, profiter du feu de la cuvette centrale, et s'enivrer de la douce odeur de sa bien-aimée. Lorsque les villageois commencèrent à leur apporter des plats variés, plus chauds et appétissants les uns que les autres, il songea qu'il ne pouvait rien désirer de plus !

Beaucoup de Wallattes se joignirent à eux, de la manière la plus naturelle possible. Chacun de ces nouveaux arrivants grossissait les cercles concentrés autour du foyer. Les enfants jouaient en courant tout autour, tandis que les plus âgés palabraient à voix basse, la mine grave et les yeux brillants. Ce genre de festin improvisé chez le chef du village paraissait chose courante, et les héritiers se montraient finalement bien plus embarrassés que leurs hôtes. Les rares conversations échangées en langue ithare avaient suffi à Nolan pour comprendre qu'on les considérait comme de véritables héros ! Les Wallattes semblaient espérer que Keb dirige une espèce de rébellion, dont ses étranges compagnons formaient le premier groupe de mercenaires... Amanón, Corenn et les autres attendaient que le prince prenne l'initiative de démentir ces rumeurs, mais pour des raisons inconnues, il ne semblait pas encore décidé à le faire.

Pendant la plus grande durée du repas, Keb écouta les récits des villageois, dont même les héritiers purent tirer des renseignements. À commencer par la date exacte, dont ils n'avaient aucune idée, et qui les surprit profondément ! Depuis qu'ils avaient quitté la Sainte-Cité en feu, plus de *trois décades* s'étaient écoulées, alors que le groupe d'Amanón n'avait compté que quelques jours... Ils savaient que le temps passé au Jal ne respectait pas celui de la réalité, mais ils n'imaginaient tout de même pas en ressortir à la nouvelle saison !

Pour Reyan, Lana et ceux qui avaient été retenus prisonniers par le Doyen, l'étonnement était comparable, mais les discussions avec leurs enfants les avaient déjà préparés à une telle découverte. Aussi leurs réactions furent-elles plus réservées, même si chacun se demandait comment la situation dans les Hauts-Royaumes avait pu évoluer, en une lune et davantage... Ith était-elle toujours aux mains des Loreliens et de la Jurande ? Goran avait-il déjà répliqué par une attaque massive sur le royaume marchand ? Les Wallattes présents n'en avaient aucune idée. Leurs nouvelles ne dépassaient pas la frontière du Val guerrier, à l'extrême nord du Rideau, où les Estiens et l'Empire s'affrontaient dans des batailles toujours plus chères en vies humaines.

Beaucoup de ces témoignages racontaient les diverses persécutions subies par ceux qui refusaient de suivre le démon. Quelques villages, dont les hommes avaient pris le maquis, avaient même été brûlés par des Thalittes trop zélés ! Après un moment d'écoute de ces histoires de viols, de mutilations et autres atrocités, Nolan vit son pessimisme revenir à grands pas. Keb, lui, affichait un visage toujours plus sérieux et fermé. En cet instant, il n'avait plus rien de commun avec le barbare ivre mort qui troussait toutes les prostituées, dans leur première cachette à Lorelia... Il semblait véritablement vouloir tenir son rang, ne serait-ce qu'en prêtant l'oreille à ses compatriotes qui avaient beaucoup perdu.

Un peu plus tard dans la soirée, de nouvelles exclamations joyeuses montèrent des rues les plus proches. Tous sortirent dans l'obscurité de la nuit, pour assister au spectacle des retrouvailles entre les insoumis et leurs familles... Une vingtaine d'hommes avaient fait leur entrée dans le village, à la lueur de quelques torches, et la première action de chacun d'entre eux fut d'aller embrasser femme, parents et enfants. Nolan s'émut de leur bonheur, surtout quand Zejabel serra un peu plus fort sa main dans la sienne, et qu'elle lui adressa un de ses tous nouveaux sourires ! Mais le Maz nota aussi la fatigue des rebelles, les privations qui avaient marqué leurs visages, ainsi que les armes qu'ils hésitaient encore à déposer. Même au sein de leurs foyers, ils étaient toujours en danger...

Après ces quelques décilles émouvantes, les insoumis se rassemblèrent à nouveau, cette fois pour venir saluer leur prince. Quelques-uns, la mine grave et le front haut, commencèrent à mettre genou en terre, mais Keb les releva d'un bras viril avant d'accepter une simple étreinte respectueuse de chacun d'eux. La plupart des héritiers reçurent pareil honneur… Tous les mâles, en fait, jusqu'à ce que Léti ne proteste contre leur misogynie, déclenchant ainsi les rires bonhommes de l'assemblée ! Trop heureux de cette journée, les rebelles mirent pour un instant leurs traditions de côté et félicitèrent enfin Zejabel, Eryne, Niss, Corenn, Lana et Léti comme elles le méritaient.

– C'était donc vrai, commenta le plus massif, l'œil brillant. Quand le messager est arrivé au camp, j'avais du mal à le croire. Tous nos ennemis défaits en une seule bataille… Et par notre prince, en plus !

– Vous étiez plus nombreux qu'eux, répliqua Kebree en le toisant. Pourquoi avoir reporté le combat si longtemps ?

L'homme perdit aussitôt sa bonne humeur, pour exprimer un mélange d'embarras et de rancœur.

– Tu n'étais pas là, seigneur, rappela-t-il avec franchise. Ce n'était pas tes femmes et tes enfants qu'ils gardaient en otage. Dans un combat loyal, nous aurions eu l'avantage sur ces vingt Tuzéens, je le sais comme toi. Mais nous n'aurions rien pu faire contre les cinquante qu'ils enverront demain.

Nolan acquiesça machinalement. La question était plusieurs fois revenue, dans les derniers décans : comment allaient réagir les véritables maîtres de l'alliance estienne, en apprenant le soulèvement ? Quelle défense les villageois pourraient-ils leur opposer ? S'ils avaient connu la situation avant la bataille, les héritiers ne se seraient jamais aventurés dans le bourg…

– Il n'en viendra pas cinquante avant un moment, démentit Keb. Il vous suffit d'intercepter tous les messagers qui passent par ici.

– Oui, mais ensuite ? bondit l'homme. N'es-tu pas là pour nous libérer, seigneur ? Vas-tu nous laisser seuls, après avoir attiré les foudres de l'ennemi sur nous ?

— Les B'ree n'ont jamais abandonné les leurs, grinça le Wallatte. Je ne serai pas le premier à le faire.

La réplique souleva un vent d'agitation dans les rangs des héritiers ; pour autant, aucun n'eut la mauvaise idée de contredire Keb devant ses propres sujets.

— Rentrez chez vous, reprit le prince avec un sourire. Buvez à notre victoire, honorez vos femmes, et profitez de vos foyers. Cette nuit, nous sommes entre Wallattes !

La demande fut saluée par des hourras, et la foule assemblée ne mit guère de temps à se disperser dans les rues et les maisons... Grigán n'attendit guère plus de quelques instants avant d'exprimer son mécontentement.

— Qu'est-ce que c'est que ces histoires ? Tu ne crois pas qu'il y a plus urgent à s'occuper ? Si tu veux vraiment épauler ces gens, aide-nous à faire tomber Sombre le plus vite possible !

Keb lui rendit un regard de glace. Le même qu'il avait adressé au Tuzéen, peut-être, avant de lui fracasser le crâne de sa lowa.

— Je n'ai jamais dit le contraire, énonça-t-il. Mais j'ai maintenant *deux* bonnes raisons de gagner la capitale. Vous procurer l'épée de Saat, *et* mettre un peu d'ordre dans ce qui sera un jour mon royaume.

Il tourna les talons sans rien ajouter, laissant les héritiers se débattre avec leurs inquiétudes. Pour sa part, Nolan espérait qu'ils ne venaient pas de déclencher le premier événement qui les mènerait à sa vision pessimiste...

✣ ✣ ✣

Niss passa une très mauvaise nuit. Elle ne cessa de se tourner et se retourner, avec à l'esprit l'image de ses parents lui adressant un ultime adieu, à travers la magie de la porte... Une espèce de remords la rongeait, alors qu'elle avait la vague impression d'avoir abandonné Robe et Prad, quelques décans à peine après leurs retrouvailles. Et pourtant, ils étaient sûrement en bien meilleure sécurité au Blanc-Pays, loin de ces guerres et de ces démons !

Pour les autres héritiers, la nuit sembla tout aussi courte. Les cris infatigables des plus fêtards des Wallattes et les nombreuses préoccupations qui chamboulaient les esprits perturbèrent le sommeil de beaucoup. Si on ajoutait à cela l'inconfort des couches sommairement dressées dans la salle de banquet, il n'en devenait guère étonnant de trouver la plupart des compagnons debout dès les premières lueurs de l'aube... Ainsi, Niss traîna sa silhouette fatiguée près du foyer central, que Léti nourrissait de nouvelles bûches. La jeune fille put constater que seuls Reyan, le grand-père Bowbaq et Nolan goûtaient encore à un moment de repos. Tous les autres déjeunaient en piochant dans les restes de la veille, discutaient, ou préparaient déjà leur bagage pour une nouvelle journée de voyage.

Leur départ avait été décidé dans la soirée, après une ultime et rapide discussion avec le prince Wallatte. Chacun s'était montré soulagé de ne pas voir Kebree remettre leur plan en question. Devant l'empressement général, Niss comprit qu'ils ne s'attarderaient pas plus que nécessaire dans ce premier village... La suite lui donna raison puisque moins d'un demi-décan plus tard, les membres du groupe étaient rassemblés à l'extérieur, dans l'enclos principal, et sur le pied de guerre !

L'étape leur avait au moins permis de rafraîchir leur équipement, notamment en armes, que les Tuzéens avaient confisquées en grand nombre. Mais les Wallattes leur fournirent aussi de la nourriture, de l'eau, des sacs pour qui n'en possédait pas, des bougies, de l'huile pour les lampes, et une foule d'autres choses. Après tant de décades de voyage, Niss avait appris la valeur du moindre de ces objets, et il lui semblait repartir en possession d'un véritable trésor. C'était d'autant plus agréable qu'ils avaient pu répartir la charge des manuscrits etheques sur quatorze personnes, au lieu de huit !

Les villageois semblèrent désireux de prolonger les adieux ; la présence de leur prince leur donnait une assurance de sécurité qu'ils craignaient de perdre trop vite... Keb se contenta pourtant de leur laisser ses consignes, assisté en cela par l'expérience de stratège de Grigán. Le plus urgent était de faire disparaître toute trace des cadavres des Tuzéens, sans oublier les trophées barbares que les Wallattes avaient pu prélever sur leurs corps. En cas d'arrivée imprévue d'une grande troupe ennemie, ils devraient simplement prétendre avoir vu leurs « protecteurs » partir pour une destination inconnue… Il fallait également surveiller les routes, et les insoumis devaient rester prêts à regagner le maquis à la première alerte. Enfin, on devait informer les autres groupes rebelles de la région de la situation… Mais le chef local, Bra'n, avoua avoir déjà envoyé des coursiers dans la soirée.

— C'était trop important, seigneur, avança-t-il pour s'excuser. Ton retour peut donner le signal de la bataille…

— Nous ne vaincrons pas les adorateurs du démon avec quelques centaines de guerriers, rappela Keb. Envoie de nouveaux messagers, et précise bien à tous de se tenir tranquille pour l'instant. Je veux d'abord essayer de changer les choses depuis le palais.

Le Wallatte s'inclina, tandis que les héritiers saluaient leur compagnon d'un signe de tête approbateur. Suivre la voie de la sagesse lui coûtait visiblement beaucoup ! S'il avait été seul, le barbare aurait probablement cherché à reconquérir tous les bourgs, un à un, jusqu'à la capitale…

Bra'n lui confia ensuite une liste de noms, personnalités wallattes dignes de confiance, et sympathisantes ou membres des insoumis. Enfin, le prince se vit remettre une cage renfermant un couple de bisets voyageurs.

— Nous n'attendons que ton signal, seigneur, assura le guerrier. Notre peuple a suffisamment souffert. Nous sommes prêts à nous battre, et à mourir s'il le faut, pour retrouver la paix.

Keb le remercia d'une accolade, salua les villageois rassemblés, puis grimpa en selle sans plus de cérémonie. Niss l'imita naturellement, de même que chacun de ses compagnons… Ils emmenaient ainsi tous les chevaux des Tuzéens, épaississant d'autant le mystère de l'absence des brutes, pour qui n'était pas dans le secret.

Quelques décilles plus tard, la colonne dépassait les dernières maisons du bourg, laissant les Wallattes suspendus à un mince espoir de changement. Le prince avait refusé toute escorte, sans doute pour conserver à ses sujets le bonheur de rester en leurs foyers… À moins qu'il ne craigne de les entraîner vers un danger beaucoup plus grand que celui des Tuzéens.

+ + +

Le groupe chevaucha pendant un bon décan sans faire la moindre rencontre. Amanón ne s'en portait pas plus mal ; tout nouveau contact avec la population locale, amie ou ennemie, les aurait sûrement plongés dans les ennuis ! Peut-être avaient-ils été repérés, cependant, par l'un ou l'autre fermier en déplacement, quelques pillards, ou d'autres insoumis surveillant les routes… Si tel était le cas, ces hommes s'étaient bien gardés de se manifester auprès de la colonne - pour ne pas dire le convoi. Les deux dizaines de chevaux des héritiers grossissaient d'autant leur troupe, et n'importe quel individu aurait cédé le passage devant Kebree, Grigán et Bowbaq, qui avançaient en tête !

Pour éviter tout nouvel incident, ils avaient déjà contourné deux villages, en empruntant un large détour à travers les bois. Le Wallatte n'avait heureusement pas menti sur sa connaissance de la région, et il ne marquait aucune hésitation sur les directions à suivre. Amanón ne pouvait nier l'estime nouvelle qu'il portait à son compagnon barbare. Jusqu'alors, il ne l'imaginait pas vraiment capable d'assumer de réelles responsabilités, telles que celles de sa charge de prince… L'interprète devait bien reconnaître son erreur, et son orgueil en prenait un coup. Keb pourrait faire un aussi bon père que lui, finalement… réflexion qui lançait des vagues d'acidité dans le ventre du jeune homme !

Pour fuir ses angoisses, il concentrait son attention sur la forêt environnante, redoublant de vigilance quant à ce qui pourrait en surgir. Mais il se montrait moins détendu encore, chaque fois que le groupe avançait en terrain découvert ! Champs, friches et terres rocailleuses se succédaient parfois sur plusieurs lieues, avant que les cavaliers ne reviennent à l'abri des regards. Et cela empirait à mesure qu'ils approchaient des montagnes du Rideau...

Le jeune homme portait fréquemment son regard sur les hauteurs qui se perdaient aux horizons nord et sud. La plupart de ces sommets n'avaient jamais été atteints, disait-on. C'était probablement la vérité... Et Amanón se demandait quelle partie de ces murs de rocaille pouvait bien abriter le Jal. Car il ne doutait pas que la foi des Etheques ait réussi à transformer une parcelle de ce monde ! Quelque part, là-haut, la force concentrée d'innombrables esprits faisait vivre un jardin, là où il n'y aurait dû avoir que des neiges éternelles... Juste en dessous se répandait le labyrinthe de Karu. Et plus bas encore, entre les égouts de la Sainte-Cité et l'ancien Mausolée de Sombre, s'étirait le tunnel que Saat avait creusé en sacrifiant des dizaines de milliers d'esclaves. Pour quiconque en trouvait le courage, Ith n'était qu'à quelques décans de marche dans les ténèbres !

Les héritiers n'avaient pas encore discuté de leur destination suivante ; cela dépendait de ce qu'ils allaient trouver à Wallos... Pour autant, Amanón ne voyait aucune raison valable de rester de ce côté du Rideau, en territoire occupé, au sein d'un peuple dont même lui ne connaissait pas la langue. Un retour vers les Hauts-Royaumes était plus que probable... et chaque fois que l'idée traversait l'esprit de l'interprète, il portait de nouveau le regard sur les montagnes, en s'interrogeant sur l'état véritable de ce tunnel abandonné depuis deux décennies.

Leur but actuel, au moins, était de plus en plus proche. Après avoir contourné un troisième village, beaucoup plus étendu que les précédents, Keb promit leur arrivée pour la fin de l'après-apogée. Malgré l'impatience générale, ils convinrent de faire halte pour déjeuner avant de se lancer dans cette ultime étape.

– Il est temps de parler de la suite, décida Grigán au terme du repas. Que comptes-tu faire exactement, une fois aux portes de la ville ? Pas question de renouveler tes exploits de la veille, hein !

— Je n'en sais rien, avoua Keb. J'aviserai selon la situation. S'il y a des Thalittes et des Tuzéens à chaque coin de rue, il est évident que je ne pourrai pas marcher droit jusqu'au palais.

Sa franchise parut satisfaire le vétéran ; Amanón lui-même fut soulagé de constater l'apaisement du Wallatte. *Au moins, il ne projetait pas de couper toutes les têtes se dressant entre lui et sa mère… Quoique… On ne pouvait jamais vraiment savoir, avec lui !*

Ils se remirent en chemin peu après, regagnant la route dont ils s'étaient éloignés par précaution. Et ils n'avaient pas encore parcouru un nouveau mille quand un cavalier se présenta derrière la colonne, s'approchant au grand galop… Après un moment d'observation, l'interprète reconnut un Wallatte, ce qui le détendit quelque peu. Si l'étranger avait été un Tuzéen ou un autre membre de l'alliance estienne, les héritiers n'auraient eu d'autre choix que de l'empêcher de témoigner, de manière forcément peu honorable…

Après une courte décille, l'inconnu fut à portée du groupe qu'il cherchait visiblement à rattraper. À son signe amical, ainsi qu'à la lowa qui pendait sur le flanc de sa monture, Amanón devina aussitôt avoir affaire à un des insoumis. Il ne le reconnut pas comme appartenant au premier village, pourtant. L'homme n'avait guère plus de dix-huit ans ; l'interprète se serait souvenu de son visage glabre et de sa petite taille.

— Je te salue, seigneur, annonça-t-il avec émotion. Je suis Drec, le plus jeune fils de la lignée des N'an !

— Ça alors ! se réjouit Keb. Et comment va ton père, Drec ?

Le visage du jeune guerrier se rembrunit aussitôt.

— Je l'ignore, seigneur. Il est resté fidèle à la reine, comme depuis toujours, tandis que mes frères et moi avons pris le maquis. Je suppose qu'il est encore au palais. Nous n'osons plus entrer en contact avec lui.

Sa réponse fut suivie d'un silence embarrassé. Amanón avait déjà connu plusieurs guerres civiles, au cours de ses voyages, et notamment dans les Bas-Royaumes… mais jamais il n'avait vécu le conflit de si près, au point de voir les familles se diviser.

— Bra'n nous a raconté ton retour, reprit l'insoumis. Je suis venu te proposer mon aide, seigneur !

— Si tu veux me servir, retourne veiller sur tes frères, refusa Keb. Il me plaît de vous voir harceler les Tuzéens.

— Bra'n nous a dit que tu refuserais une escorte, acquiesça le jeune homme. Je voulais seulement t'informer des derniers mouvements autour de la capitale, seigneur. C'est notre groupe qui est chargé de la surveiller.

Sur un signe de tête de son prince, Drec révéla alors que de nouveaux contingents d'estiens campaient au nord de la cité, en attente d'un départ imminent pour le Val guerrier. C'était la troisième armée qui marchait vers le Grand-Empire, et elle était de loin la plus importante. On disait d'ailleurs que les conscriptions, forcées ou pas, allaient bientôt prendre fin... Le jeune homme voulait voir en ce signe la fin prochaine de l'occupation de leur royaume. Amanón pressentait plutôt l'annonce d'une répression beaucoup plus violente. Dès que Sombre en aurait fini avec Goran, il punirait à sa manière tous ceux qui avaient refusé de le suivre.

— Pour éviter les patrouilles, le mieux est d'entrer en ville par le sud, conclut Drec. Et si on vous interroge, présentez-vous comme des mercenaires... Sauf toi, seigneur, ajouta-t-il précipitamment.

— Je garderai profil bas, promit Keb, amusé. Merci pour ton aide. Je ne doute pas que Deinan et toi vous retrouviez bientôt.

Le cavalier et les voyageurs se séparèrent après un dernier salut, puis le groupe entama un nouveau détour, visant à les amener sur la route méridionale de Wallos. Amanón sentait sa fébrilité grandir à chaque nouveau mille parcouru. D'ici quelques décans, et s'ils ne rencontraient pas d'ennuis, les héritiers seraient en possession de la fameuse épée de gwele, enchantée par le sorcier. Ils n'auraient alors plus aucune raison de différer leur combat contre Sombre.

✢ ✢ ✢

Eryne avait imaginé la capitale wallatte de différentes manières… la réalité se révéla être un mélange de toutes ses suppositions. Ainsi, les premières maisons qu'ils dépassèrent, tout de poutres aux arêtes mal dégrossies, rappelaient inévitablement le village qu'ils avaient traversé. Wallos n'était-elle qu'une sorte de bourg étendu sur plusieurs milles ? Mais deux rues plus loin, les chalets rustiques commençaient à côtoyer des bâtisses beaucoup plus élaborées, en pierres assemblées parfois sur deux étages… Cela n'était qu'un exemple des multiples visages de la cité. La jeune femme s'était également étonnée d'y pénétrer si facilement ; à Lorelia, les choses étaient bien différentes ! Puis, ils s'étaient approchés d'une épaisse muraille, si ancienne qu'elle s'affaissait sous son propre poids… L'ouvrage n'en protégeait pas moins l'accès au cœur de la capitale, faisant mentir cette impression d'une ville ouverte à tous les vents.

Quatre gardes wallattes surveillaient les allées et venues sous l'arche fatiguée. Ils interpellèrent les héritiers sans animosité, mais Eryne sentit néanmoins les battements de son cœur s'accélérer ! Amanón leur servit le mensonge qu'ils avaient mis au point, tout d'abord en avouant, en ithare, qu'il ne connaissait pas l'idiome local. Grigán et lui se présentèrent comme les chefs d'une troupe de mercenaires, voyageant avec femmes et esclaves, et désireux d'offrir leurs services à l'alliance estienne… Le sergent de faction enchaîna par quelques questions de principe, auxquelles l'interprète répondit avec autant d'aplomb, puis on les laissa circuler. Sans doute les soldats de fortune étaient-ils nombreux à se présenter, venus des Bas-Royaumes, depuis le début des troubles… À moins que l'origine étrangère des héritiers n'ait rassuré les gardes sur leurs improbables relations avec les insoumis.

Le poste à peine franchi, Eryne ne put s'empêcher de jeter un œil en coin à Kebree. Le barbare se montrait étonnamment sage, pour qui connaissait ses excès en toutes choses ! Il avait suivi chacun des conseils de Corenn, en se plaçant au milieu du groupe, en dissimulant sa lowa, trop typique, et en cachant sa silhouette sous un lourd manteau prêté par Bowbaq…

Ainsi en compagnie du grand-père, le prince à la haute stature pouvait aisément passer pour un Arque, ce qui était le but recherché.

Les citadins ne risquaient pas de le démasquer. Si quelques-uns, surtout des enfants, détaillaient l'allure de chacun des étrangers remontant leur rue, la plupart préféraient détourner le regard, ou s'éloigner dans n'importe quelle direction ! Eryne devina que leurs tourments étaient semblables à ceux des habitants des campagnes. Les Wallattes avaient trop souffert de leur allégeance à Saat ; et même après plus de vingt ans, ils restaient fragilisés par rapport à leurs voisins… La plupart refusaient sûrement cette nouvelle campagne contre l'Empire, ainsi que le réveil de l'Ancien culte. Mais les mêmes savaient également qu'ils n'avaient pas le choix, devant la puissance de leurs alliés forcés ! Seuls les insoumis étaient assez courageux, ou suffisamment inconscients, pour exprimer leur attachement à la paix fragile ramenée par Chebree…

Les gardes les avaient renseignés sur le chemin d'un poste de recrutement, mais le groupe prit une autre direction dès qu'il en eut l'occasion. Suivant les indications de Keb, les héritiers se rapprochèrent donc du palais. Eryne eut ainsi l'occasion d'étudier davantage l'étrange atmosphère de tension et de repli qui régnait dans les rues. Par exemple, beaucoup d'échoppes d'artisans gardaient leurs volets fermés… Leurs propriétaires étaient-ils terrés chez eux ? Ou partis pour le Val guerrier ? Ou encore, cachés dans le maquis ? À moins qu'ils n'aient été victimes des débordements inévitables lors d'une grande concentration de guerriers… Cette réunion de la troisième armée, au nord de la ville, était une aubaine pour les héritiers, qui traversaient ainsi une cité d'un calme désarmant. Ils auraient pu se retrouver mêlés à plusieurs milliers de soldats braillards et querelleurs, situation qui aurait énormément compliqué leur progression !

Quelques milles avant leur arrivée à Wallos, Grigán avait lancé, sans conviction, l'idée que la majorité du groupe pourrait attendre le retour de Keb et d'une petite escorte… Le vétéran s'était vite rendu, noyé entre autres sous les protestations de Léti, Reyan et Zejabel. Chacun avait un proche parent dont il ne voulait se séparer, et la curiosité jouait également pour beaucoup dans ce désir de pénétrer la capitale.

Pour sa part, Eryne ne regrettait pas sa propre prise de risque. Elle savait pourtant mettre en danger ses compagnons, puisque sa condition prochaine de déesse permettait à Sombre de la retrouver, s'ils étaient assez proches... Le démon semblait heureusement installé à Lorelia, et la jeune femme n'aurait pas supporté de rester en arrière. Elle avait bien conscience d'être ridicule, peut-être même égoïste, mais elle tenait absolument à voir à quoi ressemblait cette Lyn'a !

Sa jalousie était pourtant sans fondement, puisque Keb avait mis fin à sa relation avec l'inconnue quelques années plus tôt, disait-on... Mais Eryne gardait un cœur de femme, et elle se rappelait parfaitement l'émotion du Wallatte, lorsqu'il croyait son ancien amour menacé par les Tuzéens.

Elle n'oubliait pas non plus que le prince barbare lui avait plus ou moins fait ses adieux. Il avait d'ailleurs mis un terme à sa cour, privant la Lorelienne de ses sourires étincelants, de ses clins d'œil, et de ses sous-entendus parfois un peu osés... Eryne souffrait de cette indifférence soudaine, bien sûr, mais elle s'inquiétait davantage de l'avenir ; si toutefois les héritiers avaient la chance d'en connaître un. Que se passerait-il, si l'enfant qu'elle portait présentait toutes les caractéristiques de la race wallatte ? Aurait-elle le courage d'avertir son père ? Et comment réagirait celui qui, alors peut-être, partagerait sa vie ?

Cette réflexion l'amena inévitablement à lever les yeux sur Amanón, qui chevauchait à l'avant. Alors que Keb semblait avoir renoncé à sa relation avec la jeune femme, elle aurait dû baigner dans un sentiment nouveau de liberté... Prendre des initiatives, exprimer toutes ces choses qu'elle gardait enfouies depuis si longtemps... Mais elle en était incapable.

Trop de responsabilités pesaient sur leurs épaules, pour qu'elle y ajoute encore le trouble de l'émotion. Trop d'incertitudes brouillaient leur avenir. Il était même probable qu'un jour prochain, elle finisse par perdre ce qui lui restait d'humanité… Alors, elle continuait à observer les rues mélancoliques de Wallos, en songeant à une nuit passée dans le grenier d'une étable, et qui ne serait jamais plus.

+ + +

— On va finir par se faire remarquer, chuchota Nolan, mal à l'aise.

C'était la deuxième fois qu'il passait devant le palais de Chebree, en compagnie de Yan et de son propre père. Tous trois étaient d'apparence suffisamment inoffensive pour remplir cette mission de reconnaissance, sans trop attirer l'attention… du moins, l'espéraient-ils. Car les deux gardes postés à l'entrée principale de l'enceinte commençaient à leur adresser des regards perplexes, selon le jeune homme ! Quel soldat ne se serait pas étonné de voir un groupe d'inconnus rôder autour du siège du pouvoir, en période de guerre, qui plus est ? Le Maz avait bien pris la précaution d'ôter ses vêtements de prêtre dès leur sortie du Jal, mais il n'en restait pas moins d'allure étrangère…

Yan eut la sagesse d'écourter leurs observations, et c'est d'un pas tranquille, masquant leur tension véritable, qu'ils ramenèrent leurs chevaux jusqu'au reste du groupe, deux rues plus loin. Kebree les avait menés jusqu'à ces halles semi couvertes qui abritaient ponctuellement le marché aux bestiaux de la capitale. En ce jour, l'endroit était pratiquement désert, et les héritiers y attendaient plus discrètement que s'ils avaient arrêté leurs dix-neuf montures au beau milieu de la chaussée.

— Alors ? s'impatientait le prince.

— Ça a l'air calme, rapporta Rey. Les deux entrées sont gardées, mais le contraire m'aurait plutôt étonné. Et il ne semble y avoir que des Wallattes.

Ces précisions étaient bien celles que les héritiers espéraient ; pour autant, le silence qui suivit trahit l'indécision générale. Seule la reine barbare devait savoir où se trouvait l'épée de Saat... mais il n'était pas même certain qu'elle accepte de confier ce secret à son fils.

– J'y vais, décida Keb, le front barré. Aucun garde n'osera se dresser contre moi, même s'il en a reçu la consigne.

– Pas question, trancha Grigán. Si tu disparais là-dedans, nous ne saurons pas à quoi nous en tenir.

– Je n'empêche personne de m'accompagner, râla le Wallatte, mais ça risque de compliquer les choses ! Ma mère ne sera pas forcément ravie de vous voir ici ! Il paraît évident qu'elle est toujours sous la menace du démon !

– Elle pourrait aussi te jeter au cachot, remarqua Yan. Nous perdrions alors tout espoir de récupérer l'épée, et toi-même n'aurais plus la moindre chance d'aider ton peuple à regagner sa liberté... Tu ne dois pas y aller sans escorte.

Le prince poussa un nouveau grognement, pour pester contre la justesse de l'argument, cette fois. Aux portes de leur but, ils se trouvaient décidément bien impuissants...

– On pourrait lui faire parvenir un message ? hasarda Bowbaq.

– Ça ne changerait rien, soupira Amanón. Ça lui donnerait seulement davantage de temps pour nous tendre un piège, si tel était son désir... Nous devons garder l'effet de surprise pour nous.

– *Moi,* je peux sûrement y aller.

Nolan se retourna sur sa mère, croyant avoir mal compris... mais les expressions stupéfaites ou pensives de ses compagnons lui confirmèrent avoir bien entendu.

– Tu ne peux pas faire ça, maman, se vit-il bredouiller. C'est trop dangereux...

– Je ne crois pas, insistait Lana. Kebree nous a montré à quel point les Wallattes sont attachés à l'honneur d'une dette de sang. Je suis sûre qu'elle ne me fera aucun mal.

Keb s'empressa d'acquiescer, d'une moue admirative qui semblait sceller le destin de Lana aussi bien qu'une prophétie des Ondines. L'espace d'un instant, Nolan se demanda si ce n'était pas *ça,* la grande détresse que les héritiers devaient connaître. Le sacrifice de sa propre mère.

— Tu es sûre de toi ? s'inquiéta Reyan.

À ces mots, le jeune homme comprit que la partie était perdue. Fidèle à son amour du libre-arbitre, son père avait décidé qu'il ne tenterait rien pour dissuader son épouse… Peut-être même trouvait-il l'idée fort ingénieuse ! Nolan s'angoissait de plus en plus ; personne ne voyait donc que la bonté d'âme de Lana pouvait, cette fois, lui être fatale ? Il chercha le soutien de sa sœur, connut un instant de soulagement en constatant son trouble, puis replongea dans l'inquiétude… Eryne semblait trop émue, justement, pour trouver des arguments convaincants.

— Que veux-tu faire, au juste ? demanda-t-il à sa mère. Chebree t'épargnera peut-être, mais ça m'étonnerait qu'elle te remette l'épée !

— Je lui annoncerai avoir des nouvelles de son fils, expliqua Lana. Selon sa réaction, nous saurons à quoi nous en tenir…

— Très bien, décida-t-il. Je viens avec toi !

Il avait parlé presque sans réfléchir, mais il était déjà résolu à ne pas se laisser dissuader.

— Chebree connaît mon amitié pour Keb, argua-t-il. Ma présence devrait la mettre en confiance. Et nous voir ensemble pourrait lui rappeler combien son fils lui manque.

Il soutint le regard de ses compagnons, défiant quiconque de lui interdire le droit d'escorter sa mère, mais personne n'en eut le courage ou la volonté. Seule Zejabel semblait sur le point d'intervenir, mais Nolan l'en dissuada d'un petit hochement de tête suppliant… Peut-être n'aurait-il pas résisté à la Züe, et ils ne pouvaient pas non plus prendre le risque de l'emmener. La jeune femme parut comprendre la situation, et respecta la décision de son amant en gardant le silence.

— S'ils ne sont pas revenus dans un décime, je fonce dans le tas, prévint Reyan à l'intention de Keb.

Le barbare acquiesça lentement, déjà tiraillé entre sa fidélité à Wallos et son amitié pour les héritiers. Pour le bien de tous, il fallait espérer ne pas en arriver là…

— Allons-y, donc, conclut Lana avec un beau sourire. Je pense qu'il vaut mieux laisser ton arme ici, Nolan. Nous ferons meilleure impression.

Le Maz n'eut que le temps de confier sa canne-épée à Amanón, avant de rattraper sa mère qui traversait déjà la rue. Elle avait à peine déposé un baiser sur les lèvres de son époux, et adressé un petit salut au reste du groupe... Comme s'ils n'allaient pas au-devant d'une ennemie mortelle !

— Eurydis veille sur nous, assura-t-elle ensuite. Tout se passera bien.

Nolan opina de la tête, mais ses entrailles se nouèrent quand ils disparurent à la vue de leurs compagnons. Peut-être aurait-il dû rappeler la manière dont la reine wallatte les avaient drogués puis enfermés, à leur dernière rencontre. Peut-être aurait-il dû souligner son projet de les livrer en pâture au lémure de la Jurande. Mais il semblait déjà trop tard pour cela... Lana marchait droit vers les gardes en poste, tandis que son fils s'interrogeait sur la profondeur de sa propre foi. Pourquoi ne partageait-il pas l'optimisme et la confiance de sa mère ? *Sans doute parce qu'il était plus faible,* songea-t-il en se remémorant sa période de connivence avec les K'luriens. En ce cas, il ne serait pas d'une grande assistance devant le danger...

Le cœur battant à tout rompre, il écouta Lana se présenter naturellement aux brutes qui barraient l'entrée. C'était déjà une chance que l'un d'eux ait quelques notions de langue ithare ! Nolan doutait néanmoins de leurs chances de succès ; il commençait même à espérer être rembarré... mais sa mère obtint du garde qu'il aille prévenir son supérieur ! Elle avait titillé sa curiosité, en lui remettant l'un des gweloms fraîchement ramassés au Jal. Elle avait promis que la reine se réjouirait de sa visite et de ce présent singulier.

Les quelques décilles d'attente qui suivirent furent abominablement longues. À chaque instant, le jeune homme s'attendait à voir débarquer une escouade de soldats hargneux, ou même de lémures... Il ne put s'empêcher de jeter des regards anxieux vers le coin de la rue, et ne connut qu'un léger réconfort en y découvrant la silhouette protectrice de son père. *Peut-être était-il encore temps de prendre la fuite... Courir, remonter en selle, puis s'éloigner le plus vite possible de la capitale...*

Le retour du garde mit un terme soudain à ces hésitations. L'homme était seul et ne portait plus le gwelom, mais cela ne signifiait rien ! Quand il leur indiqua de le suivre à l'intérieur de l'enceinte, Nolan comprit que leur destin était scellé. Plus moyen, désormais, de revenir en arrière... Alors, il s'efforça d'imiter le pas paisible de Lana, en priant pour ne pas la voir périr dans la décille suivante.

Aucune troupe armée ne surgit de la caserne qu'ils dépassèrent, pourtant. Pas plus qu'un groupe d'assassins ne fondit sur eux, une fois la lourde porte du palais franchie... Le garde les conduisit seulement dans ce qui semblait un salon d'honneur, avant de se retirer sans autre manifestation de politesse.

Nolan et sa mère n'eurent pas même le temps de prendre place sur les nombreux coussins jonchant le sol. Le claquement d'une petite trappe de surveillance les firent sursauter, juste avant que l'une des parois ne dévoile soudain une issue secrète... sous laquelle se tenait la veuve barbare, une main serrée sur le gwelom, l'autre brandissant une lowa vers leurs visages !

– *Où... est... mon... fils !* cracha-t-elle, avec une extrême tension.

– Il est en vie, assura Lana sans trembler. Il va bien. Et il vous aime.

Le soulagement, pour ne pas dire le bonheur qui passa alors sur le visage de la reine wallatte ne pouvait être feint. Déjà, elle baissait son arme, avec une ébauche de sourire pour son ancienne ennemie... Nolan porta à sa mère un regard plein d'admiration. C'était *elle* qui avait eu raison. Cette confrontation directe avec la réalité valait mieux que tous les plans d'infiltration du monde.

– Keb est tout près d'ici, révéla-t-il à son tour. Nous sommes tous là.

Une joie plus grande encore éclaira le visage de Chebree, mais cette émotion fut vite remplacée par une expression soucieuse.

– On ne doit pas vous voir, lâcha-t-elle, le front barré. Allez-y, et ramenez-les-moi. Vite.

Nolan ne se le fit pas dire deux fois. Il refusa néanmoins de laisser sa mère seule avec la Wallatte, et l'entraîna vers l'extérieur d'un pas aussi dynamique que possible.

La peur de la reine barbare était communicative. Le Maz croyait soudain sentir l'œil de Sombre dans son dos.

+ + +

Cael eut les mêmes réactions que ses compagnons. Après le soulagement ressenti au retour des deux Loreliens, il s'était ensuite inquiété de la proposition de Chebree... Ne s'agissait-il pas d'un nouveau piège ? Lana, Nolan et même Keb juraient le contraire, mais les héritiers se tenaient sur leurs gardes, en approchant de l'enceinte séculaire du domaine des B'ree. Le fait d'avoir dû abandonner leurs chevaux sous les halles n'aidait pas non plus à les rassurer ! Mais la Wallatte semblait préférer une visite discrète, ce qui excluait d'engorger les écuries royales par l'arrivée soudaine de tant de montures...

Le moment était grave, et comme souvent dans ces cas-là, le moindre détail se fixait à jamais dans la mémoire de l'adolescent. Ainsi, il ne devait plus oublier la rusticité de la première muraille, à peine plus haute que Bowbaq. De même qu'il se rappellerait la pauvreté des jardins, d'allure plus sauvage que véritablement entretenue... Le palais lui-même correspondait mieux à l'idée que l'on se faisait d'une demeure royale, sans atteindre, loin de là, le luxe des seigneuries de Lorelia, de Goran ou même de Zuïa. La bâtisse n'était probablement qu'une ancienne forteresse aménagée, aux murs aussi épais que ses fenêtres étaient étroites. Au fil des siècles, on l'avait consolidée, agrandie, redessinée, pour en faire ce monument de pierre, entre la rudesse barbare et l'orgueil des souverains de Wallos.

Cael se montrait également sensible aux expressions de ses compagnons. Keb se révélait bien sûr le plus impatient, et la manière dont il embrassait du regard son foyer retrouvé forçait la sympathie. Tous les autres étaient tendus : les plus jeunes, parce qu'ils avaient déjà souffert d'une trahison de Chebree, et les anciens, parce qu'ils allaient rencontrer là un fantôme de leur combat contre Saat... Enfin, le garde qui les escortait les invita à pénétrer un salon au sol couvert de coussins. La reine les y attendait, le port fier, malgré ses traits fatigués. Kebree sut patienter jusqu'à ce que le soldat referme la porte sur lui... Alors seulement, il se débarrassa du manteau qui dissimulait son visage, puis alla poser un genou au sol devant sa suzeraine.

L'ancienne amante de Saat ne le laissa qu'un instant dans cette posture, trop pressée qu'elle était de serrer son fils contre sa poitrine. Keb lui rendit son étreinte avec une réelle tendresse, sans gêne aucune pour le spectacle de sa fragilité qu'il révélait à ses compagnons... Grigán tiqua néanmoins quand la mère et le fils échangèrent quelques mots à voix basse, en wallatte, mais Cael doutait qu'il s'agisse d'autre chose que des manifestations d'affection. Enfin, ils se séparèrent, sans réussir à s'éloigner vraiment.

Rassemblés de l'autre côté de la pièce, les héritiers s'efforçaient de surmonter leur embarras. Cael lui-même échouait à trancher entre ses sentiments partagés. Le souvenir de sa dernière rencontre avec Chebree, ainsi que l'appartenance de la reine au camp de Sombre, lui répugnaient fortement... mais d'un autre côté, elle lui faisait presque penser à Léti, en plus âgée. Sous son masque de souveraine barbare, impitoyable et intransigeante, la Wallatte restait avant tout une mère inquiète pour le fruit de ses entrailles. On ne pouvait pas haïr quelqu'un pour cela.

– Je n'ai guère de temps, prévint-elle à leur intention, sans autre forme de salut. Je pars demain pour le Val guerrier.

– Quoi, toi aussi ? s'étonna Keb.

Le prince ne masquait pas sa désapprobation. La reine le toisa d'un regard indéchiffrable. Déjà, la magie de l'instant de leurs retrouvailles se dissipait...

– Si je m'y refuse, notre peuple sera jeté en pâture à tous les autres, se justifia-t-elle. C'est ce que tu veux ?

— Il y a un autre moyen, affirma le prince. Vois ceux qui m'accompagnent. L'un d'entre eux coupera bientôt la tête du démon, et tout redeviendra comme avant.

La veuve étudia les visages silencieux des héritiers, un à un, comme pour jauger de leurs véritables chances. Son manque de sourire n'était pas de bon augure…

— Jusqu'à la dernière lune, j'aurais pu y croire, annonça-t-elle en hochant négativement la tête. Je n'oublie pas que vous avez tué Gors, et Zamerine, et même Saat, alors que cela semblait pourtant impossible. Je constate aussi que vous avez tous survécu à la traque du démon, jusque-là… Mais si vous pensez réellement pouvoir le vaincre, c'est que vous n'avez aucune idée de ce qui se prépare vraiment.

— Nous ne demandons pas mieux qu'apprendre, intervint doucement Lana.

— Tout ce que vous pourrez nous confier aidera à libérer les Wallattes, renchérit Corenn. Nous ne sommes les ennemis d'aucune nation. Notre seul désir est de ramener la paix.

Malgré ces encouragements et ces paroles de sagesse, Chebree gardait bouche close. Cael voyait grandir en lui un nouveau sentiment : celui d'avoir fait ce déplacement pour rien ! De toute évidence, la reine se refuserait à leur confier l'épée, de même qu'elle garderait ses informations secrètes… Les héritiers ne savaient même pas combien de temps sa dette envers Lana et la joie de retrouver son fils les mettraient à l'abri d'une soudaine volte-face !

Elle finit par faiblir, pourtant. Baissant le front, fermant les yeux, avant de les cacher derrière sa paume… Puis elle se détourna et prit place sur les coussins, avant de signifier à ses hôtes d'en faire autant. Pour en arriver à ce résultat, il n'avait fallu ni supplication, ni menace, ni beau discours. Simplement un geste de tendresse : celui que Keb avait accompli, en prenant doucement les doigts de sa mère entre les siens… Comme un enfant qui voudrait exprimer son amour, sans trouver les mots qui manquaient à son vocabulaire.

Chebree poussa encore un petit soupir, puis saisit machinalement le pendentif que Cael avait déjà reconnu comme un gwelom. Pendant tout le temps que dura sa confession, elle ne devait plus le lâcher.

— Sombre s'est allié avec la reine de Lorelia, annonça-t-elle, presque à voix basse. C'est lui qui est à l'origine de cette guerre contre Goran.

— Nous avons découvert cela, acquiesça Corenn. Mais nous ne comprenons pas le but de la manœuvre. Même avec toutes ses richesses, Lorelia n'a pratiquement aucune chance de briser les défenses du Grand-Empire...

— C'est exactement ce qu'ils escomptaient, confirma Chebree. Les Loreliens ont déjà subi de lourdes pertes. Ils n'ont pas tenu Ith plus de quelques jours, avant que les Goranais ne reprennent la ville... L'empire a même lancé quelques-unes de ses armées dans une contre-attaque contre Lermian.

— Mais qu'est-ce qu'Agénor cherche à faire ? insista Lana. Elle ne projette tout de même pas de laisser détruire son propre royaume ?

— Non, confirma la veuve. Son objectif est bien de s'emparer de Goran. Elle veut bâtir le plus gigantesque des empires jamais imaginé, pour le laisser en héritage au démon.

L'idée fit vibrer quelque chose de malsain en Cael. *Être reconnu comme le maître de toutes choses. Avoir droit de vie ou de mort sur chacun des mortels, et même des éternels.* Oui, voilà bien quel était le but ultime de Celui-qui-Vainc. La Voix de l'adolescent le lui avait assez susurré.

— Sombre n'a pas besoin d'une armée pour se tailler un royaume, remarqua Keb. Pour ce que j'en sais, il pourrait lui-même étriper l'empereur de Goran et s'installer sur le trône.

— Oui, mais c'est un *dieu*, et il a besoin d'être *adoré*, objecta sa mère. Je suis bien placée pour le savoir. J'ai été son Emaz.

— Concrètement, quel est son plan ? pressa Amanón. Et quel rôle les Wallattes ont-ils à y jouer ?

— Nous devons apporter l'Ancien Culte aux Loreliens, révéla Chebree. Nous devons leur communiquer notre foi, pour que Sombre puisse apparaître au grand jour et s'imposer comme Celui qui leur a donné la victoire.

Un silence empreint de gravité tomba sur l'assemblée, alors que chacun mesurait l'horreur d'une telle perspective. Les Hauts-Royaumes gangrenés par les cultes démonistes. Des dizaines de milliers de sujets adorant leur empereur-dieu, en ignorant tout ou presque de sa véritable nature… au début. Le règne éternel de l'enfant de Karu, avec les atrocités qui allaient de pair.

— C'est tout de même plus facile à dire qu'à faire, supposa Nolan d'une voix blanche.

— Au contraire, ça a déjà commencé, assura la reine. Depuis que les temples de la Sainte-Cité ont été détruits, les grandes religions ont perdu de leur prestige. Et les Loreliens ont déjà subi tellement de défaites qu'ils s'imaginent abandonnés par les anciens dieux. Avec l'empire à leurs portes, ils se sentent si menacés qu'ils ont besoin de placer leur foi en quelque chose… La Jurande en profite sans vergogne. Toutes les sectes alliées de Sombre ont quitté Ith bien avant le retour des Goranais, pour se répandre partout où elles le pouvaient. Le démon et ses semblables ont déjà des milliers d'adeptes qui leur demandent protection !

— Ça ne suffira pas, jugea Léti. On ne change pas les mentalités de tout un peuple comme ça, du jour au lendemain. Il faudrait un miracle.

— *Mais il y en aura un*, acquiesça Chebree, le visage fermé.

Un nouveau silence entoura la reine barbare. À force de l'observer, Cael commençait à ressentir l'envie de serrer son propre médaillon, tout en sachant que c'était parfaitement inutile.

— Explique-toi, demanda Keb.

— Nous sommes entrés dans la dernière phase du plan, annonça sa mère. Après avoir laissé les Goranais reprendre l'avantage, au point d'effrayer les Loreliens, Agénor a ensuite annoncé son alliance avec les Thalittes, les Solenes, et tous nos voisins. Une première armée a été envoyée au Val guerrier, et l'Empire a été contraint de reporter une partie de ses troupes sur ce nouveau front.… Toutes les forces en présence ont ainsi trouvé un nouvel équilibre. Cela a également permis de lancer un courant de sympathie pour les peuples estiens, au sein même de Lorelia. Le travail de la Jurande n'en a été que facilité, pour répandre cet Ancien Culte venu de derrière le Rideau… Les sectateurs répètent partout que ceux qui acceptent de partager la foi des « barbares » pourront connaître la victoire. Et c'est ce qui arrivera.

– Sombre va sortir au grand jour et faire basculer le cours de la guerre, supposa Amanón, soucieux. La Jurande se chargera bien sûr de répandre la nouvelle… Il ne restera plus à Agénor qu'à installer le monstre sur son propre trône, avec le soutien des Loreliens, par-dessus tout.

– C'est plus grave encore, révéla Chebree. Agénor veut marquer les esprits de manière forte et durable. Le début du règne de Sombre doit être annoncé jusqu'à Jezeba, Wfal, ou dans les plaines les plus reculées d'Arkarie… C'est pourquoi le monstre n'apparaîtra pas seul dans la bataille. *Il sera à la tête de sa propre armée de démons.*

+ + +

Le sol parut s'ouvrir sous Amanón, avec la violence d'un couperet. Soudain, il comprenait le pessimisme de la reine barbare quant à leurs chances réelles de vaincre Sombre. Elles semblaient pratiquement nulles. Même l'Adversaire ne pourrait rien tenter, s'il devait d'abord se frayer un chemin à travers des centaines, peut-être des milliers de créatures telles que les lémures… Comment l'interprète n'y avait-il pas pensé plus tôt ? Le démon avait fourni assez de preuves de sa capacité à engendrer ses propres serviteurs. Ne serait-ce qu'avec Cael, en qui il avait insufflé l'esprit de Karu !

– Mais comment… comment… bredouillait Bowbaq.

– Il va chercher ces monstres sous la montagne, annonça Chebree. Celle du tunnel. J'ignore comment il procède au juste, mais ces créatures lui sont attachées corps et âme. Vous… en avez déjà vu une, rappela-t-elle en baissant le regard.

– Combien y en a-t-il ? pressa Grigán. Où sont-elles rassemblées ? Quelle direction vont-elles prendre ?

– La Sainte-Cité, révéla la reine. Ils vont surgir des égouts, comme la dernière fois. Puis ils descendront l'Alt, jusqu'à Goran. Rien ne pourra les arrêter.

La vision d'une légion de monstres simiesques lâchés sur le Grand-Empire amena Amanón au bord de la nausée. Ce serait une tuerie sans précédent. Sombre pouvait ainsi exterminer les Goranais jusqu'au dernier, si tel était son désir. Il s'arrêterait sans doute avant, quand ses victimes désespérées lui jureraient une adoration inconditionnelle... Le démon serait alors vénéré dans les deux principaux Hauts-Royaumes, ainsi que dans la moitié du pays estien. Le reste du monde connu ne pourrait que suivre très rapidement. De gré, ou de force... En sacrifiant Goran, Agénor asseyait le règne de Sombre pour l'éternité. Jamais l'interprète n'aurait soupçonné un plan aussi ambitieux que puant d'audace.

– La légende des morts de l'Alt, réfléchit Lana à voix haute. Celle prétendant qu'une armée de défunts descendra le fleuve, pour se venger des atrocités subies de leur vivant... Sombre va lui donner corps. Les Goranais vont connaître une terreur absolue !

– Les monstres n'étaient pas encore à Ith, avant notre départ pour le Jal, remarqua Cael. Je n'avais... pas senti leurs esprits.

– Moi non plus, acquiesça Eryne, presque timidement.

Chebree tourna vers eux un regard perplexe ; Amanón s'empressa de la distraire. Même si la reine leur fournissait de précieux renseignements, il n'avait aucun désir d'évoquer l'étincelle divine qui brillait de plus en plus en Eryne, et parfois en Cael. Pas tant que la veuve de Saat n'aurait une position plus tranchée envers leur ennemi !

– S'ils ne se cachent pas sous la Sainte-Cité, où sont-ils ? demanda l'interprète. Vous avez dit que Sombre les ramenait de sous la montagne. Vous avez parlé d'une armée. Il faut bien les rassembler quelque part...

– Dans le Mausolée, l'interrompit la reine. À deux jours de cheval, au sud. L'ancien camp de Saat.

Elle avait lâché ces mots comme s'ils lui brûlaient les lèvres. De toute évidence, on ne les lui ferait pas répéter...

Cette présence démoniaque en son propre royaume semblait la troubler plus encore que la menace de Sombre.

– Combien ? grinça Kebree.

Sa mère se contenta de hausser les épaules, en signe d'ignorance. Le barbare avait les mâchoires crispées à s'en faire souffrir. Tous ces aveux, ces plans dévoilés, devaient représenter pour lui autant d'affronts à son honneur d'homme libre.

– Il faut mettre le feu à ce maudit Mausolée, lâcha-t-il, le regard noir. Il faut brûler ces monstres dans leur jus !

– C'est impossible, rapporta Yan. J'y suis entré ; ce n'est que de la pierre brute. On ne peut pas faire se consumer la roche.

– Alors, il faut se poster à la sortie et les tuer un à un ! tempêta le guerrier. Vous voulez bien faire rater les plans de Sombre, non ?

Personne ne se donna la peine de répondre ; leur position était déjà connue. Tout comme il était évident que le plan de Keb n'était pas réalisable… Rien n'affirmait que les lémures étaient enfermés ; plusieurs erraient probablement dans les environs du tunnel, chassant ceux qui avaient l'audace d'en approcher. Et même dans le cas contraire, comment imaginer qu'ils parviennent à exterminer plusieurs milliers, ou même seulement quelques centaines de ces bêtes ? Ils avaient déjà eu toutes les peines du monde à surmonter l'attaque d'une poignée… L'étincelle de cette vie démoniaque n'était pas si facile à souffler ; inévitablement, les mortels finiraient par être débordés, puis taillés en pièces.

– Nous devons prévenir le plus de monde possible, décida Lana. Si nous ne pouvons éviter la défaite aux Goranais, faisons au moins en sorte d'en sauver le plus grand monde, en leur conseillant la fuite !

– Vous ne pouvez pas faire ça, bondit Chebree. Sombre devinera que ça vient de moi. Ou ce sera Agénor. Elle est rusée, je le sais !

– Nous n'en avons peut-être même pas le temps, de toute façon, renchérit Corenn. Savez-vous quand…

Elle laissa volontairement sa phrase en suspens, laissant à la reine l'occasion de la compléter de toutes les manières utiles. Chacun guettait sa réponse, attendant de connaître, également, *quand* commencerait l'effondrement de leur monde… La réponse glaça les sangs d'Amanón.

— Dans moins d'une décade, affirma la veuve. Sombre m'est apparu souvent, ces derniers temps, pour me porter ses consignes. Il m'a conviée à… partager son triomphe, à Lorelia. Je dois m'y rendre après avoir mené la troisième armée au Val guerrier.

Un silence embarrassé brisa le rythme de la discussion, comme à chaque fois que Chebree rappelait son appartenance au camp ennemi. Amanón ressentait surtout une certaine compassion pour Keb, qui souffrait ces humiliations en silence.

— N'y allez pas, supplia Lana. Vous êtes protégée par un gwelom ; vous pouvez disparaître… Profitez de ce déplacement pour vous enfuir ! Le démon ne pourra pas vous retrouver, dès que vous aurez quitté ce palais…

— Et les Wallattes paieront le prix de ma lâcheté, conclut la reine, désabusée.

— Ils le payent déjà, remarqua son fils avec amertume.

— Mais au moins, ils sont *vivants*, répliqua la veuve. Si je ne m'étais pas soumise, mon peuple aurait été le premier à souffrir, ajouta-t-elle à l'intention des héritiers. Par ailleurs, je n'ai pas à justifier mes choix ! Je ne vous ai reçus que pour laver une dette de sang… Et vous m'avez entendue, désormais. Vous voyez à quel point votre lutte est vaine. Avant même la prochaine lune, Sombre sera le maître de ce monde. C'était écrit depuis toujours.

Elle attendit un instant encore, puis quitta les coussins, signe manifeste de la fin de l'entretien, si ce n'est de la trêve. Amanón et ses compagnons se dressèrent également, avec un regain de tension.

— Je ne serais pas restée reine si longtemps si j'avais été sans cervelle, reprit-elle alors. Je sais ce que vous êtes venus chercher. Je ne le donnerai qu'à Kebree. Et seulement *après* qu'il m'ait écoutée, précisa-t-elle en lui retournant son regard. Seul.

– Jure-moi que tu les laisseras repartir comme ils sont venus, demanda le barbare. Je ferai alors tout ce que tu voudras.

– Qu'il en soit ainsi. Partez maintenant, et regagnez votre cachette. Attendez même mon fils, si cela vous chante. Mais je pense qu'il ne vous suivra plus.

Les deux Wallattes se dévisageaient avec des expressions indéchiffrables, attisant cruellement la curiosité des héritiers. Grigán fut le premier à ouvrir la porte et quitter le salon, sans doute trop heureux de s'éloigner de ces lieux dangereux… Bowbaq s'apprêtait à le suivre quand la reine les retint d'une dernière déclaration, principalement adressée à Lana.

– Je considère ne plus rien vous devoir, avertit-elle. Si nous étions amenés à nous rencontrer à nouveau, ce serait en tant qu'ennemies. Et si jamais Sombre décidait de faire payer à Keb les conséquences de vos actes, je vous traquerai tous, jusqu'au dernier. Sans regret aucun.

Léti, Reyan et Niss affichèrent aussitôt des expressions indignées, mais les autres les firent sortir avant qu'une mauvaise réplique n'envenime la situation. Eryne et Amanón se trouvèrent les derniers à quitter la pièce, laissant Keb et Chebree à leur mystérieux face-à-face… Pas un instant, le barbare n'avait tourné la tête vers ses compagnons, alors que beaucoup lui avaient adressé un petit salut hésitant.

Eryne en était particulièrement troublée. Amanón lui-même avait la vague impression de trahir le Wallatte, de l'abandonner à un sort guère enviable… Son malaise diminua à peine, quand il sentit les doigts de la jeune femme se glisser dans les siens. Il aurait aimé savoir pourquoi la belle tremblait autant.

Sans doute avait-elle, une fois encore, du mal à faire le tri dans ses sentiments.

✢ ✢ ✢

Keb attendit que les pas des héritiers s'éloignent avant de quitter sa posture figée. Il ne doutait pas que sa mère respecte sa parole de les laisser partir, mais il n'aimait pas l'idée que ses compagnons de route puissent entendre la discussion à venir... car celle-ci risquait d'être marquée par des éclats de voix. Chebree se trompait totalement, en croyant qu'il ne rejoindrait pas très vite ceux qui étaient devenus ses amis !

Cette décision était récente, pourtant. Lorsqu'il était entré dans le palais qu'il connaissait depuis l'enfance, le Wallatte s'était promis de ne plus jamais s'en éloigner... Son peuple avait trop besoin de lui ; il était temps d'y mettre un peu d'ordre. Et depuis que les Ondines avaient bu à son esprit, en y laissant un venin des plus douloureux, il pensait ne plus rien avoir à faire avec Eryne, Amanón et les autres. Leur combat n'était pas le sien, après tout. Même s'il leur souhaitait la victoire.

Les terribles confessions de sa propre mère sur les plans de Sombre avaient bouleversé toutes ces certitudes. Il fallait bien se rendre à l'évidence : Wallos ne pourrait être sauvé, même au prix du sacrifice de milliers d'insoumis. Et les B'ree ne recouvreraient leur liberté, et leur trône, qu'à la mort du démon ! Keb ne pouvait s'imaginer plier devant le monstre, œuvrer à son avènement, subir sa dictature... C'était résolument contraire à sa nature. Il préférait la mort, et de loin !

— Tu ne me retiendras pas, annonça-t-il d'emblée. Je partirai, et je te libérerai, malgré toi.

— Tu n'as donc rien écouté, soupira Chebree. Ces étrangers et leurs prophéties absurdes t'ont tourné les esprits. À moins que ce ne soit seulement cette Lorelienne, ajouta-t-elle, les yeux plissés.

Keb s'efforça de ne pas tiquer. Il fut un instant tenté de révéler la vérité sur ce dernier point, puis refusa de partager son secret. La reine aurait probablement réussi à en tirer avantage.

— Ils sont capables de grandes choses, assura-t-il. Je te l'avais déjà dit à Goran ; c'est encore plus vrai aujourd'hui. Ils peuvent réussir. Et je ferai tout pour les aider.

Chebree lui rendait un regard indéchiffrable, entre amour, incompréhension et désespoir.

— Je vois que les choses sont plus graves que je ne pensais. Tu as changé, mon fils. Malheureusement.

— C'est *toi* qui a changé ! répliqua Keb, vexé. Tu t'es rendue sans combattre ! Tu as ouvert nos frontières à nos pires ennemis !

— J'ai agi de la meilleure façon possible pour une reine ! Comprends que dans quelques décades, il n'y aura que deux sortes d'hommes en ce monde ; ceux qui serviront le démon, et ceux qui en seront les victimes désignées ! Est-ce le sort que tu souhaites aux Wallattes ?

Le prince ne répondit que par un geste impatient. Leurs points de vue sur la question étaient décidément opposés ; aucun des B'ree ne parviendrait à convaincre l'autre du bien-fondé de ses arguments... *Dès lors, inutile de perdre du temps,* décida Keb.

— Tu as dit que tu me remettrais l'épée si j'acceptais de t'écouter. C'est chose faite. Dis-moi où elle est, maintenant.

— Tu n'as pas entendu tout ce que j'ai à te dire, mon fils, prévint Chebree. Attends-moi ici.

Elle quitta le salon par la porte dérobée que le Wallatte connaissait bien, pour y avoir souvent joué dans ses jeunes années. Ce temps paraissait bien loin, comme appartenant à une autre vie... Nerveux, contrarié, Keb se laissa à nouveau tomber dans les coussins, avant de passer ses mains puissantes sur son front, puis dans ses cheveux longs. Il aurait souhaité que le démon lui apparaisse dans l'instant, pour le massacrer à grands coups de lowa et ne plus jamais en entendre parler. Il s'était réjoui de voir sa mère, mais il lui tardait maintenant de rejoindre les autres et de suivre leurs plans, quels qu'ils puissent être. Un instant, il redouta même de ne pas les retrouver sous les halles, deux rues plus loin... Un instant, seulement. Car il savait chacun d'entre eux incapable de l'abandonner.

Quand la reine revint enfin, quelques décilles plus tard, il se réjouit de la voir porter une arme dans son fourreau. Une épée, qui ne pouvait être que celle de son père... Keb tendait déjà la main pour demander l'objet, quand Chebree se retira du passage en dévoilant une autre silhouette. Une silhouette féminine.

Lyn'a !

Toute l'angoisse qui couvait dans le ventre du barbare le submergea soudain comme un raz-de-marée. Depuis qu'il avait appris sa présence au palais, il se rongeait les sangs, s'interrogeant sur les conditions d'une éventuelle rencontre... Cet entretien organisé dans le salon d'honneur avait soulagé ses craintes, et il s'était même cru tiré d'affaire, alors que son départ semblait imminent. Et voilà que sa propre mère le plaçait face à ses souffrances !

Il n'osait plus faire un geste, pas même respirer, alors que Chebree guidait la jeune aveugle jusqu'aux amas de coussins. Keb ne l'avait pas revue depuis trois ans... il la trouvait toujours aussi belle. Mais ce regard voilé, à jamais éteint, lui renvoyait le cruel reflet de ses fautes, et il ne pouvait le supporter !

– Qu'est-ce qu'elle fait ici ! rugit-il, le feu aux tempes. Je l'ai répudiée ! Tu n'as pas le droit de m'imposer sa présence !

– Ke... Kebree ? demanda l'infirme, les lèvres tremblantes.

Le trouble de la jeune femme déstabilisa davantage le Wallatte, perdu au cœur d'une tempête d'émotions. Il aurait voulu étreindre son ancien amour, la supplier, se mettre à genoux et implorer son pardon... Mais dans le même temps, il ne pouvait endurer sa propre culpabilité, l'idée d'être repoussé, rejeté comme le dernier des méprisables. Le malheur de Lyn'a lui rappelait qu'il était le fils d'un véritable monstre, et donc destiné à détruire tout ce qui l'entourait...

– Kebree, écoute-moi, bredouillait la pauvrette, des sanglots dans la voix. Je ne te demande rien, mon prince. Je pensais que tu me méprisais... Mais la reine m'a confié tes regrets...

– La ferme ! cingla le barbare.

Il bondit sur ses pieds pour échapper aux bras maladroits qui le cherchaient, pleurant, à son tour, devant le spectacle de l'aveugle qui progressait difficilement entre les coussins... Il n'avait pas envie de parler du passé. Jamais il ne pourrait revenir en arrière, même s'il donnait pour cela sa propre vie. Les dieux ne semblaient pas en vouloir, de toute façon... Il avait plongé tête baissée dans tellement de batailles qu'il s'étonnait d'être encore debout.

— Je ne te demande rien, répétait Lyn'a, fébrile et tourmentée. Je veux juste que tu saches que... je ne t'en veux pas, mon prince. Je ne t'ai jamais reproché ce qui est arrivé. Tu es parti si vite... Je pensais que tu ne voulais plus d'une aveugle. Je te connaissais, pourtant... J'aurais dû comprendre... tes remords... ta honte...

— Tais-toi, larmoya Keb, d'un ton qu'il aurait voulu plus dur.

Lyn'a se rapprochait encore, mais il ne recula pas, cette fois. Trop ému pour lutter, il frémit quand les mains de son ancien amour vinrent caresser son visage... Il reconnut sa douceur, son parfum, et un millier d'autres sensations et souvenirs qu'il gardait enfouis en lui depuis si longtemps... Était-ce vraiment possible ? Pouvait-il s'être trompé à ce point ? Lynamin ne semblait pas le haïr, ni même le mépriser. Comment Chebree en avait-elle était informée, pour tendre aujourd'hui cette embuscade amoureuse ?

Un horrible soupçon envahit Keb, alors que la jeune femme prolongeait l'inspection de ses traits. Peut-être la reine avait-elle *toujours* su que l'amour de Lyn'a pour son fils était intact. Elle n'avait d'ailleurs jamais caché sa satisfaction, quand le prince avait répudié l'infirme, juste après le drame... Et elle lui avait toujours déconseillé d'exprimer publiquement ses remords. Ainsi, depuis trois ans, Lyn'a vivait dans l'idée qu'elle avait été rejetée pour son infirmité. Tandis que Keb ne se sentait tout simplement plus digne de se présenter devant elle... Tant de temps perdu, faute de s'être confié...

— Pardon, demanda-t-il en serrant le corps gracile contre le sien. Mille fois pardon...

Tout en répondant aux sanglots soulagés de la jeune femme, il ne put s'empêcher de penser à Eryne. Le fossé qui le séparait de la Lorelienne lui apparaissait soudain comme la lune dans une nuit sans étoile. S'il admirait sa force, son courage, sa beauté, c'était parce qu'elle était la première à présenter autant de qualités... depuis Lynamin. Puis, il y avait eu cet espoir inattendu de devenir père... Les dieux lui montraient désormais qu'ils n'étaient pas si injustes. Et qu'ils valaient peut-être la peine d'être sauvés.

— Pardon, pardon, répétait-il, bouleversé. Je ne t'abandonnerai plus. Jamais...

Sur cette promesse, il leva le petit visage vers le sien et y déposa un baiser, avec une délicatesse dont il n'avait pas usé depuis des années... Il aurait souhaité prolonger ce moment, mais il sentit soudain la silhouette aimée se retirer. En ouvrant les yeux, il constata que Chebree avait entraîné Lyn'a à ses côtés. Elle retenait la jeune femme d'une main, et l'épée de l'autre.

— Choisis, commanda-t-elle, le sourire déjà triomphant. Tu ne pourras avoir les deux ! La mort avec ces étrangers, ou la vie parmi les personnes qui t'aiment ? Le vagabondage, ou le règne dans le camp des vainqueurs ?

Keb n'hésita pas un instant. Il s'approcha de Lyn'a, colla son front sur le sien, puis déposa un nouveau baiser sur ses lèvres... Le visage ridé de la reine exprimait sa jubilation, mais il s'effondra quand le Wallatte fit un pas de côté pour empoigner l'épée d'une main ferme !

— Je choisis de ne pas vivre à genoux, énonça-t-il. Pardonne-moi, mère. Prends soin de Lyn'a. Essaye de ralentir les armées du démon. On se charge du reste.

Il embrassa vivement l'une et l'autre, avec une tendresse différente, puis gagna la sortie en quelques pas alertes.

— J'ai *maintenant* une raison supplémentaire de ramener la victoire, lança-t-il encore. Je tiendrai ma promesse.

Il s'empressa alors de disparaître, gardant en mémoire le visage radieux de son amour retrouvé. Sa mère était dans un tout autre état d'esprit, mais cela lui importait peu pour le moment. Elle avait permis ces retrouvailles. Et elle lui redonnerait sa confiance, quand Sombre serait enfin terrassé.

Il courut au bout de la rue dès la dernière enceinte franchie. Pour la première fois depuis longtemps, il se rappelait n'avoir que vingt-trois ans, et toute la vie devant lui... Il connut une nouvelle bouffée de bien-être en repérant les héritiers installés sous les halles. Leur groupe, disparate, sans organisation, fait d'enfants et de personnages âgés, lui apparut pourtant soudain comme invincible.

Alors qu'ils venaient à sa rencontre, de grands sourires sur les visages, il leva haut l'épée qui avait arraché la vie à son sorcier de père.

+ + +

Zejabel avait ressenti plus d'inquiétude qu'elle n'aurait cru, pendant l'absence du Wallatte. Surtout parce qu'elle se souvenait d'une certaine conversation avec le barbare, sur les rives du lac des Ondines... Keb semblait alors peu désireux de poursuivre leur quête. La Züe le regrettait d'avance pour ses qualités de combattant, qui en faisaient un allié précieux... mais aussi parce que son éventuel départ aurait placé la jeune femme dans une situation particulière : elle en serait devenue la seule du groupe à ne pas appartenir aux familles des héritiers ! Pour des raisons qu'elle échouait elle-même à formuler, cette perspective la contrariait beaucoup.

Ces préoccupations fondirent bien sûr comme neige au soleil, dès le retour du guerrier avec l'arme tant convoitée. Zejabel remarqua les yeux rougis de leur compagnon, évidemment, mais elle eut comme chacun le tact de ne pas l'interroger à ce sujet. D'autant que le nouvel enthousiasme de Kebree était pareillement perceptible ; il semblait prêt à éventrer tous les démons du monde avec les dents, si nécessaire !

Avec une réserve toute masculine, bien loin de leur émotion réelle, Grigán, Amanón, Rey et Nolan remercièrent le Wallatte pour son aide décisive, ainsi que pour son retour parmi eux. Niss et Bowbaq furent beaucoup plus expressifs, une amitié très forte ayant grandi entre les Arques et le barbare. Keb eut ainsi droit à une série des célèbres bourrades du grand-père... Yan, Cael, Léti, Corenn, Lana et enfin Zejabel y allèrent également de leur mot de félicitation. Eryne fut plus réservée, jusqu'à ce que le Wallatte s'approche de la Lorelienne... pour lui tendre l'épée, après une révérence façon plaisanterie.

— Pour l'amitié, déclara-t-il sobrement.

La damoiselle soutint son regard insistant, puis acquiesça d'un air entendu, avant de s'abandonner enfin à un petit sourire. Elle prit alors l'arme des mains du Wallatte, mais ne fit que la soupeser en grimaçant avant de la passer à son père... Reyan fut le premier à la tirer à moitié de son fourreau, mais tout le monde devait avoir ce privilège. Zejabel elle-même put contempler l'objet à loisir, sans en retirer autre chose qu'une certaine déception. Cela semblait une épée tout à fait commune. Bien entretenue, huilée, aiguisée, certes, mais pas d'allure à pouvoir couper les démons en deux !

— C'est bien celle-là, confirma pourtant Léti. Je m'en souviens comme si c'était hier. Si j'avais su, je ne l'aurais pas laissée derrière moi, il y a vingt ans !

Elle confia ensuite l'arme à Yan, qui ferma les yeux un instant, en signe de concentration.

— En réalité, seule la garde est faite de gwele, rapporta-t-il bientôt. Et Saat l'a bien dotée d'un pouvoir, mais il est impossible de savoir lequel sans essayer... Même un non-magicien devrait cependant y parvenir.

— On verra ça plus tard, décida Grigán. Mieux vaut ne pas traîner ici plus longtemps. Le soir tombe, et il est possible que les portes de la ville soient fermées pour la nuit.

Il posait indirectement la question à Keb, qui acquiesça. Les voyageurs se rapprochèrent docilement de leurs chevaux. Ils avaient convenu d'en abandonner cinq, superflus, et avaient même déjà procédé au choix... Les bêtes ne resteraient pas longtemps sans propriétaire, et feraient le bonheur d'un citadin opportuniste.

— Heu, il faut que quelqu'un se décide à porter l'épée, rappela Yan. Elle est complètement inutile, dans mes mains.

Amanón, Cael, Eryne, Niss et Nolan s'entreregardèrent. Si l'on tenait pour vrai tout ce qu'ils avaient appris au cours de leur quête, seul l'un d'eux cinq pouvait être l'Adversaire… mais aucun n'en avait la vocation.

– C'est peut-être *ça*, l'événement décisif promis par les Ondines, commenta Nolan avec gravité. Celui qui portera l'épée sera, ou plutôt *deviendra* l'Adversaire.

Il n'en fallait pas davantage pour paralyser la situation. Yan lui-même n'osait plus approcher ses compagnons, de peur de forcer la main à l'un d'entre eux, malgré lui…

– Je donnerai beaucoup pour avoir cette chance, lâcha Grigán. Je ne doute pas de votre courage à tous, mais ça me plairait de botter cette paire de fesses de démon !

– Moi aussi, grimaça Kebree. J'ai hâte d'en finir.

Leurs déclarations n'aidaient pas les élus potentiels à se décider. Zejabel imaginait très bien leurs tourments… Aucun ne voulait endosser cette énorme responsabilité ; et même si l'un pouvait soudain choisir de se sacrifier pour soulager les autres, il devait redouter d'ôter toute chance au véritable Adversaire !

Après quelques instants de ce silence embarrassant, la Züe marcha jusqu'à Yan pour saisir l'arme d'un geste décidé. Elle ne supportait plus le spectacle cruel de ces hésitations. Et plus encore, elle redoutait que Nolan finisse par se poser en martyr.

– Je la garde en attendant, annonça-t-elle sobrement. Sombre est encore loin d'ici ; et aucun mortel ne pourra m'arracher cette arme sans me tuer d'abord. Ce qui est plus facile à dire qu'à faire.

Les vétérans s'interrogèrent du regard, tandis que leurs enfants affichaient un soulagement évident. Faute de meilleure proposition, les héritiers s'en remirent donc à l'initiative de la Züe… Quelques décilles plus tard, ils s'éloignaient du palais des B'ree, par le même chemin qu'ils avaient emprunté à peine un décan plus tôt.

Zejabel avait sanglé l'épée sur le garrot de sa monture, pratiquement sur ses propres cuisses. Son regard venait fréquemment s'y poser… *Zuïa aurait donné la moitié de son île pour un tel trésor,* songeait-elle à chaque fois. *Celle-qui-Juge serait trop heureuse d'en faire cadeau à son maître démoniaque, pour s'assurer de sa clémence...* Il n'y avait pas meilleure raison pour renforcer la motivation de la jeune femme à lier son destin à celui de l'arme. Elle se jura de la convoyer aussi loin qu'il serait nécessaire. Ou, possible.

+ + +

Keb les guida jusqu'à une petite caverne à flanc de montagne, à trois décimes à peine de la capitale. Il faisait déjà presque nuit quand ils arrivèrent, mais le Wallatte connaissait si bien le chemin que la pénombre ne le ralentit même pas. Il racontait avoir plusieurs fois séjourné dans cet abri naturel, lors de quelques parties de chasse en solitaire... Par certains aspects, ces histoires rappelaient celles que Prad rapportaient à sa fille, et Niss en ressentit une certaine mélancolie. Ses parents, sa grand-mère et les autres ne se doutaient même pas, *eux*, qu'une armée de monstres pratiquement invincibles allaient être lâchée dans la nature. Et les lémures n'avaient aucune raison de s'arrêter aux frontières du Grand-Empire... Une partie au moins se disperserait en Arkarie, provoquant des ravages auxquels la jeune fille préférait ne pas trop réfléchir !

Quand ils furent suffisamment près de leur but, Grigán partit en éclaireur, pour revenir assez vite en confirmant que les lieux étaient déserts. Ils n'auraient certainement rencontré aucun problème avec des insoumis, de toute manière, mais une foule d'autres individus pouvaient errer autour de Wallos, en ces temps troublés : mercenaires, pillards, espions de tous bords, sans compter les monstres de Sombre eux-mêmes... Sur ce dernier point, Eryne avait heureusement rassuré ses compagnons. Sa conscience élargie de presque-déesse n'avait repéré aucun enfant du Jal dans les environs.

Niss trouvait quelque peu risqué de s'attarder si près de la capitale, mais les héritiers n'avaient pas vraiment le choix... C'eut été tout aussi imprudent de voyager de nuit et de s'exposer à de très mauvaises rencontres. Par ailleurs, il fallait bien accorder un peu de repos à leurs chevaux, qu'ils montaient depuis les premières lueurs du jour ! Enfin, et non des moindres, les voyageurs devaient choisir leur prochaine destination avant de foncer tête baissée… Ce point était dans tous les esprits. En mettant pied à terre, la jeune fille devina qu'une bonne partie de leur avenir se déciderait ce soir, dans cette caverne. Et qu'elle aurait peut-être un rôle à y jouer.

L'endroit était aussi sauvage qu'elle s'y était attendue. Derrière une entrée en forme de déchirure, on pénétrait dans une salle au sol irrégulier, et au plafond perdu dans les ténèbres. Amanón alluma une lanterne pour faire le tour des lieux, et contrôler la présence éventuelle d'autres accès… La grotte se révéla être d'une seule pièce, froide et vaguement nauséabonde, mais assez vaste pour abriter le sommeil de la douzaine d'héritiers qui l'envahissaient.

L'écho renvoyé de tous ces pas curieux fit rapidement souffrir les oreilles de Niss, qui ressortit bien vite dans l'air moins frais du crépuscule. D'autres attendaient là ; le duc Reyan, Cael, ou encore Zejabel… Léti et Yan se chargeaient de desseller toutes leurs montures, avec une aisance de mouvement acquise depuis longtemps dans leur haras. Puis ils laissèrent les chevaux s'égailler dans la plaine en contrebas… La chance voulait qu'un petit torrent jaillisse non loin de là, ainsi que Keb l'avait indiqué. Les bêtes allaient pouvoir s'abreuver et paître à loisir.

On songea ensuite à s'occuper des humains. Comme on ne pouvait allumer de feu dans la caverne, à cause de la fumée, et qu'il était trop dangereux de signaler leur présence par un foyer à l'extérieur, on se contenta de mâcher des rations froides, assis sous le ciel étoilé. Reyan et même Keb lancèrent quelques mots de plaisanterie, mais ils se révélaient bien les seuls à en trouver l'énergie. La plupart des héritiers étaient aussi fatigués que préoccupés par leur avenir… Corenn finit donc par aborder le sujet qui les habitait tous.

— D'après Chebree, il reste moins d'une décade avant que Sombre ne fonce sur Goran à la tête de ses créatures, rappela-t-elle succinctement. Cela ne nous laisse guère de temps, si nous voulons tenter quelque chose…

– Je ne vois pas trop ce qu'on peut faire, amie Corenn, soupira Bowbaq. Un millier de guerriers ne pourraient peut-être *même pas* battre une centaine de ces monstres. Et il y en a sûrement beaucoup plus !

– C'est pourtant simple, il faut frapper à la tête, affirma Reyan. Plus de Sombre, plus d'invasion ! On s'occupera du problème des lémures plus tard.

– Tu paries là sur notre victoire, tiqua Grigán. Mais lequel de nos enfants pousserais-tu devant le démon ? C'est trop hasardeux. Nous n'avons même pas idée de ce que nous aurons vraiment à affronter, alors qu'Agénor prépare son poulain depuis des mois, peut-être des années... Nous ne pouvons pas foncer sans au moins une ébauche de plan. Un espoir, auquel s'accrocher.

Niss sut alors que le moment était venu. Elle voulut chercher l'assentiment de Cael, assis à ses côtés, mais s'aperçut en prenant la main de l'adolescent qu'il tremblait... Il fallait pourtant que le résultat de leurs réflexions soit révélé un jour !

– Nous en avons un, se décida-t-elle à lancer. *Un plan.* Enfin, une idée, en tout cas.

Le silence qui suivit était sans doute la meilleure des incitations à poursuivre... La jeune fille attendit pourtant que Cael ou sa grand-tante prenne le relais, puis finit par enchaîner, poussée par leur silence.

– On a discuté de tout ça au Jal, avec Corenn, après le réveil d'Eryne. Mais je suppose que tout le monde y a déjà pensé... Le *seul* qui semble capable de battre Sombre, c'est l'esprit qui est en Cael. Il a déjà montré qu'il pouvait tuer un dieu : Usul. Et comme Sombre a tenté de le faire à son image, cet autre Cael possède sûrement des pouvoirs comparables à ceux du démon...

Pendant tout le temps qu'elle parlait, Niss ne lâchait pas la main de l'adolescent, parcouru de tremblements et trempé d'une sueur glacée. Elle savait à quel point ce qu'ils envisageaient le terrifiait. Elle s'en voulait de lui imposer cette souffrance, mais c'était peut-être, justement, le meilleur moyen de l'en guérir... Peut-être parviendraient-ils à faire taire la Voix à jamais. Peut-être Cael deviendrait-il le héros dont il se croyait si éloigné. Peut-être, enfin, pourraient-ils envisager l'avenir sans ressentir ces brûlures systématiques à l'estomac !

— L'idée est de laisser cet autre Cael affronter Sombre, poursuivait-elle. Avec l'aide de nous tous, évidemment ! Puis, j'utiliserai mes pouvoirs d'erjak pour repousser sa Voix, et lui rendre son véritable esprit… Nous l'avons déjà fait deux fois. Ça marchera encore.

La jeune fille ne s'attendait pas à des applaudissements, mais le silence dubitatif qui accueillit sa conclusion rafraîchit nettement son enthousiasme ! Même Corenn, qui était pourtant plus ou moins à l'origine de l'idée, ne faisait aucun geste pour l'approuver.

— C'est très risqué, finit par commenter Amanón. Je ne doute pas de vos capacités, mais…

— Contente de ne pas être la seule à le penser ! l'interrompit Léti. Ma tante, tu réalises ce que tu envisages ? *Tu veux placer mon fils en première ligne devant le démon ?*

— Personne ne sera contraint d'agir contre sa propre volonté, se contenta de répondre la Kaulienne. Nous n'avons fait qu'approfondir certaines réflexions. Rien n'a encore été décidé.

Niss sentit soudain Cael se raidir. Il serrait sa main plus fortement, s'accrochant à la jeune fille comme un naufragé à un bois flottant.

— Je ne refuse pas d'être celui qui nous libérera, annonça l'adolescent, la gorge sèche. En fait, j'aimerais bien que ce soit aussi simple… J'ai seulement peur que les choses soient pires, *après*. Une fois que Sombre sera vaincu. La Voix pourrait me forcer à faire des choses… terribles…

— D'autant qu'avec ce plan, tu serais le porteur de l'épée, remarqua Reyan. Si personne ne pouvait te ramener à la raison…

Il n'acheva pas sa phrase, conscient d'accroître encore les angoisses de Cael. Niss n'avait pas besoin de forcer son imagination pour entrevoir le drame que serait cette situation. Elle avait assisté à suffisamment de crises de l'adolescent pour connaître sa colère inextinguible, sa cruauté, sa volonté de faire plier tous ceux qui l'entouraient. Si elle échouait à renvoyer sa Voix dans les profondeurs de son esprit, les héritiers auraient pratiquement affaire à un nouveau Sombre ! Et celui-ci serait d'autant plus difficile à battre qu'ils n'oseraient le frapper...

Une nouvelle fois, la jeune fille connut cette impression que le destin de Cael et le sien étaient étroitement, et *dangereusement* liés. Cette idée la poursuivait depuis leur première bataille, dans le port de Lorelia. Elle savait désormais à quoi s'en tenir... C'était comme si elle avait elle-même partagé une vision des Ondines, lui révélant leur prochaine lutte commune contre Sombre.

– Cael ne peut pas être l'Adversaire, s'entêta Léti, inquiète pour son fils. Il est... Enfin, il n'est qu'à *demi* héritier, après tout ! Yan ne descend pas des sages émissaires !

Elle passa aussitôt une main affectueuse dans les cheveux de son époux, s'excusant de le mettre ainsi à l'écart. Le Kaulien lui rendit son geste tendre, avec une moue beaucoup plus condescendante que blessée. Comme ses compagnons, il savait que l'argument de sa femme ne tenait pas... Cael répondait, aussi bien que Nolan, Eryne, Amanón ou Niss elle-même, aux conditions de la prophétie des Ondines : « De toute l'éternité, seul un mortel aura une chance de vaincre Sombre. Celui-ci sera issu de vos lignées et portera le nom de l'Adversaire. De sa victoire dépendra l'avènement de l'Harmonie. »

– Ça reste trop hasardeux, finit par décider Grigán. Cael pourrait même très bien ne pas connaître de... crise, au moment décisif. On ne peut pas prendre ce risque, et considérer cette idée comme un plan.

Niss acquiesça, vaguement déçue malgré tout. Elle croyait beaucoup en leurs chances. Et elle savait que Cael ne manquait pas de courage : s'il redoutait un malheur, c'était davantage pour ses compagnons que pour lui-même ! Pour le récompenser de ce mauvais moment passé, elle se pencha et l'embrassa vivement sur la joue. Les tremblements de l'adolescent cessèrent en quelques instants, inondant la jeune fille d'une brève, mais agréable, vague de bien-être.

— Que décidons-nous, alors ? reprit Nolan. Nous ne pouvons pas rester sans rien tenter. Ce serait comme si Sombre avait déjà gagné…

— On peut toujours lui tomber sur le dos tous en même temps, suggéra Keb. Adversaire ou pas, il y en aura bien un pour lui mettre un coup fatal. Je me fiche de savoir qui aura cet honneur, et j'imagine que vous aussi.

— Il tuera la plupart d'entre nous avant même qu'on ait réussi à l'approcher, refusa Yan. Sa puissance est réelle. J'en ai goûté le tranchant, dans son Mausolée. Et Grigán et Bowbaq ont vu quel genre de forme il pouvait adopter, à Junine.

Les deux vétérans acquiescèrent, la mine grave. Niss se rappelait très bien cet épisode, pour l'avoir lu dans le journal de Corenn. Les héritiers n'avaient affronté là-bas qu'un avatar du démon, une simple projection de son esprit, mais la créature s'était révélée véritablement monstrueuse, capable de se faire pousser des bras ou des griffes dans le temps d'un seul battement de cœur…

— Alors, c'est tout ? se contraria le Wallatte. Et toutes ces histoires sur l'Âge d'Ys ? Et les monstres qui dorment à quelques lieues d'ici ? On laisse tomber, on attend ?

— Si tu as une idée, n'hésite pas, grinça Grigán. Sinon, continue à réfléchir en silence.

— J'en ai peut-être une, reprit Yan.

Il n'avait pas besoin d'en dire davantage pour capter l'attention générale. Niss sentit soudain des fourmis lui parcourir tout le corps. Elle savait à quel point le père de Cael était méritant ; ce qu'il avait à proposer ne pouvait être que brillant !

— Nous n'avons aucune chance de vaincre une armée de lémures, rappela le Kaulien. En revanche, nous pouvons toujours essayer de les ralentir, peut-être même leur barrer le passage… Il suffirait de faire s'écrouler ce fameux tunnel, avant qu'ils ne le traversent.

Il interrogea alors ses compagnons du regard, attendant remarques, critiques et suggestions… Celles-ci ne tardèrent pas à fuser, enrichissant l'idée pour la transformer bientôt en un véritable plan. Niss écouta les débats en souriant, sa main tenant toujours celle de Cael. Elle ne s'était pas trompée sur leur compte.

+ + +

Eryne ne pouvait pas mentir sur ses appréhensions, mais elle devait bien admettre que le projet de Yan était le meilleur qu'ils aient envisagés. Surtout parce que personne ne proposait d'alternative... Mais la jeune femme s'efforçait d'ignorer ses craintes et de voir les choses de manière optimiste. En cas de réussite, les héritiers auraient gagné un temps qui se montrerait précieux, pour envisager une approche de Sombre ! Et ils épargneraient également quelques milliers de vies... Du moins, jusqu'à ce que les lémures ne se trouvent un nouveau chemin jusqu'à Goran, ce qui semblait inéluctable.

Après les hésitations était donc venu le temps des décisions. On prendrait la direction du tunnel de Saat, dès le lendemain à l'aube. Là-bas, et avant d'arriver près du Mausolée, on se séparerait des chevaux. Puis on se glisserait jusqu'au souterrain, en évitant les lémures et les pièges qu'ils avaient pu installer... Enfin, on commencerait la longue traversée vers la Sainte-Cité, s'arrêtant régulièrement pour provoquer éboulements et travaux de sape en tout genre.

Sur ce dernier point, davantage même que sur les autres phases du plan, les héritiers devraient se montrer particulièrement prudents. Sinon, c'est toute la montagne qu'ils risquaient de prendre eux-mêmes sur la tête ! Yan et Corenn comptaient sur leurs talents de magiciens pour user de leur Volonté aux points les plus faibles de la roche et des étais, tout en préservant leur propre sécurité. Malgré leur confiance apparente, Eryne ne pouvait s'empêcher de repenser aux noirs couloirs de Karu et à leur tendance à se refermer sur eux-mêmes. En tant que future déesse, elle pensait ne pas pouvoir périr de l'enfermement, mais l'idée seule était si cruelle que la jeune femme en frissonnait chaque fois qu'elle laissait son imagination courir à ce sujet.

L'autre aspect important de ce point consistait en la participation des insoumis. Kebree avait insisté pour qu'on laisse à son peuple une chance d'œuvrer à sa propre libération. Il voyait là une occasion unique de rendre aux Wallattes le prestige qu'ils avaient perdu sous le commandement du sorcier, en même temps qu'un moyen d'effacer quelques-unes de leurs fautes passées... Grigán s'y était d'abord farouchement opposé, préférant une approche toute en discrétion, comme à son habitude. Il avait pourtant fini par se ranger à l'avis de son épouse et de son propre fils. Quelques dizaines d'hommes motivés pouvaient faire la différence face à une poignée de lémures en maraude ; tout comme leurs bras seraient utiles dans le tunnel, que ce soit pour le détruire ou pour déblayer certains passages... Après avoir arraché au prince barbare nombre de promesses sur la valeur guerrière de ces renforts, sur leur aptitude à obéir, et sur leur fidélité dont Keb devait se porter garant, Grigán finit donc par grommeler un vague assentiment.

Dans le décime qui suivit, le Wallatte noircit deux petits bouts de parchemin, qu'il fixa aux pattes des bizets voyageurs avant de les libérer. Aucun des héritiers ne savait si ces volatiles pouvaient se repérer de nuit, et s'ils n'allaient pas tout simplement se poser quelque part pour attendre l'aube, mais il fallait absolument essayer de prendre de l'avance...

Eryne admirait la manière dont Keb se souciait du destin de son peuple ; en revanche, elle prenait conscience, plus que jamais, des différences qui la séparaient du prince barbare. Elle ne pourrait oublier le réconfort charnel du beau guerrier, en cette soirée un peu trop arrosée en vin, à un moment où elle avait eu besoin de se sentir humaine et désirable... Mais, puisque le Wallatte avait plus ou moins ouvertement renoncé à cette relation, elle osait enfin avouer sa préférence pour *Amanón*.

Il lui suffisait de fermer les yeux pour revivre quelques-uns de ces instants où elle s'était sentie transportée d'amour pour le jeune homme aux yeux noirs... Tous ces instants qui s'étaient cristallisés en une seule nuit, où elle avait failli être violentée dans une auberge de campagne. Le doux interprète avait alors montré un autre de ses visages : celui d'un Ramgrith en qui coulait le sang de la bataille, et qui ne souciait plus de morale ou de clémence lorsqu'il s'agissait de protéger les siens ! Jamais Eryne ne devait oublier ce moment où Amanón avait châtié ses agresseurs. Elle *voulait* qu'il le fasse. Et quand elle s'était réveillée devant ce héros redevenu modèle de galanterie, elle n'avait eu d'autre désir que de s'offrir à lui…

Il partageait ces sentiments, c'était évident. De même qu'il connaissait les mêmes tourments… Qui était le véritable père de l'enfant qu'elle portait ? Qu'adviendrait-il d'elle et de son bébé, lorsqu'elle achèverait son élévation au rang de déesse ? À moins qu'ils n'aient pas même l'occasion de voir ce jour… D'ici à la décade suivante, les héritiers réunis pouvaient très bien disparaître. Nolan avait eu la vision d'une tragédie, après tout ! À quoi bon faire encore des projets ? Comment oser avouer de l'amour, à l'aube, peut-être, de la mort ?

Eryne choisissait donc d'étouffer tout ce qui pouvait déclencher une tempête d'émotions, par crainte de rendre les drames à venir plus tristes encore. Elle *voulait* croire que tout se passerait bien, que Sombre serait défait, qu'elle resterait humaine, que tous ses compagnons et parents survivraient aux batailles à venir… Mais tant que ce ne serait pas vérifié, elle préférait ne plus s'exposer à de nouvelles blessures morales.

Voilà pourquoi elle commença par soupirer, quand Kebree lui demanda un entretien en privé.

Le Wallatte avait visiblement prémédité ce moment ; attendant que les héritiers commencent à se retirer à l'abri de la caverne, pour une nuit de repos bien méritée… Eryne ne sut comment refuser, malgré son désir de repousser l'offre. Elle craignait d'entendre le prince lui avouer un soudain retour de flamme, même si tout dans son attitude démontrait le contraire. Décontenancée, sans échappatoire, elle finit par acquiescer lentement. Keb l'aida donc à se relever, avant de l'entraîner… vers Amanón !

L'interprète n'avait rien perdu de ces messes basses. Il lançait au Wallatte un regard si noir qu'Eryne redouta une bagarre entre les deux hommes ! Les idées les plus inquiétantes se bousculaient dans l'esprit de la damoiselle. Keb avait-il décidé de mettre les choses au point une fois pour toutes ? Voulait-il la forcer à choisir entre ses deux amants ? Ou même se mesurer à Amanón dans un duel, peut-être ? Point besoin d'être un barbare pour se laisser aller à ce genre de pulsions masculines ; c'était chose courante même à Lorelia !

Kebree n'eut pourtant aucun geste d'agressivité envers l'interprète, qu'il invita simplement à se joindre à eux. Le jeune homme accepta avec une surprise mêlée d'appréhension. Lui aussi devait s'interroger sur les raisons d'un tel aparté… Tout comme les héritiers encore debout, qui regardèrent s'éloigner le trio avec des expressions curieuses !

Ils n'allèrent pas bien loin. Après une dizaine de pas seulement, Keb s'arrêta et tourna sa grande silhouette vers ses compagnons. Son hésitation évidente rassura bientôt Eryne sur ses intentions. Le Wallatte ne projetait pas une scène de cris, d'insultes et de règlements de compte !

— J'ai revu quelqu'un, au palais, aujourd'hui, finit-il par avouer. Une femme, *Lynamin*. C'est une lointaine parente de Gors le Douillet, l'ancien suzerain des Wallattes.

— Elle t'a vu ? s'inquiéta Amanón. Elle est digne de confiance ?

— J'en réponds sur ma vie, assura Keb. Nous… avons été fiancés, pendant deux ans. Je devrais être déjà marié, précisa-t-il avec un rire bonhomme.

Une vague de soulagement déferla alors sur Eryne. Elle devinait déjà ce que le prince allait leur confier. Et elle l'encouragea, de son plus beau sourire… d'amitié.

— Elle est aveugle, précisa-t-il soudain. Par ma faute. Un jour où nous étions en balade près des frontières, j'avais repéré un groupe de Tuzéens. Eux ne nous avaient pas vus. J'ai voulu les faire fuir, *seul*, alors qu'elle me suppliait d'aller d'abord chercher des renforts… Je ne l'ai pas écoutée. Je suis allé au-devant de ces porcs et je leur ai hurlé de quitter les terres des Wallattes. Ils étaient quatre ; ils ont foncé sur nous... J'ai réussi à m'en défaire, mais Lyn'a a pris un mauvais coup sur le crâne. Quand elle s'est réveillée dans son village, le lendemain, elle ne voyait plus. Et je me suis sauvé comme un lâche, croyant qu'elle ne pourrait jamais me pardonner.

Le sourire d'Eryne avait fondu comme neige au soleil. Il lui semblait mieux comprendre, maintenant, la désinvolture et le mépris qu'affichait souvent le prince barbare... Il portait une si grande souffrance ! Elle avait toujours cru qu'il s'agissait du poids de sa filiation avec Saat, mais cette histoire était bien plus perturbante, puisqu'elle reposait sur ses propres fautes.

— J'ai perdu trois ans de bonheur, reprit Keb en secouant la tête. Car la Lyn'a que j'ai vue aujourd'hui semble toujours m'aimer un peu... C'est pour elle que j'ai décidé d'aller jusqu'au bout de votre quête. Si elle doit un jour rouvrir les yeux, je ne veux pas que ce soit sur un monde gouverné par un démon !

Il fit cette dernière déclaration en soutenant le regard d'Eryne, qui lui rendit une expression aussi bienveillante que possible.

— Je suis sincèrement heureuse pour toi, Kebree. Je souhaite que vous vous retrouviez bientôt pour de bon !

Elle n'osait même pas se tourner vers Amanón, qu'elle devinait en proie aux plus vives émotions... L'interprète savait désormais être son unique courtisan !

— Ce n'est pas tout, avertit le Wallatte. J'ai un autre aveu à vous faire. Vous m'en voudrez sûrement de l'avoir gardé secret si longtemps, mais j'avais besoin d'y réfléchir, et de l'accepter, avant de me confier. Avoir revu Lyn'a m'y a beaucoup aidé.

Eryne, tout comme son proche compagnon, se raidirent aussitôt. Après l'annonce de ces heureuses retrouvailles, quelle mauvaise nouvelle allait leur rapporter le prince barbare ? Car il ne s'agissait sûrement pas d'autre chose !

— Ça c'est passé à Karu, raconta Keb. Quand on se demandait si la morsure de ces fichues Ondines était dangereuse...

Vous vous souvenez que j'y étais allé, juste avant Nolan. Eh bien, j'ai eu une vision, moi aussi.

— Une vision de *quoi ?* s'impatientait Amanón, tendu. Un drame ? Une nouvelle catastrophe ?

Un petit sourire monta sur les lèvres du Wallatte, avant de s'allonger soudain jusqu'à ses oreilles…

— À vous de voir, lança-t-il, l'œil rieur. Ça disait seulement que je n'étais *pas* le père d'un certain bébé. Je vous laisse en penser ce que vous voulez !

Il se détourna sur ces derniers mots, regagnant la caverne avec une hilarité un peu forcée. Eryne ne le voyait même plus. Le monde entier lui semblait flou, au travers des larmes qu'elle versait en grand nombre, et des vertiges qui perturbaient ses sens… Quand Amanón s'aventura à l'effleurer du bout des doigts, elle eut l'impression d'être touchée par la foudre. Mais elle plongea dans cet orage avec délice, se jetant dans les bras du jeune homme pour mêler ses pleurs aux siens, avant d'échanger quelques baisers aussi doux que timides, et à la saveur délicieusement salée…

Ils ne purent se séparer du reste de la nuit. Sans échanger de promesse ou de serment, sans même se confier toutes les choses qu'ils ressentaient… Sans partager un amour physique, non plus, puisqu'ils n'avaient pas l'occasion de s'isoler. Ils s'endormirent simplement serrés l'un contre l'autre, volant quelques instants de bonheur au destin qui s'acharnait sur eux.

Là, dans cette caverne inconfortable en plein pays barbare, et reposant pratiquement à même le sol, comme une misérable, l'ancienne courtisane songea qu'elle n'avait jamais été aussi bien. Et qu'elle aurait volontiers donné tous les bijoux, toutes les robes, tous les palais du monde, de même que son immortalité de déesse, pour sentir chaque nuit ces bras amoureux qui entouraient les siens.

✢ ✢ ✢

Il sortit de sa transe avec un hurlement de jouissance qui dut résonner jusque dans les ailes les plus reculées du palais… mais aucun garde, aucun serviteur ne vint s'enquérir de son état de santé. Les habitués des lieux avaient appris à vivre avec les cris de bête qui résonnaient parfois dans les couloirs. Plus personne n'osait s'en inquiéter auprès de la reine ; surtout depuis qu'elle avait présenté Sombre comme son conseiller favori… Le bruit courait déjà qu'elle finirait par lui laisser son trône, et les rares prétendants à la couronne qui s'en offusquaient publiquement disparaissaient toujours dans des conditions effroyables. En vérité, les Loreliens qui étaient au service de la souveraine évitaient d'approcher son protégé, et même d'évoquer ses agissements. Beaucoup projetaient de quitter leur emploi, mais ils craignaient plus encore de s'attirer le courroux d'Agénor, et d'être menés dans ces caves dont on ne remontait jamais !

Sombre se satisfaisait de la crainte qu'il inspirait ; mais il se réjouissait cette nuit d'une victoire bien plus grande. Après s'être imposé en maître auprès des enfants de Karu, après avoir constitué une armée de démons à l'image de son esprit conquérant, après avoir déclenché le pouvoir de l'ultime porte vers le Jal jamais construite par les mortels… Il venait de tuer le *dernier* des Éternels Gardiens du monde connu. Achevant ainsi la phase de leur plan pour laquelle il avait pris le plus de plaisir !

Il quitta le fauteuil d'où il avait contrôlé son avatar, puis contempla l'arche dont il était le maître absolu. Il ne lui restait plus qu'à attendre, désormais. Car *cela* finirait forcément par arriver. Même lui avait dû accepter la force implacable du destin. Il fallait se rendre à l'évidence : tout ce que ses alliés avaient tenté pour l'y soustraire avait échoué. La rencontre aurait bien lieu, comme il était écrit depuis l'origine des temps… Elle pouvait advenir dans un demi-siècle, dans dix ans, tout comme au jour suivant ; mais il n'y échapperait pas.

Voilà pourquoi il avait décidé que le combat se déroulerait sur *son* territoire. Et suivant *ses* règles.

Livre XXI

l'Âge d'Ys

IL FALLUT TOUTE LA JOURNÉE du lendemain, et une bonne partie de la suivante, pour que les héritiers soient assez rapprochés de leur destination. Nolan avait vécu ces longs décans de voyage dans un état de tension croissante. Mais ainsi en allait-il de la plupart de ses compagnons… Plus ils descendaient vers le sud, en longeant les montagnes du Rideau, et plus le paysage se faisait désertique, abandonné des hommes comme des dieux. Même les mercenaires venant de la Mer de sable avaient appris à contourner cette région, d'après Kebree. Pour sa part, le prince barbare s'était toujours refusé à visiter les vestiges du passé peu glorieux des Wallattes. Ce territoire était la seule parcelle de son pays qu'il ne connût comme sa poche…

Le petit groupe avait donc redoublé de prudence, quitte à progresser moins vite que ses membres ne l'auraient désiré. Grigán, Amanón et Reyan s'étaient régulièrement relayés pour mener quelques inspections en éclaireurs. Eryne était restée à l'écoute des démons dont elle pourrait deviner la présence… Chacun avait gardé son arme à portée de main, même, *et surtout* cette dernière nuit, passée derrière un simple monticule rocheux.

Alors qu'ils ne semblaient plus qu'à une poignée de milles du but, les choses étaient pires encore. Ils n'avaient guère parlé pendant ces deux jours ; mais depuis quelques décimes, ils ne prononçaient plus un mot. Leurs chevaux avançaient d'un pas tranquille, tandis que l'écho de leurs sabots frappant la pierre se propageait avec beaucoup trop de puissance, au goût du Maz inquiet...

Il s'usait les yeux à force de fixer l'horizon. À chaque instant, il s'attendait à repérer le Mausolée de Sombre, le palais de Saat, les baraquements des esclaves, bref, tout ce que l'armée du sorcier avait construit avec la roche tirée de la montagne. Son propre père avait décrit d'énormes empilements de gravats, que l'on devait forcément remarquer à bonne distance ! Et ce moment n'allait plus tarder ; Nolan n'en doutait pas. Ils avaient franchi une frontière invisible, mais pourtant réelle, pénétrant un territoire où même les oiseaux n'osaient plus chanter...

Quand Grigán s'arrêta soudain, le regard fixé sur la forêt toute proche, Nolan crut que le temps d'une nouvelle bataille était venu. Tous avaient freiné leurs montures au premier geste du vétéran, et les mains s'étaient crispées sur les poignées des armes ! L'attente se prolongeant, le jeune prêtre jeta un regard en coin à Zejabel. Son amante lui rendit un petit sourire, mais pas plus long que nécessaire... la Züe, les yeux plissés, cherchait également à percer l'obscurité des sous-bois. Nolan remarqua la manière dont elle posait une main gardienne sur l'épée de Saat. Quiconque voudrait la lui arracher découvrirait l'étendue du savoir guerrier de l'ancienne Kahati !

Après une décille d'immobilité, Grigán finit par tirer sa lame, et ses compagnons n'attendirent pas un autre signal pour l'imiter ! Mais le vétéran se contenta d'avancer son cheval à une dizaine de pas de la lisière, acier brandi, avant d'intimer un terrible « Sortez de là ! » qui aurait fait hésiter le plus endurci des brigands. Quelques instants plus tard, deux Wallattes d'une trentaine d'années émergeaient d'entre les fougères, lowa en main. Ils semblaient contrariés d'avoir été repérés, mais leur visage s'éclaira soudain lorsqu'ils reconnurent Kebree parmi les cavaliers !

— Pardon, seigneur ! Avec ce manteau, nous t'avions pris pour un Arque ! s'excusa le plus âgé, ravi. Nous avons reçu ton message ; nous t'attendions !

Keb salua la paire d'insoumis et les héritiers purent alors ranger leurs armes, soulagés. Ainsi, les bizets voyageurs avaient rempli leur office...

— Pardonnez-moi, mais vous n'êtes que deux ? s'étonna Léti, déçue.

La remarque étira encore le sourire des barbares, visiblement impatients de suivre leur prince au combat. Pour toute réponse, ils signifièrent aux voyageurs de les suivre. Après une brève consultation muette, les héritiers mirent pied à terre et entraînèrent leurs chevaux dans le labyrinthe végétal... Ils progressèrent ainsi sur un bon mille, évitant branches basses et troncs couchés, avant d'émerger à la périphérie d'une clairière.

Le spectacle découvert mit un peu de baume au cœur du jeune prêtre. Ce n'était pas cinq, douze ou quinze guerriers qui avaient répondu à l'appel de Keb, mais plusieurs dizaines ! Il devait y avoir quelque chose comme cent vingt Wallattes rassemblés dans cette large zone dégagée... La plupart étaient allongés dans l'herbe ou appuyés sur un sac, se reposant sans doute de la marche forcée ou du galop ininterrompu qui les avait amenés jusque-là. D'autres entretenaient leurs armes et équipements, en échangeant quelques mots avec leurs voisins... D'autres, encore, s'affairaient autour d'un grand trou et d'un sanglier mort. Nolan devait apprendre ensuite qu'ils projetaient de faire cuire la bête dans un four enterré. Tous ces hommes, d'âges et d'apparences divers, se montraient bien sages pour des barbares, mais ils s'animèrent avec une énergie remarquable quand leur prince et ses compagnons s'avancèrent parmi eux !

Chacun des guerriers voulait accueillir son seigneur par quelques mots, ou au moins un petit salut. Si bien qu'en une décille à peine, les héritiers et leurs montures se retrouvèrent englués dans une marée humaine de plus en plus exaltée !

Keb répondit de bon gré aux plus pressants des appels, puis rappela la foule à davantage de discrétion par des gestes d'apaisement. Nolan l'en remercia intérieurement. Il avait commencé à transpirer d'angoisse, alors que les Wallattes poussaient des cris de plus en plus forts, à quelques milles à peine de l'armée démoniaque !

Une fois la troupe un peu calmée, l'un des chefs des insoumis put enfin se frayer un chemin jusqu'à Kebree. Le Maz reconnut Bra'n ; celui-là même qui leur avait confié les pigeons… Ce n'était guère étonnant ; il était logiquement le premier à avoir reçu le message de son prince.

– Je te salue, seigneur ! lança-t-il, une nouvelle fierté dans le regard. Nous avons répondu à ton appel. Nous avons fait aussi vite que possible ; mais d'autres doivent encore arriver !

– Ce sera bien suffisant, prévint Grigán. Nous ne pouvons pas prendre le risque d'attendre ; surtout *ici*.

La remarque fit ciller l'insoumis, qui afficha sa perplexité.

– Justement, seigneur. Nous avons hâte de savoir où tu vas nous mener. Pourquoi cette rencontre si loin de Wallos ? Quel combat allons-nous engager ?

Keb échangea un regard entendu avec Corenn, dont il avait pu mesurer la sagesse. Ils avaient déjà longuement discuté de cet instant décisif.

– Rassemble les chefs des villages, demanda le prince. Un seul par groupe. Vous allez bientôt tout connaître de la situation.

+ + +

Amanón s'efforçait de rester concentré, mais ça lui était d'autant plus difficile qu'Eryne était assise pratiquement en face de lui. Chaque fois que son regard croisait celui de la damoiselle, le jeune homme voyait ses pensées s'envoler très, très loin du plan d'approche du tunnel de Saat. Deux jours après la révélation de Kebree, l'interprète n'était toujours pas redescendu du petit nuage d'allégresse où quelques phrases et baisers l'avaient projeté. Il ne se souvenait pas d'avoir déjà été aussi heureux ; en vérité, il n'imaginait même pas qu'un tel ravissement fut possible !

Au fond de lui, pourtant, il savait bien que leur situation était des plus graves. Une ombre malfaisante s'étendait sur le monde, et ils n'avaient pratiquement aucun moyen de lui résister… Cette période était sûrement la plus inappropriée pour se projeter dans un avenir tout de félicité. Mais Amanón ne pouvait s'en empêcher ; et il affichait un large sourire chaque fois qu'Eryne posait une main gracile sur un ventre qui s'arrondirait bientôt.

Dans ces instants de distraction, les débats avec les insoumis lui semblaient bien lointains, presque étrangers à son propre destin. Et lui savait déjà à quoi s'en tenir, tandis que les Wallattes écoutaient Corenn de manière très attentive, affichant des expressions de plus en plus graves à mesure que la Mère avançait dans son récit. Les héritiers avaient décidé de ne rien cacher des dangers de l'expédition, et cela impliquait de révéler l'existence des démons entassés à quelques milles de là ! Aucun des sept chefs de village ne mit en doute la véracité du fait, ne serait-ce que par fidélité à leur seigneur. Mais sans doute avaient-ils, également, déjà eu vent des rumeurs et des superstitions qui couraient sur la région… La meilleure preuve en étant qu'aucun ne s'était aventuré plus au sud, malgré l'imprécision du lieu de rendez-vous proposé par Keb.

Les faits présentés, le prince rappela que ceux qui le suivraient finiraient leur voyage à la Sainte-Cité d'Ith. C'est à dire, très loin de leurs foyers ; d'autant que le tunnel serait rendu impraticable… Considérant les dangers et les sacrifices requis, le prince ne voulait imposer l'aventure à personne. Il demanda donc à ses vassaux d'aller présenter la situation à leurs hommes, et de laisser à chacun le choix de sa propre destinée. Son dernier mot fut d'interdire toute accusation de lâcheté entre ses frères wallattes ! Il voulait une escorte de guerriers déterminés, et non contraints par la médisance de leurs semblables.

Dans l'attente des décisions des insoumis, les héritiers prirent à leur tour un peu de repos. Ils avaient convenu de pénétrer le tunnel avant la fin du jour, pour gagner le plus de temps possible sur les plans de Sombre. Si tout se passait bien, ils visiteraient à nouveau les égouts de la Sainte-Cité dans les premiers décans du lendemain ! Chacun s'efforça donc de se préparer à une nouvelle nuit blanche, à arpenter des galeries inquiétantes... Le plus sage était de plonger maintenant dans quelques décimes de sommeil, ce à quoi Amanón s'essaya en vain. Il se retournait sans cesse sur Eryne pour lui voler un baiser, lui caresser les cheveux, la joue, la main, en regrettant de ne pouvoir l'entraîner quelque part pour lui témoigner son amour d'une autre manière, encore...

Même ceux qui parvinrent à s'endormir n'en profitèrent pas longtemps. Bra'n fut le premier des insoumis à revenir, annonçant fièrement que tous ses hommes suivraient les héros qui avaient libéré leur village ! Les autres se présentèrent ensuite, un à un, avec des résultats plus mitigés. Si la plupart des Wallattes acceptaient d'accompagner leur prince, certains ne pouvaient surmonter leurs peurs. Il s'agissait surtout d'anciens membres de l'armée de Saat, qui avaient connu trop de moments terribles dans ce tunnel pour oser y retourner. Ou bien c'était les plus superstitieux, qui redoutaient de s'opposer aussi ouvertement à l'Ancien culte et à ses rejetons... Quelques-uns se refusaient également à quitter Wallos et leurs familles, préférant poursuivre la lutte en territoire connu. Kebree tint promesse et ne retint aucun de ceux qui désiraient partir. Comme convenu, il confia même aux plus âgés les chevaux dont les héritiers n'avaient désormais plus besoin. Les premiers départs ne se firent pas attendre ; la proximité des démons étant révélée, les Wallattes n'avaient aucun désir de s'attarder plus que nécessaire !

Au final, moins d'un décan après leur arrivée dans le camp des insoumis, les héritiers se retrouvaient nantis d'une escorte dévouée d'environ quatre-vingt-dix hommes.

Deux décimes plus tard, la petite colonne glissait le long des falaises du Rideau, vers l'endroit où l'ancienne génération avait mis un terme aux crimes du sorcier...

Alors qu'il progressait en silence, arme au poing et tous les sens en alerte, Amanón reprit enfin conscience de la gravité réelle de la situation. Cela fut même de plus en plus facile, à chaque nouveau pas accompli. Le jeune homme continuait à songer à Eryne, et à leur enfant... mais c'était surtout au travers d'angoisses terribles, qui lui tordaient les entrailles et le couvraient de sueur.

+ + +

C'était comme si leur tension avait pris une forme matérielle, les entourant d'un nuage malsain qui les suivait dans leur progression. Cael en ressentait tous les effets néfastes : les mains moites, les membres fébriles, le pouls beaucoup trop rapide... Et les membres du groupe étaient si soucieux d'avancer en silence que l'adolescent en oubliait parfois même de respirer ! Il avalait alors de grandes goulées d'air avant de faire la grimace : la brise, ici, lui rappelait trop les odeurs du Jal'karu.

Ses parents se tournaient régulièrement pour lui adresser un petit sourire, mais il les connaissait assez pour deviner leur propre appréhension. Et ils ne s'étaient pas postés aux côtés de leur fils par hasard, mais bien parce que le danger était réel ! Cael regrettait pourtant cette proximité ; si son démon intérieur venait à se manifester, Yan et Léti seraient les premières personnes sur qui il déverserait sa colère... Il avait donc essayé de se laisser distancer, plusieurs fois, en vain malheureusement. Après avoir été si longtemps séparés de leur unique enfant, les Kauliens comptaient bien ne pas le perdre de vue, surtout dans ces moments périlleux.

L'adolescent marchait donc au milieu des héritiers, eux-mêmes à la tête de la colonne concentrée des insoumis. Keb n'avait pas menti sur le courage de ces hommes. Leur expérience du maquis se révélait également précieuse... Habitués à se déplacer furtivement, ils avaient préparé leur équipement de la meilleure manière, par exemple en remplaçant leurs vêtements trop voyants. Beaucoup avaient aussi entouré leurs armes d'un linge sombre, pour éviter cliquetis et reflets de lumière. Et leur silence était presque religieux... C'était à peine si l'on entendait parfois un talon claquer contre la roche, et le propriétaire de la botte coupable devait se maudire de ne pas être nu-pieds !

Niss et Bowbaq se trouvaient également à proximité de Cael. L'adolescent se sentait toujours un peu honteux auprès de la jeune fille, alors que presque deux jours étaient passés depuis l'exposé de son plan... Plus personne n'en avait reparlé, mais il s'imaginait que chacun gardait en permanence cette idée à l'esprit. Il s'en voulait encore d'avoir montré tant de réserves ; c'était pourtant la meilleure chose à faire ! Malgré la confiance de Niss en leur capacité commune à repousser sa Voix, il savait, *lui*, que son démon intérieur ne se laisserait pas faire si facilement, la prochaine fois. Surtout si cette prochaine fois survenait après la défaite de Sombre... Cael doutait de pouvoir vaincre l'enfant de Karu, de toute manière, mais si un tel miracle se produisait, la part la plus noire de ses deux esprits prendrait à coup sûr le pas sur l'autre ! C'était d'ailleurs l'une des prophéties d'Usul : *tu finiras par te soumettre définitivement à ta Voix*. L'adolescent ne pouvait oublier une si noire promesse...

De rumination en pensée pessimiste, il ne vit finalement pas le temps passer – mais peut-être parce qu'il trouvait que l'ancien camp de Saat se rapprochait vite, *trop vite* même, à son goût. Et lorsqu'ils arrivèrent en vue des premiers tas de gravats, aussi hauts et larges que Grand'Maison, cette impression fut encore décuplée. Ils pénétraient alors un territoire où s'était joué le sort du monde connu, mais qui n'était guère plus étendu qu'une cité moyenne comme Semilia... Si bien que, quelques décilles plus tard seulement, ils purent repérer le sommet encore distant d'une pyramide. Une pyramide que Cael reconnut aussitôt comme le Mausolée de Sombre !

D'un geste, Grigán demanda un arrêt. Ils restèrent ainsi un moment, immobiles et silencieux, tous les sens en éveil... L'adolescent s'attendait à voir apparaître l'armée des lémures sur les plus hautes marches de la construction, mais rien de tel ne se produisit, heureusement ! L'endroit était aussi calme qu'un cimetière. C'en était à se demander si Chebree ne leur avait pas menti, ou si les monstres n'avaient pas déjà pris le chemin de la Sainte-Cité ! Mais les héritiers et les insoumis étaient encore à bonne distance du centre du camp, après tout... Et les créatures, si elles étaient bien rassemblées là, devaient se terrer dans les profondeurs du Mausolée, attendant la nuit qui était leur véritable élément. C'était bien ce que les mortels avaient escompté.

Leur objectif n'était pas de vérifier la présence des lémures, de toute manière. Après ces instants d'attente, Grigán fit donc le signe de se rapprocher encore de la montagne, où ils devaient trouver bientôt l'entrée du tunnel. Et la colonne reprit sa marche discrète, présentant une centaine de dos courbés sous les derniers rayons de l'après-apogée... Ils glissèrent ainsi derrière un premier tas de gravats, puis un deuxième, quand Eryne se redressa soudain avec de grands gestes alarmés !

C'était si subit, et se produisant dans un tel moment de tension, que la panique de la Lorelienne se communiqua aussitôt à tous ses compagnons. Cael lui-même se sentait comme pétrifié. Et Eryne n'avait pas besoin de parler pour se faire comprendre ! Les signes qu'elle répétait de ses mains fébriles, indiquant un chiffre et une direction, étaient assez clairs : elle avait deviné la présence de deux monstres, quelque part devant eux !

La suite se passa si vite que l'adolescent eut l'impression d'être emporté dans une tornade, dont il pouvait pourtant contempler chaque révolution... Il vit sa mère dénuder sa rapière et sentit son père le tirer par les épaules. Bowbaq fit passer Niss derrière lui en soulevant sa pognée. Amanón, Keb et Grigán dressaient déjà leurs armes, également. De même que Zejabel, impressionnante avec l'épée de Saat sanglée entre ses omoplates... Tous se préparaient au danger, mais ils n'eurent que le temps de cinq battements de cœur avant que le crissement des griffes et les râles des monstres ne parvinrent à leurs oreilles. L'instant d'après, les deux lémures déboulaient de derrière l'empilement rocheux, à quatre pattes et la gueule pleine d'écume, à une vitesse à faire se dresser les cheveux sur la tête !

Ils chargèrent comme des furies, sans viser quelqu'un en particulier... C'est ce qui permit aux héritiers de s'écarter juste à temps, et même, pour certains, d'abattre leurs armes sur les dos exposés. Les monstres crièrent de plus belle, mais poursuivirent sur leur lancée en renversant les premiers rangs des insoumis ! Quelques lowas furent levées puis abattues, mais trop tard ; des hommes avaient été tailladés, éventrés ou égorgés... Certains Wallattes titubaient encore, essayant de retenir leurs entrailles ou leur sang bouillonnant, que les lémures avaient déjà bondi sur de nouvelles victimes hurlant d'effroi et de désespoir.

Keb, Grigán et tous les héritiers qui portaient des armes n'attendirent pas pour prêter renfort à leurs alliés. Bowbaq marqua le premier tournant de la bataille en infligeant une frappe d'une puissance phénoménale sur le dos d'un des monstres, qui en resta sonné quelques instants. C'était plus qu'il n'en fallait à Reyan et Zejabel pour percer son cuir de plusieurs dizaines de coups de poignards ! La créature continua à se débattre un moment, mais avec des gestes de plus en plus maladroits et lents, alors qu'elle se vidait de son sang noir sur le sol rocailleux... Elle finit par s'immobiliser sur le flanc, et c'est encore Bowbaq et sa pognée qui mirent un terme définitif aux râles haineux du démon à tête de singe.

La deuxième bête succomba également sous le nombre, mais en prélevant son tribut parmi les Wallattes qui s'efforçaient d'aider le prince et ses compagnons... Quand enfin la créature fut à terre, Cael compta six morts parmi les insoumis, et un nombre inattendu de blessés plus ou moins légers. Les guerriers se vengèrent comme ils purent, en s'acharnant sur le monstre jusqu'à ôter la dernière étincelle de sa vie semi-éternelle... Quand ils baissèrent enfin leurs lowas, le lémure n'était plus qu'un paquet de chair informe et ensanglanté, sur lequel Cael osait à peine poser le regard.

– C'est de ma faute, commenta nerveusement Eryne, dans son dos. J'aurais dû y penser... Si je peux deviner leur présence, ils peuvent aussi déceler la mienne ! Je n'aurais pas dû venir ; je vous mets tous en danger !

– Nous devons rester ensemble, rappela Amanón. Jusqu'au bout !

Les langues s'étaient pareillement déliées dans les rangs des insoumis ; la bataille avait été si bruyante qu'ils ne risquaient pas grand-chose de plus à échanger quelques mots ! La plupart de leurs discussions étaient en wallatte, mais il suffisait à Cael d'observer leurs expressions pour deviner leurs propos... Sans doute que les guerriers mesuraient enfin la dangerosité des lémures à sa juste valeur, et que certaines vocations de héros commençaient à être remises en question. D'autres examinaient leurs blessures, ou se recueillaient en pleurant sur la dépouille d'un parent ou d'un ami... Keb lui-même passait d'un groupe à l'autre, distribuant mots de réconfort ou d'encouragement...

Grigán ne laissa pas sa troupe perdre sa discipline bien longtemps. D'un petit sifflement et de deux gestes impérieux, il rappela à tous l'urgence de rejoindre le tunnel, et en silence ! Les Wallattes se montrèrent indécis, jusqu'à ce que leur prince ne revienne lui-même se placer à côté du vétéran ramgrith. Alors, en moins d'une décille, la colonne furtive se recomposa et reprit sa progression, laissant derrière elle les premières victimes de l'expédition...

C'est seulement à cet instant que Cael prit conscience de ne pas avoir entendu sa Voix, ou très peu. Pourtant, les lémures l'avaient terrifié, et il s'était bien senti menacé ! Cela suffisait d'habitude à faire ressurgir ses plus mauvais instincts. Son séjour à Dara avait-il modifié le rapport de force entre les deux esprits qui l'habitaient ? Sûrement pas... Il n'avait pas participé à la bataille, et son démon était resté tranquille, voilà tout...

Mais dans un autre combat, contre Celui-qui-Vainc par exemple, une telle passivité aurait eu la mort pour conséquence. Et dans un élan de sincérité avec lui-même, Cael comprit qu'il avait tout aussi peur de céder à sa Voix que de ne plus jamais l'entendre !

+ + +

Niss n'était jamais venue à Wallos, et à plus forte raison dans l'ancien camp de Saat, mais le décor avait pourtant quelque chose de familier. Il lui semblait avoir déjà vu cette énorme pyramide de pierres grossières, dont les héritiers se tenaient le plus à l'écart possible. De même que l'ancien palais du sorcier, qu'ils discernaient parfois au hasard de leur errance entre les entassements rocheux, ne lui était pas inconnu... Sans doute la jeune fille s'était-elle approprié les souvenirs et les récits de son grand-père et de l'ancienne génération. Mais cette impression trouvait peut-être une autre origine... Niss pouvait avoir déjà survolé ce territoire, en esprit, alors qu'elle oscillait à la frontière du Rêve. Après tout, le Jal, ou un de ses visages, était censé se trouver sur l'un des nombreux sommets qui les surplombaient ! Les âmes des mortels devaient emprunter quantité de chemins différents, pour y accéder... et le Mausolée se situait justement sur l'une de ces routes.

Cela n'était pourtant qu'une préoccupation mineure de la jeune fille. Comme ses compagnons, Niss redoutait surtout une nouvelle rencontre avec des lémures en maraude ! Tous se préparaient à réagir au premier signe d'alerte qui serait donné par Eryne, et la damoiselle, se voyant ainsi chargée d'une si lourde responsabilité, n'avançait que les membres tendus et le visage crispé. Leur vitesse s'en trouvait d'autant diminuée, et ce n'est qu'après un très long décime d'une progression irrégulière qu'ils arrivèrent enfin en vue du tunnel...

Ou plutôt, *des* tunnels. L'un se démarquait nettement du lot : bouche béante dans la montagne, longue de plus de dix pas, et étayée avec des troncs aussi larges que des barriques... Mais cette entrée voisinait quatre autres ouvertures, disséminées le long de la paroi, et bien assez grandes également pour laisser passer une armée de démons !

Grigán demanda une halte, profitant de leur position cachée derrière un ultime tas de gravats. Niss devinait le trouble des vétérans, et sa propre appréhension prit aussitôt une nouvelle ampleur... la perplexité des aînés était telle qu'ils se risquèrent même à échanger quelques chuchotements !

— Je ne me souviens pas de *ça*, prévint le Ramgrith. Il n'y avait pas autant d'accès !

— Je crois que si, démentit Rey. Enfin, il me semble.

— C'était il y a plus de vingt ans, rappela Yan, et il faisait nuit... Nous pouvons nous tromper.

— De toute façon, il n'y a sûrement pas *cinq* tunnels, avança Léti. Ça ne change pas le plan.

— Ça ne le change pas, sauf si des galeries secondaires permettent aux lémures de contourner nos barrages, expliqua Corenn. Nous aurions fait tout cela pour rien. Pire, nous pourrions nous retrouver piégés.

La Mère les mettait là devant la plus crue des vérités, mais c'était nécessaire, pour se décider en connaissance de cause... Constatant leur silence hésitant, Niss les imagina sur le point de renoncer. En vérité, elle-même n'arrivait pas à se forger une opinion.

— Nous ne pourrons pas vérifier toutes les galeries, réfléchit Amanón. Le mieux est de multiplier les barrages, et le plus loin possible de l'entrée. S'il y a vraiment des couloirs parallèles, ils doivent tous rejoindre le tunnel principal à un moment ou à un autre...

Son père acquiesça, mais sans paraître avoir pris sa décision. Un nouveau silence tomba sur le groupe de tête... Bra'n commença à montrer des signes d'impatience, mais c'est finalement Lana qui débloqua la situation : « Il va bientôt faire nuit », murmura-t-elle simplement. Les regards se portèrent alors sur le ciel qui s'assombrissait, puis sur le sommet du Mausolée, visible par-dessus le tas de gravats... D'ici quelques décimes, ce territoire pouvait se couvrir de démons hurlant et gesticulant.

— On y va, soupira Grigán.

Ce disant, il semblait déjà le regretter. Quand il fallut se remettre en marche, Niss n'était plus aussi sûre de la valeur de l'idée de Yan.

+ + +

Eryne pensait que la centaine de foulées que la colonne dut parcourir à découvert, entre leur dernière cachette et l'accès principal, serait le moment le plus difficile de cette journée éprouvante... Elle se trompait. Leur entrée dans le souterrain mit encore ses nerfs à rude épreuve ! Elle avait pénétré le tunnel d'une quinzaine de pas seulement, lorsqu'elle fut prise d'une forte sensation d'étouffement... En un instant, elle revit leur longue errance dans le labyrinthe des égouts de la Sainte-Cité, puis dans les cavernes des Etheques, et enfin au Jal'karu. Et elle se refusait à revivre de pareils moments ! Elle s'apprêtait même à rebrousser chemin pour avaler quelques bonnes bouffées d'air, dehors, mais la masse serrée des insoumis lui barrait déjà le passage. Son malaise n'en fut que plus grand encore ; elle se sentit basculer dans une véritable panique, près de hurler qu'on la laisse sortir de ce trou !

La lampe que lui confia soudain Amanón lui permit de se détendre un peu. Elle était si bouleversée qu'elle n'avait même pas vu l'interprète l'allumer... Il l'avait réglée à sa plus faible intensité, par crainte d'attirer l'attention de témoins extérieurs, mais cette petite lumière jetée sur la roche aida Eryne à lutter contre ses craintes. Elle remercia son amant d'un sourire navré, puis s'efforça de se reconcentrer sur leur souci principal. Heureusement, depuis leur dernière bataille, elle n'avait pas deviné la présence de nouveaux lémures ! Mais peut-être quelques-uns traînaient-ils dans ces tunnels, postés là en gardiens redoutables, ou simplement séparés du reste de la légion démoniaque... Il était vital de repérer ces monstres *avant* qu'ils ne bondissent toutes griffes dehors sur les héritiers. D'autant que l'étroitesse des lieux favorisait la force des créatures, plutôt que le nombre des insoumis !

Avant d'entamer la traversée proprement dite, ils devaient d'abord s'assurer de ne pas avoir été repérés dans cette dernière course en terrain découvert. Ils attendirent donc un moment à proximité de l'entrée, guettant tous bruits et mouvements à l'extérieur, puis se tranquillisèrent en constatant qu'aucune activité hostile n'était à signaler. On se risqua alors à allumer quelques lampes supplémentaires, en les masquant, puis le groupe s'étira vers les profondeurs du boyau... Grigán demanda une nouvelle halte, cependant, quelques dizaines de pas plus loin. Le groupe avait rejoint une cavité naturelle assez large pour les abriter tous, et le vétéran jugeait la situation suffisamment stable pour que l'on prenne enfin le temps de s'occuper des blessés.

Eryne se mêla bien sûr d'apaiser les souffrances. Sans l'avoir vraiment décidé, sans même pouvoir s'en empêcher, elle caressa de son aura de déesse tous les Wallattes ayant subi les assauts des lémures... Son intervention était invisible ; c'est à peine si les malheureux sentaient le regard de la damoiselle glisser sur eux. Pourtant, il s'en trouva une poignée pour relever le front après son passage, et poser sur elle des yeux où brillait un nouveau respect. La jeune femme s'efforçait de ne pas y accorder trop d'importance, mais son intuition lui soufflait que de nouveaux changements avaient commencé à s'opérer en elle. Bientôt, il lui suffirait de se présenter à un inconnu pour qu'il devine aussitôt avoir affaire à une éternelle ! Cela pourrait même se produire avant qu'elle n'achève son évolution... À quel point son gwelom la protégeait-il encore de l'œil du démon ? Combien de jours de répit conservait-elle ? Sentant monter soudain une nouvelle crise de panique, elle essaya d'étouffer ces pensées pessimistes sous diverses futilités, comme songer au déjeuner qu'ils partageraient le lendemain à la Sainte-Cité. Mais elle fut rapidement à cours de petits bonheurs à lister, et elle dut bien se résoudre à attendre, les épaules basses, que le groupe reprenne son cheminement...

Cela n'allait justement plus tarder. Une fois le dernier pansement noué, et le reliquat des fioles de Zejabel distribué,

Grigán donna de nouveau le signal du départ, pour une étape qu'ils espéraient aussi longue que tranquille, cette fois. On avait discuté de l'intérêt de provoquer un premier éboulement en cet endroit, mais l'idée avait été rapidement rejetée. Si près encore du Mausolée, le vacarme pouvait alerter les monstres, et un tel barrage serait inutile si le tunnel disposait effectivement de galeries secondaires…

Ce dernier fait fut avéré quelques centaines de pas plus loin. Eryne marchait toujours dans le groupe de tête, puisqu'elle devait repérer les monstres en embuscade ; elle fut ainsi l'une des premières à repérer l'accès à une galerie latérale. Celle-ci était aussi proprement étayée et dessinée que le boyau principal. Les héritiers échangèrent des regards préoccupés, pour ne pas dire inquiets, mais il était désormais trop tard pour reculer ! Après un instant de flottement, ils se remirent en marche, d'un pas encore un peu plus pressé.

La jeune femme avait vaguement conscience d'arpenter un lieu historique, mais elle devait forcer son imagination pour s'en convaincre. Et quand elle y parvenait, elle ne voyait plus alors que des images de morts et d'atrocités… Saat avait tué à la tâche des dizaines de milliers d'esclaves, pour creuser ce couloir sous le Rideau. Et il avait envoyé presque autant de ses guerriers envahir la Sainte-Cité, avant que ces derniers ne soient refoulés par les clans arques venus au renfort des Ramgriths. La panique des Estiens avait alors dû être totale ! S'écrasant mutuellement contre les parois, se piétinant, s'étouffant ; peu avaient eu la chance de retrouver l'air frais de Wallos… Et la plupart des rescapés de cet enfer étaient alors tombés sous les coups des esclaves révoltés, tandis que Reyan et ses compagnons se réunissaient pour voler au secours de Lana, prisonnière du sorcier.

Cette histoire paraissait presque irréelle, mais il s'agissait pourtant de l'exacte vérité. Eryne ne pouvait que s'incliner devant le courage des vétérans, héros modestes, qui avaient ensuite essayé de donner une vie normale à leurs enfants… Ils ignoraient que le destin en déciderait autrement. Et qu'ils reviendraient un jour dans ce maudit tunnel, pour une tentative désespérée de ralentir les plans de conquête de Sombre !

La jeune femme fut soudain frappée par ce singulier renversement de situation. Vingt-trois ans plus tôt, les héritiers avaient remonté ces souterrains pour combattre les Wallattes, dont le projet était de mettre la Sainte-Cité à sac. Et aujourd'hui, ils entamaient la traversée dans l'autre sens, en compagnie d'une petite troupe de guerriers estiens, pour avertir les Goranais de l'arrivée prochaine de l'armée démoniaque ! Les dieux aimaient décidément à jouer avec eux... Cela connaîtrait-il une fin, un jour ?

Si tout allait bien, ce tunnel *au moins* ne devrait pas survivre au passage des héritiers. Eryne jugeait cette idée réconfortante. Tant de personnes avaient trouvé la mort, ici... C'en était même surprenant de ne pas trouver une collection de restes humains, squelettes ou dépouilles desséchées. Mais les lémures rassemblés par Sombre avaient emprunté ce même chemin pour gagner son Mausolée, et sans doute avaient-ils nettoyé les lieux avec plus d'efficacité qu'un bataillon d'équarrisseurs !

La damoiselle avait hâte de voir le premier barrage établi. L'écho renvoyé de leur marche produisait un vacarme effroyable, que l'on devait entendre très loin, en avant comme en arrière. Et elle redoutait toujours de déceler l'approche de nouveaux monstres ! Elle se sentirait beaucoup mieux lorsque plusieurs tonnes de rochers seraient placées sur le chemin d'éventuels poursuivants...

Cela fut décidé un petit décime plus tard, juste après avoir dépassé une troisième intersection avec une galerie secondaire. Après avoir étudié un étai pourrissant et la pierre qui le surplombait, Yan et Corenn se déclarèrent prêts à faire usage de leurs pouvoirs.

+ + +

Nolan avait parfaitement conscience du danger, mais il tenait beaucoup à être témoin du prodige. C'était plus fort que lui. Il avait déjà assisté à bon nombre de miracles, pourtant, et cette démonstration de magie n'aurait pas dû autant le titiller... En y réfléchissant, il comprit que ce n'était pas tant le phénomène lui-même qui l'intéressait, mais bien le spectacle de la destruction du tunnel. S'ils réussissaient, Corenn et Yan marqueraient là leur première véritable offensive contre Sombre ! Car jusqu'alors, la seule gloire des héritiers était d'avoir réussi à lui échapper pendant si longtemps...

Le jeune homme s'était donc maintenu près des Kauliens, tandis que leurs compagnons et les insoumis s'éloignaient à une bonne distance de sécurité. Corenn tenta bien d'écarter le Maz, mais les plus raisonnables des arguments de la Mère ne purent venir à bout de sa résolution... D'autant que Nolan prétendait rester là pour les éclairer dans leur fuite. Celle-ci pouvait s'avérer nécessaire, si l'éboulement dépassait leurs prévisions ! Après un moment de vaines négociations, Corenn comprit qu'elle n'aurait pas gain de cause, et elle laissa donc le fils de Reyan agir comme il l'entendait.

Les deux magiciens purent alors se plonger dans la concentration. Ils s'étaient placés le plus loin possible de l'étai fragilisé, sous lequel ils avaient abandonné une bougie... Yan avait en effet expliqué que la cible de leur Volonté devait être « à portée de sens » ; c'est à dire, qu'il leur fallait pouvoir l'entendre, la voir, ou mieux encore, la toucher. Mais cela était évidemment impossible pour ce qu'ils projetaient de faire !

Nolan conserva un silence respectueux. Il ignorait comment les pouvoirs de ses compagnons allaient se manifester, et combien de temps serait nécessaire à leur déploiement... Quand la poutre qu'ils scrutaient produisit un premier grincement, il crut à une coïncidence. Cela faisait à peine quelques instants qu'ils étaient tournés vers l'objet ! Mais cette plainte du bois fut bientôt suivie d'une autre, beaucoup plus intense, et même douloureuse pour les oreilles... Jusqu'à ce que l'étai ne se brise soudain dans un violent craquement, avant d'être arraché par la roche comblant le vide !

La bougie fut aussitôt ensevelie, mais le vacarme résonnant de l'éboulement prouvait la réussite de l'opération. Nolan eut même un mouvement de recul incontrôlable, redoutant soudain que le plafond ne s'écroule également sur eux ! Le phénomène fut heureusement de courte durée et resta localisé. Après une petite décille d'attente prudente, les héritiers rassemblés purent aller juger du résultat… Un nuage de particules en suspension leur masquait partiellement le spectacle, mais ils en voyaient bien assez pour se réjouir de ce premier essai ! Le passage était totalement bouché, sur la hauteur comme sur la largeur ! Et peut-être l'amoncellement rocheux s'étendait-il sur plusieurs pas… Déblayer le tout demanderait un sacré travail, d'autant qu'il faudrait en même temps renforcer l'étayage pour éviter de nouveaux éboulis. C'était un succès complet !

Les deux magiciens furent chaleureusement félicités, et même acclamés par les insoumis, quand les héritiers retraversèrent leurs rangs pour reprendre place en tête de la colonne. Nolan s'étonna un peu de les trouver si heureux de participer à la défense de Goran, puis il finit par comprendre, en tendant l'oreille aux conversations des plus proches… Ce que les Wallattes voyaient surtout dans les conséquences de ce sabotage, c'était la fermeture du tunnel par lequel les monstres se déversaient chez eux !

C'est donc avec un entrain nouveau que les héritiers et leurs alliés reprirent leur marche dans les ténèbres. Ils profitèrent de cet enthousiasme pendant deux décimes, peut-être… Puis leur joie fondit complètement quand ils tombèrent sur une nouvelle intersection. À la lueur tremblante de leurs lampes, les visages semblaient encore plus moroses, les mines plus abattues.

— Rien ne prouve que ces couloirs mènent à l'extérieur, rappela néanmoins Corenn. Ils ressemblent même davantage à des galeries naturelles.

— Cette fichue montagne est trouée comme un fromage, grommela Keb. Saat n'a eu qu'à relier les cavernes entre elles !

Nolan ne pouvait que lui donner raison. Ils avaient déjà eu l'occasion de constater l'étendue du labyrinthe, alors qu'ils cherchaient la porte oubliée des premiers Etheques… L'arche n'était-elle pas, d'ailleurs, accessible par l'un ou l'autre de ces boyaux ? Il le fallait bien, puisque Sombre attirait des lémures depuis le Jal'karu !

— Nous ne devons pas nous décourager, insista la Mère. Nous installerons autant de barrages qu'il le faudra !

Ses compagnons acquiescèrent ; ils n'avaient de toute façon pas d'autre solution. Ainsi, quelques milliers de pas plus loin, Yan et la tante de Léti lancèrent de nouveau leur magie contre un point de rupture de la roche... Leur réussite fut comparable à leur premier essai, mais elle ne souleva pas autant d'enthousiasme, cette fois. On se satisfit seulement de ne pas avoir pris la montagne sur la tête.

Peu de temps après, l'allure générale du souterrain commença à changer. Le décor confirmait ce qu'avait avancé Kebree ; à savoir qu'une partie au moins du tunnel de Saat exploitait des cavités naturelles. Dans ces sections, souvent plus larges, l'étayage n'avait pas été jugé nécessaire. Il semblait pourtant plus difficile de les faire s'effondrer, puisque même l'action du temps n'y avait pas réussi...

Et ce fut dans l'une de ces cavernes que les héritiers tombèrent sur une nouvelle intersection. Pour ne pas dire un véritable carrefour, croisement d'une demi-douzaine de galeries et de boyaux qui partaient dans toutes les directions !

\+ + +

Amanón s'efforçait de réfléchir, mais il ne pouvait parvenir à de véritables conclusions sans connaître tous les aspects de la situation. Et là était bien le problème : ils ignoraient totalement de quoi serait faite la suite du tunnel. Les souvenirs de Yan, Léti, Bowbaq et Grigán, seuls héritiers à y être déjà descendus, étaient trop flous à ce sujet. Et aucun des insoumis qui les accompagnaient n'avait participé au fameux assaut contre la Sainte-Cité !

— Nous avons traversé avec quelques milliers d'Arques, rappelait Léti pour se justifier. Et nous étions en pleine bataille. Personne n'a pris le temps d'admirer le paysage ou de compter les couloirs !

— Il ne doit pas y en avoir tant que ça, de toute façon, réfléchit Yan. Nous n'avons jamais hésité sur la direction à suivre ; preuve qu'il y a bien un chemin principal, si ce n'est unique. Plus nous avancerons, et plus nos chances de placer un barrage décisif seront grandes.

Personne ne contestait cette réflexion, mais la manière dont avait évolué la situation était plus que déplaisante. Quand ils avaient bâti ce plan, ils pensaient rendre le tunnel impraticable en provoquant trois ou quatre éboulements... Maintenant, on n'évoquait plus que de « grandes chances » de réussite. Et Amanón détestait ce genre d'incertitude ! Dire qu'ils avaient estimé cette partie beaucoup plus facile que la traversée du camp de Saat...

— On ne gagnera rien à traîner ici, de toute manière, commenta Keb. Et ces arrêts à répétition rendent mes hommes nerveux.

— Ith est encore loin, approuva Bowbaq.

Il n'y avait rien à ajouter à cela, et ils finirent par reprendre la route, leur confiance en leur succès de plus en plus émoussée. Amanón se retourna une dernière fois sur les nombreux couloirs qui aboutissaient dans cette salle. Si les lémures pouvaient contourner les deux premiers barrages, si vraiment toutes ces galeries formaient un réseau à travers la montagne, alors les monstres n'auraient aucune difficulté à arriver jusque-là. Ils vivaient dans les ténèbres de Karu depuis toujours ; trouver leur chemin à travers ce labyrinthe ne serait pour eux qu'une simple formalité...

Malgré la tension qui maintenait son corps en alerte, le jeune homme commençait à souffrir du froid qui régnait dans le souterrain, et qui traversait l'épaisseur de ses vêtements. La vingtaine de lampes et de torches manœuvrées par la colonne ne suffisaient pas à réchauffer les aventuriers, même rapprochés les uns des autres. Amanón vérifia machinalement le bien-être de sa mère, puis d'Eryne, emmitouflée dans un gilet de grosse laine... Il s'inquiéta soudain de l'expression de son amante. Elle avait le front barré et la mine soucieuse, pour ne pas dire chagrinée.

— Ça va ? demanda-t-il naïvement, en lui frottant les épaules.

— Oui, assura-t-elle d'un sourire forcé. J'ai seulement une sorte de... gêne. Comme si un vacarme lointain m'empêchait de réfléchir... Ce n'est sûrement rien, supposa-t-elle. Encore les effets de l'Esthesia...

Amanón acquiesça, mais dès lors il ne perdit plus de vue le visage de sa belle. Il put suivre ainsi l'évolution de son trouble, qui empirait de décille en décille ! Bientôt, Eryne n'avança plus qu'avec une main posée sur le front... Sa souffrance avait beau être spirituelle, elle n'en était pas moins bien réelle, et l'interprète enrageait de son impuissance à aider son amante. Il aurait volontiers accepté d'endurer ses maux à sa place, si on lui en avait donné le choix. Comble de l'ironie : la seule qui aurait pu faire quelque chose pour Eryne était... Celle-qui-Apaise. La déesse qu'elle n'était pas encore tout à fait devenue !

Le jeune homme espérait néanmoins que cette espèce de migraine serait passagère. Il songea même, avec un début de soulagement, qu'elle était peut-être simplement une conséquence de la grossesse de la damoiselle... Mais il perdit toutes ces illusions quand Eryne s'arrêta brutalement, provoquant la surprise générale. Un masque d'effroi monta sur le visage de la jeune femme, qui ouvrit la bouche sans pour autant parvenir à pousser un cri ! Les héritiers n'avaient pas besoin d'autre alerte, et ils tirèrent leurs armes en scrutant les ténèbres alentour, tendus comme des arcs... Reprenant enfin le contrôle d'elle-même, Eryne leur indiqua *l'autre* direction. *Derrière* la masse indécise des guerriers wallattes.

— Ils arrivent ! lâcha enfin la jeune femme, au comble de la terreur. *Des centaines !*

Le mot frappa Amanón comme un coup de fouet. Une foule de pensées et d'émotions se percutèrent dans son esprit. *Des centaines.* Ainsi, Chebree n'avait pas menti. L'invasion de Goran venait-elle de commencer ? Les monstres s'étaient-ils lancés à leur poursuite ? À moins qu'ils n'aient tout bonnement l'habitude de regagner les souterrains, à la nuit tombée ? Peu importait. Ils représentaient une marée hurlante qui anéantirait les mortels, si jamais ces derniers restaient sur leur passage ! Et, même si Eryne ne l'avait précisé, il semblait évident que les lémures avaient réussi à contourner leur premier barrage... et peut-être le deuxième.

La nouvelle eut vite fait de se répandre jusqu'aux derniers rangs des insoumis, et les premiers signes de panique ne tardèrent pas à se manifester. Inconsciemment sans doute, l'arrière-garde commença à pousser le reste de la troupe, ajoutant encore à la confusion ! Des cris d'alarme, des injonctions à presser le pas résonnèrent bientôt sous la voûte rocheuse, tandis que les torches et les lampes agitaient les ombres dans tous les sens... Les héritiers échangèrent quelques regards graves, impuissants ou atterrés, puis Grigán montra l'exemple en entraînant son épouse en avant. Amanón courut également, en veillant à ne pas perdre un membre de leur petit groupe dans cette cohue... À cette allure, alors qu'ils ne voyaient jamais à plus de trois pas devant eux, il était facile de trébucher et de se retrouver piétiné par les Wallattes !

Leur effroi monta encore d'un cran, quand les cris hystériques des démons parvinrent jusqu'à leurs oreilles. Il en fallait du coffre, pourtant, pour réussir à couvrir le vacarme de la fuite des insoumis ! Amanón était de plus en plus oppressé ; il ne pouvait se tourner vers le visage d'Eryne sans songer à leur mort prochaine. Les héritiers voulaient encore espérer que ces hurlements étaient portés par l'écho, et que les monstres n'étaient pas si proches qu'il semblait... La damoiselle, elle, savait parfaitement à quoi s'en tenir, et la pâleur de son teint rappelait beaucoup trop le blanc d'un linceul.

Après quelques décilles de cette débandade, le jeune homme vit ses parents s'arrêter juste derrière l'entrée d'une nouvelle caverne. Le couloir qu'ils venaient de descendre avait été creusé de main humaine. Amanón comprit aussitôt ce que les vétérans projetaient, et il se plaça lui-même de l'autre côté de l'accès, encourageant les fuyards à dégager le passage au plus vite !

Les cris des créatures étaient assourdissants. Alors que les derniers Wallattes passaient devant lui, l'interprète s'attendait à voir les monstres débouler sur leurs talons... Il se laissa entraîner en arrière par son père, sans quitter du regard les étais sur lesquels Yan et Corenn appliquaient déjà leur concentration. Et, à l'instant où le bois se brisa dans un violent craquement, il aperçut les yeux d'émeraude des premiers lémures. Des *dizaines* de paires d'yeux.

Cette vision ne dura qu'un instant, puisque l'effondrement de plusieurs tonnes de roches vint jeter le rideau sur ce spectacle effrayant... Les héritiers guettèrent alors leur propre plafond avec appréhension ; les magiciens n'avaient pas eu le temps de mesurer les risques, cette fois ! Quelques pierres se détachèrent de la voûte, et même des parois les plus fragiles, mais le phénomène fut de courte durée et ne blessa personne. Alors, une fois le calme revenu, ils purent s'approcher et juger de l'efficacité de leur troisième barrage.

Celui-ci était aussi réussi que les autres, heureusement. Aucune faille ne semblait laisser passage aux monstres. On ne les entendait plus, d'ailleurs, que de manière lointaine et assourdie. Seuls les coups qu'ils portaient sur les rochers voyaient leur écho répercuté jusqu'aux mortels...

Amanón tressaillit encore, en repérant un bras simiesque et griffu émergeant de l'amoncellement. Le membre était agité de soubresauts ; peut-être était-ce là un effet naturel et de courte durée... Mais peut-être, aussi, que le propriétaire de ce bras n'avait pas encore perdu cette vie qui était si fortement chevillée à son corps démoniaque. Il songea un instant à mettre un terme au phénomène d'un bon coup de sabre, mais l'idée l'amena au bord de la nausée. Il préféra se détourner pour de bon et rejoindre ceux qui attendaient déjà un nouveau départ.

— Ils s'éloignent, avertit soudain Eryne, le regard absent. Je... J'imagine qu'ils vont chercher un autre chemin.

Aucun commentaire n'était nécessaire. La colonne se remit aussitôt en route, avec une allure proche du pas de course.

+ + +

Zejabel ne pouvait s'empêcher de penser que, *seule*, elle aurait eu plus de chances de s'en tirer. L'idée d'abandonner n'importe lequel de ses compagnons était pourtant à l'opposé même de ses désirs ! Mais cette fuite en milieu hostile, poursuivie par des ennemis supérieurs en nombre, lui rappelait trop les épreuves des marais du Lus'an. Toutes les fois où, pendant son adolescence, on l'avait menée en pleine nature avant de lancer une poignée de rivales sur sa piste... Peut-être qu'une malheureuse vivait pareil cauchemar, à l'instant même, sur l'île de Zuïa. Cette idée raviva la rébellion de l'ancienne Kahati. Les héritiers ne devaient pas mourir dans ce maudit souterrain, déchiquetés par des monstres à l'intelligence animale. Leur destin était de mettre un terme à la tyrannie des démons. Et la jeune femme s'était juré de les aider à y parvenir !

Si elle s'efforçait de courir en tête, ou en tout cas dans l'avant-garde, c'était bien pour protéger ceux qui étaient devenus ses amis. Et Nolan, en particulier... Elle ne doutait pas du courage de son amant, mais il n'avait pas, comme elle, passé son enfance à faire de son corps un instrument de combat ! Même si les Judicateurs lui avaient surtout appris à manier la hati corrompue, et qu'elle avait dû s'habituer depuis à user d'un simple poignard. Les démons n'étaient pas sensibles aux poisons, de toute manière ; inutile de regretter la perte de la dague maudite.

En avançant dans ce couloir aussi ténébreux qu'interminable, la jeune femme songeait même à s'armer de l'épée de Saat. Personne ne le lui avait déconseillé, après tout... Et devant la furie des lémures aux longs bras, se retrancher derrière deux pieds d'acier supplémentaires semblait une sage précaution ! Pourtant, elle se refusait encore à s'équiper de la relique. Si l'arme était destinée à l'Adversaire, son audace aurait été comme une sorte de sacrilège. Et Yan avait confirmé la présence d'une magie dans l'objet ; Zejabel redoutait d'en déclencher accidentellement les effets ! Qui assurait que ce pouvoir fonctionnerait plusieurs fois, d'ailleurs ? En utilisant l'épée, la jeune femme ne risquait-elle pas d'ôter toute chance de victoire à l'Adversaire ? C'était une responsabilité trop importante, qu'elle refusait de prendre...

L'idée vint encore la hanter, pourtant. Quand les cris des lémures résonnèrent à nouveau dans le souterrain !

– Ils sont... en dessous ! révéla Eryne, haletante. Ils approchent !

Zejabel tira encore sur ses jambes, en espérant que chacun trouverait assez d'énergie pour suivre son rythme... Elle dut ralentir après une trentaine de foulées seulement, consciente de distancer le groupe. Il n'y avait pourtant pas un instant à perdre ! Ils n'avaient repéré aucune intersection depuis la première attaque ; si les monstres se rapprochaient malgré tout, c'était qu'ils empruntaient une *autre* galerie, peut-être jumelle, un peu plus bas sous la montagne... et ce boyau devait déboucher devant la colonne des mortels, puisqu'on entendait les hurlements des créatures ! La question était donc de savoir *qui*, des lémures ou des héritiers, parviendraient les premiers au croisement...

Tous avaient conscience de jouer leurs vies dans cette cavalcade, mais seul un miracle aurait pu leur redonner l'avantage. Les cris des démons étaient toujours plus rapprochés ; la jeune femme ne doutait pas de repérer leurs regards d'un vert haineux d'ici quelques instants ! Elle crispait les poings sur son poignard et sa lampe bringuebalante, s'accrochant à l'espoir que les héritiers, au moins, auraient le temps de forcer le passage avant que les monstres n'affluent en trop grand nombre...

Elle finit par ralentir, puis arrêter sa course, pourtant. Nolan, Grigán et les autres l'imitèrent, deux battements de cil plus tard. La Züe venait de découvrir une nouvelle intersection. Une galerie au sol *ascendant*. Et donc, qui s'éloignait des monstres !

– Nous ne devrions pas quitter le tunnel, commenta Corenn, le souffle court.

Un nouveau concert de hurlements frénétiques tua cette hésitation dans l'œuf. Les héritiers se ruèrent dans ce passage plus étroit, étirant malheureusement leur colonne, par la même occasion… L'engorgement provoqué au virage fut fatal à quelques Wallattes, qui avaient préférer tenter leur chance en poursuivant tout droit ! Mais dès les premiers cris d'agonie, tous les insoumis reprirent leur place à la suite des héritiers, avec un regain d'énergie qui leur permit de rattraper le groupe. Zejabel devinait tout cela rien qu'en tendant l'oreille aux échos, car elle n'aurait pas perdu un instant à se retourner pour juger de la situation ! Elle grimpait et grimpait toujours, dans ce couloir où seulement deux hommes pouvaient avancer de front, en priant tous les dieux de Dara pour qu'il ne s'agisse pas d'un cul-de-sac !

Sa découverte d'une nouvelle caverne fut donc une véritable libération, mais elle ne prit pas le temps de la savourer. Trois autres galeries partaient de ce point ; il fallait décider dans laquelle se lancer ! Quelques Wallattes n'attendirent pas et se dispersèrent au hasard de leur panique, malgré les injonctions de Keb et de Grigán à rester groupés… Les tempes battantes, couverte de sueur, Zejabel en était à étudier l'aspect de ces passages quand le fracas d'un éboulement la fit se retourner. Yan et Corenn n'avaient pas perdu de temps ; mais la Züe fut parcourue d'un frisson glacé en découvrant que deux des lémures avaient réussi à se faufiler avant l'explosion de la roche ! L'un bondit au milieu des insoumis rassemblés… et l'autre posa sur la jeune femme un regard qu'elle ne connaissait que trop bien. Cela ne dura qu'un instant, au bout duquel le monstre se projeta de ses pattes puissantes dans sa direction.

Zejabel laissa parler ses réflexes ; elle ne savait pas faire autre chose. Si elle n'avait pas été un jour la Kahati, jamais elle n'aurait pu esquiver la charge fulgurante du monstre qui plongeait sur elle, l'écume aux lèvres et les crocs découverts… Quelque chose au fond de son esprit lui hurlait que sa vie était *aussi* importante que celle des héritiers. Peut-être trouva-t-elle également assez d'énergie dans cette idée pour réagir vite ! Comme un spectateur extérieur, elle se vit lancer son bras vers le lémure et lâcher sa lampe dans le même mouvement. Puis elle plongea sur le côté sans se soucier du risque de trébucher !

Le monstre hurla quand l'huile enflammée lui explosa au visage ; ses membres s'agitèrent de manière frénétique, et il réussit à frapper le poignet de la Züe avant d'aller heurter la roche... En percutant elle-même le sol, la main en sang, Zejabel s'aperçut avoir été désarmée. La créature avait envoyé promener son poignard quelque part dans les ténèbres et le chaos environnant...

Elle se redressa d'une roulade et n'hésita plus, cette fois, à saisir la poignée de l'épée toujours sanglée dans son dos. Le contact de l'arme ne lui procura aucune sensation particulière ; c'était seulement une lame, après tout, dont la fonction principale était de percer les chairs gonflées de sang chaud ! La jeune femme adopta donc une posture défensive, alors que le monstre se débarrassait des quelques insoumis qui tentaient de le clouer à terre... Quand il bondit à nouveau sur elle, le poil grésillant, elle était prête. Elle était même *décidée* à le voir mourir. Elle n'avait pas de plus grand désir !

Et, à l'instant où elle se faisait cette réflexion, le lémure eut une étrange crispation et finit sa courbe prostré sur lui-même, heurtant la roche comme un pantin désarticulé !

Zejabel recula d'un pas prudent, redoutant une feinte ou une ruse quelconque... Le monstre semblait réellement diminué, pourtant. Il gisait sur le côté, se griffait la poitrine et ouvrait la gueule en grand, comme manquant d'air ou luttant contre une mystérieuse souffrance... Son agonie n'était pas encore certaine, mais Kebree et quelques autres se chargèrent de la confirmer à grands coups de lowas.

La jeune femme reporta son regard sur l'arme enchantée de Saat, qui ne brillait pourtant d'aucun éclat particulier. Puis elle se tourna vers l'autre créature, que les insoumis et les héritiers avaient réussi à acculer contre une paroi... Enfin, elle souhaita simplement sa mort. Comme on adresse un vœu à une étoile filante.

Et le lémure s'écroula dans l'instant suivant.

+ + +

Tout le corps de Cael était agité de tremblements, sans que l'adolescent ne parvienne à les contrôler. Cette course prolongée, la peur, les sursauts provoqués par les cris effrayants des monstres n'y étaient pas étrangers, bien sûr… Mais les efforts qu'il déployait pour résister à sa Voix y étaient également pour beaucoup !

C'était la première fois qu'il l'entendait aussi fort, depuis leur sortie du Jal. Ce n'était guère étonnant : il ne s'était pas senti aussi menacé depuis bien longtemps ! Les hurlements des Wallattes et des lémures, les lumières fuyantes des torches, les bousculades, la précipitation… Cael vivait un véritable cauchemar, tandis que son démon intérieur jubilait de la situation ! Il envoyait à l'adolescent toujours plus d'images de haine et de vengeance, amplifiait ses peurs, soufflait sur le feu de sa colère, le poussant à s'abandonner à la seule chose qui pouvait le maintenir en vie : un déchaînement de violence !

Le fils de Yan et Léti avait jusque-là réussi à repousser ces appels, mais il ignorait pendant combien de temps il en serait capable. Et alors plus que jamais, il regrettait l'insistance de ses parents à se maintenir à ses côtés… Dans cette confusion générale, c'était même un miracle qu'ils y parvinssent ! Pourtant, l'un et l'autre n'étaient jamais bien loin, encadrant leur protégé avec une assiduité remarquable.

Cela faisait quelques décilles déjà qu'ils avaient quitté la salle où deux monstres s'étaient faufilés, mais les cris des lémures continuaient à résonner à leurs oreilles. Parfois, on entendait même leurs griffes crisser contre la roche… Ou, bien pire encore, il arrivait qu'un hurlement humain et déchirant vienne tordre les entrailles des fuyards ! Il ne devait rester que la moitié des insoumis derrière les héritiers ; les autres étaient déjà morts, ou perdus dans ce labyrinthe.

Grigán et Zejabel, qui couraient toujours en tête, avaient tacitement convenu d'emprunter les passages ascendants, espérant ainsi abandonner les créatures dans les niveaux inférieurs… Mais ces échos incessants ne laissaient pas deviner la réelle position des monstres, et ils s'en remettaient souvent aux indications d'Eryne. La damoiselle désignait des directions à petits gestes fébriles, et la colonne s'empressait de filer à l'opposé, lorsque c'était possible ! Cela devenait malheureusement de plus en plus difficile à mesure qu'ils enchaînaient les bifurcations : l'armée des lémures se divisait en autant de bataillons hystériques, multipliant les chances de mauvaise rencontre.

Ces choix stratégiques donnèrent néanmoins assez de répit aux héritiers pour se permettre de ralentir et de reprendre leur souffle, après presque un décime de course ininterrompue. Ils ignoraient totalement où ils se trouvaient ; peut-être avaient-ils déjà atteint le cœur de la montagne... Eryne ne sentait plus la présence des démons, mais elle restait prête à redonner l'alerte, les yeux dans le vague et la lèvre tremblante. Après quelques décilles de cette trêve, ils débouchèrent dans une nouvelle salle qui ne comprenait qu'une seule issue. L'endroit se révélait donc idéal pour installer un nouveau barrage, ce à quoi Corenn et Yan s'employèrent... Bra'n profita de la halte pour manifester son inquiétude auprès de son prince.

– Nous avons juré de te suivre, seigneur, et nous tiendrons parole. Mais sais-tu où nous mènera cette course ? Pouvons-nous garder l'espoir, ou faut-il nous préparer à mourir ?

– Je ne mentirai jamais aux miens, répondit Kebree. Je ne peux donc pas répondre à ta question, mon ami... Mais dis bien à tes hommes de continuer à suivre mes compagnons. Ils sont les seuls à pouvoir nous mener loin de ces monstres !

Le chef des insoumis acquiesça avec gravité, puis partit répéter ces paroles de prudence. Le vacarme de l'effondrement du couloir, provoqué par les magiciens, suspendit toute autre conversation jusqu'à ce que Corenn et Yan reviennent se joindre au groupe.

– Il a raison, commenta Rey. En continuant comme ça, on finira forcément par se retrouver piégés !

– Je ne vois pas ce qu'on peut faire d'autre, grommela Grigán. On ne peut pas retourner à Wallos ; il faut bien tenter de gagner Ith !

Zejabel s'apprêtait à intervenir, mais Cael la prit de vitesse, d'une manière qu'il savait pourtant impolie... Il n'avait pu s'en empêcher. L'idée qui venait de le traverser était trop difficile à retenir ; il devait la partager dans l'instant !

— On pourrait retourner au Jal, lança-t-il d'une voix tremblante.

Il prit alors conscience d'être toujours soumis aux attaques de son démon intérieur. Lequel de ses deux esprits avait eu cette idée, d'ailleurs ? N'était-ce pas là une tentative pour le ramener à Karu ? Le regard stupéfait que ses parents, Niss et les autres posaient sur lui en devint une véritable torture. Son visage était-il à nouveau déformé par une grimace haineuse ? Il lui semblait que non, pourtant...

— Retourner au Jal ? Pourquoi ? s'étonna Lana. Nous risquerions de ne plus jamais en sortir !

— Mais ça nous permettrait de fuir la montagne, réfléchit Amanón à voix haute. Il suffirait qu'un seul d'entre nous aille trouver Nol... Vérifier qu'il est encore possible de nous renvoyer vers une autre région...

— Ça me paraît aussi dangereux que de continuer à courir, jugea Bowbaq.

— Nous ne sommes même pas certains que le Gardien de la porte d'Ith soit encore en vie, remarqua Nolan. Sans lui, il est impossible d'ouvrir un passage vers le Jal...

— Et même, nous ne pourrions pas le faire obéir, renchérit Léti. Nous resterions seuls devant cette stupide arche et ses gravures !

— *Tous* les éternels peuvent appeler les Gardiens, insista Amanón. C'est ce que nous avons appris. Songez que la porte est simplement quelque part, à l'un des bouts de ce labyrinthe... Si nous réussissons à la retrouver, si le Gardien est toujours en vie, alors nous serons tirés d'affaire ! Peut-être même que nous pourrons rejoindre Goran, et que nous aurons le temps d'annoncer l'attaque des démons !

Les regards glissèrent aussitôt sur Eryne, qui esquissa une petite moue d'ignorance, ou d'incertitude. Cael, lui, se sentait presque fautif. Son idée ne semblait guère appréciée, si ce n'était par son cousin... Un silence hésitant s'installa sur le groupe, et l'adolescent pressentit qu'ils allaient reprendre leur progression sans rien avoir décidé.

— Il y a autre chose, annonça soudain Zejabel. J'ai découvert le pouvoir de l'épée.

Elle révélait cela presque négligemment, mais elle s'attira bien sûr l'attention de tous ! Cael remarqua la manière pensive dont la Züe contemplait la poignée de l'arme, qu'elle tenait par la lame, comme pour l'offrir au premier qui la demanderait... L'adolescent ressentit alors une envie compulsive de s'en emparer. Le mot « pouvoir » avait éveillé en lui quelque chose de profondément malsain, qu'il essaya en vain d'étouffer !

— Je crois qu'il n'est même pas nécessaire de la tirer de son fourreau pour l'utiliser, poursuivit-elle. Pendant la dernière bataille, j'ai... simplement souhaité la mort des lémures. Et ils se sont écroulés.

— Ils étaient encore vivants, réfuta Kebree. J'ai moi-même aidé à en achever un.

— Ils ont la vie bien accrochée, acquiesça Yan, mais cela correspondrait à ce que Saat avait laissé entendre. D'un simple vœu adressé à son arme, il jurait de pouvoir nous détruire... La seule chose l'en empêchant semblant être les pierres de Dara.

— Je m'en souviens, appuya Léti. Et ça ne m'étonne pas de lui. Il était bien assez fou, et puissant, pour imaginer un enchantement pareil !

Le silence se fit de nouveau autour de Zejabel, tandis que les insoumis, à l'écart, manifestaient des signes d'impatience. Cael devait se rentrer les ongles dans la paume des mains pour résister à l'envie d'arracher l'arme aux mains de la Züe ! Seul un conquérant était digne de porter un tel objet, et sa Voix lui soufflait que nul n'était plus redoutable conquérant que lui-même... D'un instant à l'autre, il le pressentait, il finirait par ne plus différencier les pensées de son démon et les siennes. Et le pire adviendrait.

— On ne pourra sûrement pas tuer Sombre comme ça, commenta Reyan. Ce serait trop facile.

Personne n'approuva ou ne démentit, tout comme aucun des héritiers n'osa tendre la main vers la relique. Cael se sentait au bord du point de rupture ; l'épée était trop proche de lui, et personne ne semblait la désirer... Il aurait sans doute fini par céder à sa pulsion, si Eryne n'avait soudain porté la main à son front en un signe d'alerte qu'ils ne connaissaient que trop bien. L'instant d'après, ils s'engageaient dans un autre couloir inconnu, les lémures de nouveau sur leur piste.

Pour l'adolescent, la tentation était grande de profiter de la confusion pour sauter sur le dos de Zejabel et lui prendre l'arme... Au prix d'un surprenant effort de volonté, il parvint encore à se contenir. Le tout était de savoir jusqu'à quand.

✢ ✢ ✢

Une telle responsabilité pesait sur les épaules d'Eryne qu'elle ne prenait même pas conscience de sa fatigue. Elle aurait dû être épuisée, pourtant, par cette marche entrecoupée de longues courses, et faisant suite à presque deux journées de chevauchées... Elle aurait dû être vidée par la concentration soutenue qu'elle s'imposait... Et peut-être était-elle tout cela. À moins que sa nature particulière ne lui permette d'échapper à cette lassitude. En vérité, elle n'avait pas le temps d'y réfléchir, ou d'écouter les plaintes de son corps ! Chaque instant comptait dans la traque dont les héritiers étaient l'objet, et le moindre relâchement pouvait provoquer leur mort à tous.

La jeune femme mesurait l'importance de ses indications, mais elle se rappelait également être la seule dont les lémures pouvaient détecter la présence. Peut-être disposaient-ils aussi d'un flair ou d'une audition particulière, mais jusqu'à preuve du contraire, c'était bien *son esprit* qu'ils utilisaient comme repère pour suivre la piste des mortels ! L'idée de se sacrifier, de partir seule loin du groupe pour attirer les monstres, la traversait régulièrement... mais elle ne pouvait s'y résoudre. Ces créatures venaient de Karu ; peut-être avaient-elles le pouvoir de souffler son étincelle divine ! Et elle ne voulait pas mourir de cette manière horrible. Pas avec ce fils qui grandissait en elle. Pas après avoir trouvé l'amour avec Amanón. Aussi continuait-elle à courir avec les autres, indiquant régulièrement la position des plus proches ennemis, tout en laissant à Grigán et Zejabel le soin de choisir entre les différents tunnels qu'ils découvraient...

Le plus souvent, les héritiers se trouvaient contraints de prendre encore de l'altitude, s'éloignant toujours davantage du tunnel creusé par le sorcier. Mais cette montagne regorgeait de tellement de galeries que l'on comprenait mieux comment Saat avait réussi à la percer de part en part ! Peut-être cet étrange réseau s'étendait-il ainsi à travers toute la cordillère ? Cette image donnait des vertiges à la jeune femme. Cela paraissait invraisemblable, mais pas plus que cet improbable labyrinthe naturel ! La puissance de la foi des Etheques avait-elle modelé la surface du monde connu, également ?

Ces idées ne traversaient que brièvement l'esprit de la damoiselle, surtout préoccupée par la tâche dont elle était la seule à pouvoir s'acquitter. Par chance ou par réussite, ils n'avaient plus croisé la route d'un seul monstre, même si leurs grognements avaient plusieurs fois résonné à leurs oreilles. Ils n'avaient pas non plus subi de nouvelle perte chez leurs alliés, et l'espoir de revoir le jour commençait à revenir dans les cœurs...

Eryne n'avait qu'une notion imprécise du temps qu'ils avaient déjà passé dans cet endroit, mais cela faisait au moins un décan et demi qu'ils progressaient dans un calme relatif. À l'extérieur, la nuit était tombée depuis longtemps. Dans les grandes capitales des Hauts-Royaumes, les bourgeois sortaient des théâtres, s'attardaient dans des réceptions, ou songeaient simplement à prendre la direction de leur chambre à coucher... Cette vie, son *ancienne* vie de courtisane, lui semblait presque irréelle. Mais peut-être l'image n'était-elle plus qu'un souvenir pour tous, d'ailleurs ? Comment vivait-on vraiment à Lorelia, à Goran, à Kaul, en ce moment ? Entre les nouvelles de la guerre, la propagande de la Jurande et les frappes sournoises de la Légion Grise ? Sans parler de Sombre lui-même, qui se préparait à se révéler au monde comme le maître absolu et éternel… Et qui y parviendrait sans doute, si les héritiers échouaient à quitter l'enfer où ils s'étaient aventurés.

La plus grande crainte d'Eryne, désormais, était de voir la colonne acculée au bout d'un couloir. Et cette peur n'était pas seulement le produit de son angoisse : depuis un petit moment, il lui semblait que les déplacements des lémures suivaient un plan bien précis !

— J'ai l'impression qu'ils cherchent à nous pousser quelque part, finit-elle par avouer d'une voix blanche.

— J'avais la même idée, acquiesça Grigán. Ça fait trop longtemps qu'on n'en a pas vu.

— Je ne les imagine pas en train de s'organiser, réfuta Léti.

— Peut-être pas entre eux, acquiesça Amanón. Mais un éternel pourrait leur donner des consignes depuis l'autre bout du monde, si nécessaire. Après tout, il faudra bien les faire obéir pour suivre le plan d'attaque de Goran…

L'interprète n'avait pas cité le nom de Sombre, mais ce qu'il suggérait était suffisamment, et horriblement explicite.

— Ça ne tient pas, insista Léti. Pourquoi est-ce qu'il ne les enverrait pas à l'attaque, tout simplement ?

— Ils veulent peut-être nous coincer dans une impasse, hasarda Bowbaq.

— Ou alors, ils ont peur de l'épée, avança Niss.

Eryne adressa un signe de tête encourageant à Zejabel, mais Grigán devait étouffer ce faux espoir dans l'œuf.

— Ça m'étonnerait. Ils ne me donnent pas l'impression d'avoir peur de quoi que ce soit. Et s'ils lançaient une charge musclée contre nous, même l'épée ne pourrait pas nous sauver. Nous n'aurions pas le temps de les tuer un à un.

— Mais qu'est-ce qu'ils veulent, alors ? s'impatienta Cael.

La voix haineuse de l'adolescent fit frissonner la jeune femme. Elle le connaissait suffisamment bien pour remarquer les prémices d'une nouvelle crise de possession… Les autres en prirent également conscience, car ses parents le serrèrent de plus près encore, et même Niss alla se ranger non loin de lui.

— Peut-être rien, soupira Grigán. Peut-être que nous les avons vraiment distancés. Nous ne le saurons qu'au bout du chemin.

+ + +

Depuis qu'ils soupçonnaient un piège, les héritiers et leurs alliés wallattes avaient inconsciemment ralenti leur allure. C'était pourtant inutile, puisqu'il leur fallait achever cette traversée, de toute manière... Niss se sentait plutôt d'humeur à courir jusqu'au bout, ne serait-ce que pour en avoir le cœur net !

Elle constatait aussi que l'atmosphère des souterrains convenait de moins en moins à Cael. L'adolescent respirait bruyamment, claquait parfois du talon sans raison apparente, ou s'abandonnait à une dizaine d'autres manifestations de nervosité... La jeune fille aurait sans doute dû redouter une réaction brutale, mais elle ne pouvait craindre le garçon avec qui elle avait déjà échangé tant de baisers. Et elle devinait les efforts qu'il multipliait pour résister aux appels pressants de sa Voix. Il suffisait d'observer son visage crispé, l'expression d'embarras et de regret qui glissait parfois sur ses traits, pour comprendre que son démon ne l'emporterait pas si facilement ! Cael semblait même plus résistant qu'avant... C'était peut-être dû à son passage dans les jardins de Dara, ou bien aux retrouvailles avec ses parents, mais Niss se plaisait à croire que sa propre présence n'était pas étrangère à cette amélioration. Et, chaque fois qu'elle pouvait croiser le regard du Kaulien, elle lui adressait le plus affectueux des sourires. Même lorsque les yeux de l'adolescent semblaient habités de flammes.

Le plus étrange était que ces troubles aient mis si longtemps à se manifester. Ils marchaient sous la montagne depuis plus de deux décans, et Cael avait très bien supporté la première partie de leur voyage... alors que celle-ci avait pourtant été beaucoup plus oppressante ! Les cris, les courses répétées, les Wallattes disparus... Rien de tout cela n'avait fait perdre son contrôle à l'adolescent. Mais sans doute ne pouvait-il en supporter davantage, et que cette idée de foncer droit dans un piège avait bouleversé l'équilibre entre ses deux esprits...

Quand Eryne se figea soudain en portant la main à son front, Niss vit le Kaulien se raidir. Il suffirait qu'un lémure fasse une apparition pour précipiter la crise du malheureux ! La jeune fille se préparait déjà à courir, certaine que la Lorelienne allait annoncer une nouvelle alerte, mais il s'agissait de tout autre chose. Un événement auquel elle ne s'attendait pas le moins du monde !

– *J'ai trouvé la porte,* révéla la damoiselle. Je veux dire, le chemin pour y accéder !

Personne ne se méprit sur la déclaration ; il s'agissait bien sûr de la porte vers le Jal ! Eryne l'avait pareillement repérée quelques jours plus tôt, alors qu'ils remontaient des égouts de la Sainte-Cité vers les cavernes des Etheques... Mais était-ce possible ? Pouvaient-ils en être aussi près ?

– C'est bien la même ? vérifia Nolan.

La jeune femme acquiesça, replongeant les héritiers dans les affres de l'hésitation. Pour sa part, Niss avait déjà fait son choix. Elle préférait nettement refaire un petit détour par Dara, et quitter enfin ces souterrains grouillants de monstres ! Peut-être même que le groupe déciderait ensuite de rejoindre ses parents au Blanc-Pays...

– Est-ce que tu vois des lémures, sur ce chemin ? demanda Corenn.

Eryne ne prit qu'un instant de concentration avant de hocher la tête, en signe de négation.

– Je n'aime pas ça, prévint Grigán. Le hasard nous aurait conduits *justement* près de cette porte ? Alors que nous avons changé, je ne sais combien de fois de direction ?

– Ce n'est pas le hasard qui nous a menés ici, rappela Rey. Ce sont les démons.

– Je ne comprends pas, avoua Bowbaq. Pourquoi nous auraient-ils poussés jusqu'à une sortie ?

– Ils espèrent peut-être nous enfermer au Jal, avança Nolan. Ils doivent connaître des choses que nous ignorons.

Comme, par exemple, combien d'Éternels Gardiens sont encore en vie…

Cette réflexion vint bousculer les certitudes de Niss. C'était, effectivement, une théorie tout à fait acceptable ! Quelle meilleure prison pour les ennemis de Sombre que celle des jardins de Dara ? En piégeant l'Adversaire, le démon avait l'assurance de conserver son règne pour l'éternité !

– Si tous les Gardiens sont morts, nous ne pourrons simplement pas ouvrir de passage, rappela Amanón en haussant les épaules. Je ne crois pas à un piège de ce genre.

– À moins que Sombre n'ait prévu de tuer cet espèce d'aigle géant *juste après* notre départ, répliqua le duc.

– Oui… Je pourrais franchir la porte seul et vérifier auprès de Nol, proposa l'interprète. Si effectivement le rapace est le dernier en vie, je vous rejoindrai. Sombre n'interviendra pas tant que nous ne serons pas tous partis de l'autre côté.

– Et peut-être que le démon n'a aucune idée de ce qui se passe ici, après tout, renchérit Lana. Nous sommes toujours protégés par nos gweloms… Sombre ne peut nous trouver qu'à travers l'esprit de ses monstres. Rien ne prouve qu'il les écoute en ce moment même !

Comme pour répondre à sa remarque, Eryne sursauta et signala une véritable alerte, cette fois ! Les héritiers allongèrent de nouveau le pas ; ils avaient à peine ralenti pour échanger ces impressions, mais il leur semblait avoir perdu un temps précieux… Ils n'avaient guère le choix de leur direction, de toute manière, puisqu'ils remontaient alors une galerie aux murs lisses comme la peau !

Quelques décilles plus tard, les hurlements lointains des monstres commencèrent à se faire entendre. Ils étaient toujours aussi hystériques. Ils avaient pourtant parcouru bien plus de chemin que les mortels, puisqu'il leur avait fallu contourner tous les barrages… Ils auraient dû subir un peu des effets de la fatigue ! Mais peut-être trouvaient-ils une nouvelle énergie dans la reprise de cette chasse à l'homme, sans doute trop souvent interrompue à leur goût. À y réfléchir, Niss préférait presque penser que les lémures cherchaient à les pousser dans un piège. Car dans le cas contraire, cela signifiait qu'ils étaient bel et bien décidés à réduire leurs proies en charpie !

Tout en pressant le pas, et en prenant garde de ne pas trébucher, Niss gardait un œil sur le malheureux Cael. Sa souffrance morale atteignait des sommets, comme en témoignaient sa mâchoire crispée et les poings qu'il ouvrait et fermait au rythme de ses battements de cœur... Si seulement les héritiers avaient pu s'octroyer une petite pause, un moment de tranquillité, à l'écart de leurs ennemis ! Mais les événements les poussaient justement au contraire, et leur inquiétude croissait proportionnellement aux cris des lémures. Bientôt, il apparut qu'ils allaient se retrouver dans la même situation effroyable qu'au début de leur traversée : les mortels devaient absolument dépasser le prochain croisement avant que les monstres ne l'atteignent, ou ils se retrouveraient coincés !

Cela fut heureusement accompli quelques centaines de pas plus loin, et Eryne s'empressa de guider ses compagnons le long d'un nouveau couloir ascendant. Ce dernier ne semblait guère différent des dizaines qu'ils avaient déjà arpentés ; pourtant, Niss lui trouva un air vaguement familier... Son impression se confirma à la fourche suivante, qu'elle reconnut avec une quasi-certitude ! Ils étaient bien déjà passés par là, quelques jours plus tôt !

La grande différence était qu'une poignée de lémures les attendait alors en haut, en compagnie d'autant de sectateurs... tandis qu'en cet instant, c'était toute une armée de créatures qui courait sur leurs traces !

En se rappelant que la porte était située sur une corniche sans issue, Niss atteignit un nouveau stade de la peur. Si les héritiers échouaient à ouvrir un passage vers le Jal, il ne leur resterait plus qu'à sauter dans le vide ! Ou à se laisser mourir de faim et de soif, en supposant que les magiciens du groupe réussissent à provoquer un nouvel éboulement... Peut-être était-ce là le véritable piège tendu par les monstres. Ce plateau à flanc de montagne s'avérerait alors la seule impasse de cet immense labyrinthe souterrain.

Sans doute ses compagnons se faisaient-ils pareilles réflexions, mais ils n'avaient guère le choix… Les lémures se rapprochaient toujours davantage, ne laissant aucune chance aux mortels d'organiser leur défense ou d'envisager d'autre plan que la fuite en avant. Ainsi, ils couraient et couraient encore, bifurquant selon les indications d'Eryne, suivant un trajet qui était de plus en plus familier aux membres de la jeune génération… Et quelques milliers de pas derrière la colonne serrée des Wallattes, une horde de démons au pelage sombre galopait dans les ténèbres, en une masse haineuse dont les individus rivalisaient de violence et d'intimidation pour se maintenir dans les premiers rangs.

Niss commençait à croire qu'ils seraient rattrapés quand les héritiers se lancèrent enfin dans la dernière galerie ; celle qui se terminait par l'arche… Une nouvelle inquiétude vint alors torturer la jeune fille : la voûte allait ici en s'élevant toujours davantage, et Yan et Corenn auraient certainement toutes les peines du monde à la faire s'écrouler ! Il aurait été plus judicieux de provoquer l'éboulement au bas du couloir ; mais sans doute les magiciens ignoraient-ils s'être engagés dans l'ultime souterrain… Et revenir sur leurs pas, à travers la cohue des Wallattes, semblait aussi impossible à réaliser que suicidaire !

Avec un désespoir grandissant, Niss suivit donc ses compagnons jusqu'à l'extrémité du tunnel. Ils en déboulèrent hors d'haleine, les tempes battantes et les membres tremblants, aspirant l'air frais de la nuit à grandes goulées avides… Ith devait être à quelques milliers de pas sous la corniche ; aussi loin qu'à l'autre bout du monde ! La jeune fille ne pensait pas avoir le temps de se pencher au-dessus du vide, de toute façon. Les cris furieux des lémures accompagnaient l'arrivée des derniers Wallattes ; les monstres seraient là d'un instant à l'autre ! Corenn et Yan commençaient à se concentrer pour leur couper le passage, mais leur mine soucieuse ne présageait rien de bon…

Niss se retourna vers Eryne, déjà entourée de la plupart de leurs compagnons. La damoiselle gardait les yeux levés vers les étoiles, implorant sans doute l'Éternel Gardien de la porte de descendre vers eux... Elle affichait un tel découragement que la jeune fille en perdit ses derniers espoirs. Personne ne pourrait leur venir en aide. Et, quand Zejabel demanda soudain l'attention générale, ce pressentiment devint certitude.

La Züe se tenait en l'un des points les plus excentrés de la corniche. D'un mouvement lent de sa torche, elle révélait ce qui leur avait jusque-là échappé, masqué par les ténèbres.

La silhouette d'un gigantesque rapace. Le Gardien de la première porte des Etheques. Aussi mort que l'était sa magie.

✢ ✢ ✢

Quelque chose se brisa pour de bon en Cael. Il ne s'agissait pas seulement d'une nouvelle victoire de sa Voix contre son esprit, non : cela allait bien plus loin, cette fois. La situation de désespoir absolu dans laquelle l'adolescent se retrouvait, en compagnie de ses parents et amis, l'avait fait basculer dans des profondeurs encore jamais atteintes. Il eut le temps de penser que la prophétie d'Usul allait être vérifiée... Celui-qui-Sait avait promis qu'il finirait par se soumettre totalement à sa Voix. Ce fut sa dernière réflexion en tant que Cael, puis son démon prit possession de son corps.

L'énergie inépuisable tirée de Karu se déversa en lui tel un volcan en éruption. La colère bouillait dans ses veines en un feu éternel. Il se voyait soudain nanti d'une force décuplée, et qu'il savait pouvoir encore augmenter, à volonté... Sa perception était également amplifiée, dépassant des limites que les humains n'imaginaient même pas. Il pouvait ainsi sentir le sel de la peur sur chacun des mortels, entendre leurs respirations courtes, repérer le moindre de leurs battements de cil. En revanche, certains de leurs esprits lui étaient inaccessibles, à cause de ces maudites pierres de Dara ! D'un geste rude, il saisit son propre pendentif et l'arracha avec un grognement vengeur. Ce colifichet était inutile. L'univers entier avait conscience de son existence, tout comme lui-même avait désormais la révélation de son étendue véritable ! Il constatait soudain à quel point les mortels étaient ignorants ; et même plus qu'insignifiants. Ce qu'ils croyaient avoir découvert n'était qu'une infime partie de la réalité !

Les âmes de ses semblables, disséminés à travers le monde, brillaient dans son esprit comme autant d'étoiles dans la nuit. Il pouvait retrouver chacun d'eux d'une simple pensée. Beaucoup étaient proches. Ces créatures inférieures que Sombre avait arrachées à Karu, notamment. Mais il en était une autre, qui n'avait même pas achevé son évolution... Le démon avait déjà tenté de la combattre, ou plutôt de la tuer ; pourtant Celle-qui-Apaise ne lui inspirait désormais plus que du mépris. Elle ne possédait qu'une infime parcelle des connaissances auxquelles il venait d'avoir accès. Peut-être n'aurait-elle jamais l'occasion d'acquérir le reste...

Le démon Cael s'en souciait peu.

Son créateur l'attendait ; il l'appelait de toute sa force divine, depuis le palais où il s'était installé. En vérité, Sombre défiait *chacune* des créatures présentes sur cette corniche de venir l'affronter. Et l'adolescent possédé n'avait pas de plus grand désir ! La haine que lui inspirait Celui-qui-Vainc était de celles qui transpiraient par chaque parcelle de la peau. Elle ne pourrait connaître aucun apaisement, même dans la mort. Car il s'agissait d'une rivalité fratricide... Sombre avait voulu former le mortel à son image ; il n'avait que trop bien réussi ! Cael ne pouvait simplement supporter l'idée qu'un autre se présentât comme le plus redoutable des enfants de Karu, le plus conquérant, le plus puissant. *Il* était tout cela. Lui qui était enfermé dans le corps d'un mortel depuis si longtemps *était* Celui-qui-Vainc. Le contraire lui était inimaginable. Et il ne pouvait y avoir deux démons à prétendre à ce titre.

Quelques-uns des mortels parmi les plus proches s'aventurèrent à lui parler, et même à le toucher, mais il les repoussa comme on chasse un insecte. Enivré par la rage et par sa nouvelle compréhension de l'univers, il marcha droit vers l'arche et en contempla les symboles gravés. Deux cents pas plus bas, l'armée des lémures montait à l'assaut de la corniche. Cael les ignora totalement. Il n'avait rien à redouter d'eux ; même cinquante de ces monstres ne réussiraient pas à souffler son étincelle démoniaque. En revanche, assourdi par les défis répétés de Sombre, excédé par les provocations que son créateur lançait vers son esprit, il leva un bras impérieux vers la porte des Etheques...

Et la magie s'accomplit !

L'adolescent possédé ne put retenir un sourire méprisant, alors qu'il constatait la profonde surprise des mortels qui l'entouraient. Aucun ne s'était rappelé que le pouvoir des arches existait *bien avant* la mise en place des Gardiens par les Etheques. Ces derniers n'avaient ensuite invoqué ces créatures que pour empêcher les humains d'aller et venir inconsidérément entre leur monde et celui du Jal... Pour gagner Dara ou Karu, il fallait être accompagné d'un dieu ou avoir reçu son Toucher, *et* surmonter sa peur du Gardien. En tuant chacune de ces créatures, Sombre n'avait fait que concentrer l'accès au Jal sur une porte unique : la sienne.

Mais cela n'avait aucune influence sur le fait que les portes pouvaient *communiquer entre elles !*

Usant de cette magie oubliée, Cael avait donc ouvert le passage vers Lorelia, au cœur même du palais royal. L'immense et luxueuse salle qui abritait la dernière arche jamais élevée paraissait ainsi creusée dans le flanc de la montagne, formant une image étonnante... Les lieux semblaient déserts, mais l'adolescent savait que ses ennemis n'étaient pas loin. Ils avaient même déjà été prévenus de son arrivée.

Sombre attendait sans doute ce moment depuis longtemps. Il avait prévu que Cael ou Eryne finiraient par atteindre cette conscience suprême de l'univers, leur indiquant tout ce qu'ils ignoraient encore sur les portes. Et il savait qu'ils en profiteraient pour s'aventurer au cœur même de son repaire, donnant ainsi le signal de l'ultime défi... Voilà pourquoi le démon ne quittait plus cet endroit autrement que par des avatars. Il voulait que l'affrontement se déroule sur *son* terrain.

Le tout était de deviner quels pièges il avait bien pu préparer.

Peu importait, en vérité. Cael se sentait prêt à surmonter n'importe quelle épreuve. En son âme, il était Celui-qui-Vainc. Il ne lui restait qu'à en informer l'univers.

Il repéra la mortelle vêtue de rouge et tendit une main impérieuse dans sa direction. L'humaine fendit les rangs pour lui remettre l'épée de Saat, sans marquer d'hésitation. Sans doute avait-elle été convaincue par sa puissance.

Il n'avait besoin de rien d'autre. Avec une excitation grandissante, presque jubilatoire, il parcourut les cinq pas qui le séparaient de l'arche, puis franchit la porte.

Quelques mortels le suivirent. Beaucoup en fait ; peut-être tous. Une fois de l'autre côté, il ne prit pas la peine de vérifier, avant de refermer le passage.

+ + +

Les événements s'étaient succédé à une telle vitesse qu'Amanón en avait des vertiges. La fuite jusqu'à la corniche. La découverte du corps du Gardien, et le désespoir des héritiers. Les cris des lémures, trop proches. Puis l'étrange comportement de Cael, jusqu'à l'ouverture de la porte... et vers un endroit qui n'était même pas le Jal !

Le jeune homme n'avait pas eu le temps de réfléchir à ces prodiges. Il avait simplement frémi, en devinant la nature exacte de ce lieu. Et il avait tremblé plus encore, lorsque Zejabel avait remis l'épée de Saat à l'adolescent possédé ! Peut-être la Züe avait-elle agi de la meilleure façon ; peut-être que Cael se serait de toute façon emparé de l'arme ; et peut-être, encore, qu'il était judicieux de lui donner les meilleures chances de triompher de Sombre... Mais tout cela n'était qu'incertitudes ; et le doute, comme la précipitation, était le meilleur chemin pour courir à la défaite !

Quand Cael avait soudain franchi le passage, aussitôt suivi par ses parents, par Niss, par Bowbaq, Amanón avait connu une hésitation douloureuse. En s'avançant sous cette arche, les héritiers ne faisaient rien d'autre que plonger dans la gueule du loup ! Étaient-ils vraiment prêts à affronter leur ennemi prédestiné ? Le jeune homme ne le pensait pas ; mais ses compagnons continuaient à quitter la corniche, un à un, pour le palais des rois loreliens... La plupart des Wallattes, après avoir eu un mouvement de recul devant cette magie inconnue, n'hésitèrent pas non plus à suivre leur prince et échapper ainsi aux lémures ! L'interprète ne se résolut à faire le voyage que pour rester près d'Eryne, elle-même entraînée par ses propres parents. Et l'instant d'après, il se retrouva dans cette salle qu'il ne connaissait jusqu'alors qu'à travers ses fantasmes... Ou plutôt, ses cauchemars.

Le passage se referma juste dans son dos ; avant même de pouvoir examiner les lieux, Amanón fut pris d'une terrible angoisse ! Il lui semblait ne pas être le dernier à quitter la corniche ; certains d'entre eux venaient donc d'être abandonnés ! Fébrile, il tourna la tête de tous côtés, cherchant à repérer chacun de ses compagnons parmi la cinquantaine de Wallattes... Il n'eut pas le temps de dénombrer les héritiers. Des cris le poussèrent à se retourner vers *la douzaine de lémures* qui étaient parmi eux !

Quelques instants seulement après leur arrivée, les mortels furent ainsi précipités dans une bataille des plus violentes. L'interprète ne s'interrogeait pas sur la présence des monstres ; ces derniers avaient dû arriver là par le même chemin que leurs adversaires, en s'engageant par l'autre face de l'arche ! La surprise était mauvaise, mais elle aurait pu être pire encore, si des *centaines* de créatures s'étaient faufilées avant la fermeture du passage...

La menace était cependant bien assez grande pour faire redouter un carnage. Passée la surprise de ce changement d'environnement, les monstres avaient retrouvé toute leur sauvagerie animale, bondissant sur les humains en semant la panique ! Amanón lui-même esquiva une charge, donna un coup de sa lame courbe, mais le lémure avait déjà plongé vers un autre groupe de proies. L'esprit en feu, le jeune homme fit un tour rapide de la situation. Quelques combattants s'organisaient, encerclant l'un ou l'autre démon isolé pour le harceler de coups. C'était le cas de Reyan, de Bowbaq et de Keb, leur alliance parvenant à déjouer les assauts de leur adversaire ! D'autres avaient beaucoup moins de réussite, et leurs cris de souffrance et d'agonie surpassaient la clameur de la bataille... Amanón aperçut son propre père qui accourait ainsi au secours d'un Wallatte renversé par un lémure. Grigán frappa le monstre d'un mouvement magistral, qui échoua malheureusement à lui trancher la tête, mais qui était bien assez déstabilisant pour permettre à l'insoumis de se relever et ramasser son arme ! Et le vétéran courait déjà vers un autre duel, avec une énergie surprenante pour son âge...

Le jeune homme connut ensuite un bref soulagement en constatant qu'Eryne, Corenn, Lana et Niss avaient eu la prudence de se mettre à l'écart des combats. Il s'empressa de rejoindre Zejabel et Nolan, qui faisaient barrage avec une poignée de Wallattes devant les membres les plus vulnérables de leur groupe... Un lémure le suivit dans cette direction, et la ligne de défense improvisée se replia sur le monstre pour le matraquer d'acier jusqu'à le mettre enfin hors de combat !

Cela prit beaucoup plus de temps qu'Amanón n'aurait souhaité ; et quand il put enfin tourner le regard dans une autre direction, il redouta de découvrir des drames... Effectivement, plusieurs corps jonchaient déjà le marbre de l'immense salle. Mais on ne comptait pas là que des insoumis. Sept ou huit lémures reposaient également face contre le sol !

Avec un sentiment mêlé d'effroi et d'admiration, le jeune homme observa le redoutable trio à l'origine de ces victoires. Cael marchait en tête, évidemment. Il allait d'un monstre à l'autre, une expression triomphante sur le visage, et abattait ses victimes d'une seule frappe brutale de l'épée de Saat ! Peut-être usait-il en même temps de la magie de l'arme, mais la puissance démoniaque de l'adolescent semblait alors si grande qu'un recours à l'enchantement du sorcier paraissait superflu. Et, progressant à ses côtés, Yan et Léti s'efforçaient de dévier les attaques en traître lancées sur leur fils... Sans doute était-ce là précaution tout à fait inutile, mais ces parents protecteurs ne voyaient sûrement rien de mieux à faire !

Il ne resta bientôt plus qu'un seul monstre, dont Keb, Bowbaq et Rey s'écartèrent pour laisser à Cael le soin de l'achever. Alors seulement, Amanón prit le temps de souffler, d'examiner les lieux, de contempler l'arche qui s'élevait jusqu'au plafond… Il s'étonna également de toutes ces lampes suspendues le long des murs, allumées comme si l'arrivée des héritiers et des Wallattes était prévue ! Cette idée le couvrit aussitôt d'une sueur glacée… Mais ce n'était rien encore à côté de l'angoisse qui l'envahit, lorsqu'il suivit la direction indiquée par le bras vengeur de Cael !

Dans l'un des balcons surplombant la scène se trouvaient quatre spectateurs.

Un vieillard au visage de dément, porteur du bandeau noir des K'luriens. Il devait être un haut personnage de la Jurande, ou peut-être même le chef de cette alliance des sectes démonistes.

Une aristocrate lorelienne, que l'interprète identifia aussitôt comme la reine Agénor. Elle affichait un sourire entre sadisme et exultation, à faire se dresser les cheveux sur la tête.

Une Züe, grande de taille et d'épaules, et que les héritiers avaient déjà rencontrée sur l'île de Celle-qui-Juge. Elle était la Kahati remplaçant Zejabel. Ou plutôt, elle avait été. Car son corps était depuis devenu celui de Zuïa.

Un jeune homme enfin, d'une beauté saisissante. Il ne portait que des vêtements aussi noirs que son regard. Amanón ne put soutenir celui-ci plus d'un instant. Il se souvenait des témoignages de l'ancienne génération, et les descriptions des vétérans correspondaient parfaitement… Cet inconnu, c'était Sombre en personne !

Soudain, un hurlement de défi monta de la gorge de Cael, si impressionnant que ses compagnons et la plupart des Wallattes firent un pas en arrière. L'interprète s'attendait presque à voir son cousin bondir jusqu'au balcon, mais même son corps possédé en était incapable ! Puis l'adolescent se raidit, reportant son attention sur la double porte qui constituait le seul accès à cette salle…

Elle s'ouvrit soudain à la volée.

L'instant d'après, quelques dizaines d'hommes investissaient les lieux. Beaucoup étaient des sectateurs affichant les symboles de leurs ordres respectifs, mais une partie avait simplement l'allure guerrière des gens d'armes. Des membres de la Légion Grise, à n'en pas douter.

Les uns comme les autres portaient des arcs ou des arbalètes. Et ils n'attendirent aucun signal de leurs chefs pour commencer à tirer.

+ + +

Nolan plongea au sol dès que les premiers traits furent lâchés. Tout près de lui, son père, Keb et Bowbaq avaient eu d'aussi bons réflexes. En revanche, plusieurs Wallattes furent fauchés par la salve, et le spectacle de ces silhouettes s'écroulant sans même avoir pu se défendre était d'une insupportable frustration…

Le Maz se sentait près de perdre la raison ; depuis qu'ils avaient quitté la corniche pour cette salle, il avait reconnu la scène de sa vision ! C'était bien *là* que les héritiers allaient connaître leur grande détresse ! Dans cette pièce où il avait lui-même participé à plusieurs réceptions mondaines… Il haïssait les Ondines, pour ne pas lui avoir laissé l'occasion de retenir au moins ce détail. Et déjà, les cadavres s'empilaient autour de la porte, préparant le décor pour ce moment tragique qui allait forcément advenir cette nuit…

Une seule question torturait l'esprit du jeune homme. *Qui* parmi ses compagnons avait été touché par les flèches ; qui avait déjà péri ! Il prit le risque de relever la tête, et put ainsi repérer Amanón et Grigán, indemnes, à quelques pas de lui… Mais il y avait bien plus marquant. Tous les héritiers et les insoumis s'étaient plus ou moins bien abrités, généralement derrière un corps sans vie… Tous, sauf Cael !

L'adolescent connaissait une nouvelle crise de possession ; ça n'était un secret pour personne. Nolan avait été ébahi, comme chacun, quand leur compagnon avait ouvert un passage vers le palais d'Agénor… Il avait ressenti du soulagement, en constatant que le Kaulien n'utilisait l'épée de Saat que contre leurs ennemis... Et il avait désormais l'impression d'assister à un nouveau miracle. Cael marchait droit vers les lignes des sectateurs, sans même tenter de se protéger ! Et pour cause : les projectiles dont il était devenu la cible principale semblaient se heurter à lui comme à un mur de pierre, en se brisant, la plupart du temps !

L'adolescent ne restait pas inactif pour autant, et il pointait régulièrement son épée vers l'un ou l'autre des sectateurs ou des légionnaires, qui s'écroulait aussitôt, les mains crispées sur le cœur. Son invulnérabilité apparente et ses malédictions eurent tôt fait de souffler un vent de panique dans les rangs des archers ! Certains se débarrassèrent carrément de leurs armes, les rejetant comme s'il s'agissait de poison... Mais ils les reprirent bien vite quand deux de ces déserteurs furent punis par leur chef d'un bon coup de poignard dans le dos. Nolan eut du mal à en croire ses yeux, quand il reconnut le prince Alcide de Bénélia ! Ainsi, lui aussi participait au plan de conquête établi par Sombre et Agénor... et sa mission actuelle était d'abattre les héritiers comme des chiens, en les clouant sur le sol du palais, sous les regards réjouis de ses complices !

Nolan était mal placé pour juger de l'ambiance réelle au balcon, mais la diversion créée par Cael lui permit de relever davantage la tête, et de chercher les survivants parmi ses compagnons... Après quelques instants vibrants d'angoisse, il ne put qu'adresser une prière de remerciement à Eurydis. Tous les héritiers avaient, pour l'instant, survécu aux flèches et aux carreaux d'arbalète !

Certains commençaient même à travailler à une contre-attaque. Grigán et Amanón, par exemple, soulevaient devant eux les corps de deux malheureux insoumis pour les utiliser comme des boucliers humains. Et ils commencèrent à progresser derrière Cael, bientôt imités par quelques-uns des plus courageux Wallattes... Puis, des arcs commencèrent à claquer dans les mains de leurs propriétaires, leur fouettant le visage, parfois au prix d'un œil ! Nolan reconnut là l'influence magique de Yan et Corenn. Il cherchait de quelle manière il pourrait lui-même se rendre utile, quand Keb attira son attention d'un petit sifflement.

– Tu connais ce palais, hein ? pressa le Wallatte. Tu sais comment grimper là-haut ?

Il désignait bien sûr le balcon abritant leurs ennemis... Ce qu'il suggérait donna la chair de poule à Nolan. Partir à l'assaut de Zuïa et de Sombre réunis, rien que ça ! Mais à l'instant suivant, le Maz prit conscience d'un autre aspect du projet. S'il acceptait de guider Kebree, il quitterait effectivement le décor de sa vision pessimiste.

– On ne peut pas passer, fit-il néanmoins remarquer, en désignant la porte.

Le barbare lui adressa un signe de tête entendu, puis bondit sur ses pieds avec la souplesse d'un chat. Il n'eut qu'à faire parcourir à sa lowa un large cercle au-dessus de sa tête pour que la trentaine d'insoumis encore allongés ne se redressent soudain ! Sans vraiment réfléchir, Nolan se leva également et courut à l'assaut de leurs ennemis à la suite du prince et de ses guerriers ! La peur lui tordait les entrailles et enflammait son esprit ; il s'imaginait déjà frappé d'un trait meurtrier, fauché en pleine charge...

Rien de tout cela n'arriva. Surpris par la contre-attaque, ébranlés par les malédictions qui les frappaient, les hommes d'Alcide n'eurent pas même le temps de bander leurs armes avant que les barbares ne fondent sur eux avec l'énergie du désespoir. Ceux du premier rang furent massacrés sans avoir pu tirer une épée, et les autres furent dispersés à grands coups de lowa, avant que le véritable combat ne commence enfin...

Nolan était resté dans le dos de Keb, qui traversait la cohue dans un orage de sang et de crânes brisés. Le barbare réalisait là un véritable exploit ! Emporté dans le sillage de sa fougue meurtrière, le Maz prit bientôt conscience d'être passé *derrière* leurs ennemis. Trois pas plus loin, ils se retrouvèrent dans un couloir.

– Par où ? pressa Kebree, haletant.

Le jeune homme indiqua la direction d'un geste presque timide, mais il ne laissa pas le barbare le distancer, alors que ce dernier partait au galop !

Après une vingtaine de pas seulement, il regretta sa décision. Ils auraient dû rester avec Zejabel, avec ses parents, avec leurs amis. Puisqu'ils semblaient condamnés, mieux valait mourir tous ensemble.

+ + +

Ils se battaient à un contre deux, ou même trois, mais les héritiers et les insoumis avaient pour eux l'énergie du désespoir ; cette rage de vivre que l'on ne trouve que dans les moments les plus noirs, et qui fait parfois basculer le cours des choses... Amanón n'osait pas encore se réjouir, mais c'était bien ce genre de miracle qui semblait se produire.

Après la charge inattendue de Keb et de ses hommes, après le choc violent entre les deux camps, ils avaient basculé dans la plus complète des confusions. L'interprète ne repérait même plus la haute silhouette du prince wallatte ; en vérité, leurs ennemis ne lui laissaient pas vraiment le temps de promener son regard sur les environs ! Les légionnaires et les sectateurs s'étaient bien vite remis de la surprise, tirant épées et poignards pour refouler les barbares qu'ils avaient pour mission d'exterminer... Dominés par le nombre, les héritiers et leurs alliés avaient été forcés de rendre du terrain, s'éloignant toujours davantage de l'unique sortie du piège... Puis, les forces avaient commencé à s'équilibrer.

Cael y était bien sûr pour beaucoup. L'adolescent possédé fauchait parfois *deux* ennemis en une seule frappe de son épée, quand il ne lançait pas ses doigts poisseux de sang vers des yeux ou des gorges découvertes ! Certains de ses adversaires choisissaient de s'enfuir, mais ils se figeaient inévitablement après quelques pas avant de s'écrouler comme des marionnettes sans fil. Le démon qui contrôlait son jeune cousin avait décidé qu'aucun des serviteurs de Sombre ne devait sortir vivant de cette salle ! Le marbre se couvrait ainsi de cadavres de plus en plus nombreux à chaque décille.

Le fils de Yan n'était pas le seul à accomplir des exploits. Bowbaq, Reyan, Léti, Zejabel et Grigán, en plus d'Amanón lui-même, rivalisaient d'adresse et de réussite avec leurs armes respectives ! Après avoir affronté les lémures, ces duels contre des adversaires bien mortels semblaient beaucoup plus faciles. Ce n'était pourtant qu'une apparence, car Sombre et Agénor avaient dû choisir parmi leurs meilleurs serviteurs pour constituer ce bataillon d'assassins... Les héritiers se couvraient les uns les autres, mais ils ne purent échapper à une série de blessures ou contusions, plus ou moins sévères et étendues. L'interprète lui-même souffrait d'une sérieuse estafilade sur le torse, qui lui arrachait une grimace à chacun de ses mouvements brusques... C'est à dire, en permanence, dans le feu de la bataille.

Heureusement, dans les moments les plus dangereux, ils pouvaient compter sur l'intervention de Yan et Corenn. Les magiciens faisaient preuve d'une ingéniosité sans pareille, pour utiliser leurs pouvoirs à l'avantage de leurs compagnons ! Ainsi, un fanatique pouvait soudain lâcher son arme avec un cri de douleur, alors que son acier se trouvait mystérieusement chauffé à blanc. L'insoumis le plus proche ne laissait pas passer une si belle occasion de diminuer la troupe ennemie... Ou alors, un légionnaire s'écroulait purement et simplement, plongé dans un sommeil si profond que même les bruits de la bataille ne pouvaient le réveiller. En général, une lowa venait vite donner à cette sieste un caractère définitif !

Dans ses rares instants de répit, Amanón se tournait vers Eryne, vérifiant qu'elle n'était pas en danger. La jeune femme se maintenait heureusement à l'écart des combats, en compagnie de Niss, Lana, Corenn et Yan. Ces deux derniers représentaient une excellente ligne de défense ; quiconque s'en approchait se trouvait soudain vidé de son énergie et plongé dans l'inconscience ! Son amante ainsi protégée, l'interprète pouvait se consacrer tout entier à ses duels, qu'il remportait avec une maîtrise qui l'étonnait parfois lui-même. Le moral des assassins tombait de plus en plus bas ; ils semblaient désormais davantage se défendre que vraiment se battre !

Quand il n'en resta plus qu'une vingtaine, c'est à dire moins que les héritiers et les Wallattes survivants, le jeune homme se permit enfin de croire à la victoire. Les légionnaires devaient se savoir condamnés, mais tous ceux qui couraient vers la sortie étaient frappés par une malédiction de l'épée de Saat... Il ne leur restait qu'à ferrailler pour gagner du temps, en espérant que leurs maîtres enverraient les renforts dont ils avaient si grand besoin.

Cela ne devait pas arriver. Amanón lui-même se retrouva devant le chef de l'escouade d'assassins, en qui il pensait reconnaître le prince Alcide, aperçu lors d'un séjour à Bénélia. Le haut dignitaire ne masquait pas son angoisse, et il ne se battait qu'en lançant des œillades répétées, et même suppliantes, en direction du balcon... L'interprète ne commit pas l'erreur de se laisser distraire. Il attaqua son ennemi avec toute la détermination possible, le forçant à reculer sous l'assaut ! Alcide répliqua ensuite avec une habileté inattendue, mais le feu de la rébellion brûlait désormais trop fort dans l'esprit d'Amanón. *Ces hommes avaient cru massacrer les héritiers sans leur laisser la moindre chance.* L'interprète n'entendait pas montrer davantage de clémence.

Après quelques passes d'armes, il entrevit une faille dans la défense du prince désespéré. Il n'hésita pas à y lancer son bras, et surtout la lame courbe qui prolongeait le mouvement... Alcide eut un hoquet vaguement écœurant, quand l'acier vint se loger entre les côtes de sa cage thoracique. Un filet de sang coula d'entre ses lèvres, puis il s'affaissa sur le côté, avec un dernier regard d'incompréhension en direction du balcon.

Les trois derniers assassins rejoignirent leur chef dans la mort à peine quelques instants plus tard. Reprenant son souffle, Amanón contempla la salle jonchée d'une centaine de cadavres, et ses compagnons, blessés pour la plupart. Il eut un pincement au cœur en échouant à repérer Keb et Nolan, mais il n'eut pas le temps de chercher parmi les corps, ni de se renseigner auprès de la quinzaine de Wallattes survivants. Des applaudissements sans chaleur descendaient du nid de leurs ennemis, attirant l'attention générale !

— Vous n'avez pas fait mentir votre légende, commentait aigrement la reine Agénor. Mais la suite ne sera pas aussi facile !

Un objet siffla soudain aux oreilles d'Amanón ; Rey venait de lancer quelque chose en direction de la douairière ! L'interprète crut ensuite que ses yeux lui mentaient ; le temps d'un battement de cil, Sombre s'était déplacé de trois pas ! Le démon arrêta le poignard du duc d'une seule main tendue en bouclier, parvenant même à empoigner l'arme avant qu'elle ne retombe... Agénor pâlit tout de même un peu sous le choc.

— Je reconnais bien là votre bassesse, de Kercyan, commenta-t-elle ensuite.

Elle allait poursuivre, mais un horrible grincement de pierre torturée la coupa dans son élan... Puis, elle n'eut que le temps de faire un bond en arrière, avec ses complices, avant que le balcon ne se brise soudain pour s'effondrer en d'énormes gravats ! Le bruit fut assourdissant, mais de courte durée. Amanón glissa un œil vers le visage contrarié de Yan... Le Kaulien et sa magie avaient failli réussir un beau coup ! Malheureusement, leurs ennemis étaient toujours hors de portée, à l'abri dans ce qui n'était plus désormais qu'une niche dans la paroi.

— Qu'attends-tu ? Viens m'affronter ! se mit soudain à hurler Cael.

L'adolescent, ou plutôt son démon, était à bout de patience. Toutes les flèches dont il avait encaissé la frappe, tous les coups qu'il avait reçus, n'avaient laissé sur sa peau que de fines griffures qui semblaient s'estomper d'elles-mêmes. Et son visage était si déformé par la haine qu'Amanón en avait du mal à reconnaître son cousin... En supposant que, par miracle, les héritiers parvinssent à sortir vivants de ce palais, Niss serait-elle capable de ramener le Kaulien à la raison ? Rien n'était moins sûr !

Sombre ne répondit pas au défi lancé. Du moins, pas de la manière que Cael espérait. Le démon se contenta de fermer les yeux un bref instant, puis de désigner le centre de la salle, pourtant inoccupé...

Ce ne fut plus le cas, à l'instant suivant. Une horrible créature se matérialisa sous les regards impuissants des mortels. Elle fut suivie d'une autre, puis d'une troisième... Finalement, cinq monstres plus effrayants les uns que les autres se dressèrent entre les héritiers, les Wallattes et la sortie. Cinq démons qui ne pouvaient être que les alliés forcés de Sombre !

Désemparé, Amanón se tourna une dernière fois vers ce qui restait du balcon. Celui-qui-Vainc n'y était plus. Et Zuïa elle-même devait passer à l'action, en plongeant de manière leste dans ce qui ressemblait de plus en plus à une arène... ou un abattoir.

✣ ✣ ✣

Les clameurs des combats avaient suivi Keb et Nolan pendant un moment, puis ils n'avaient plus rien entendu. Le Maz se demandait évidemment si cela était dû à leur éloignement, ou à la fin de la bataille ! Dans ce cas, celle-ci aurait été bien rapide, et s'était sans doute achevée sur la défaite des héritiers... Le jeune homme se reprochait toujours ce qu'il considérait comme une lâcheté. Pourquoi avoir accepté de mener le Wallatte jusqu'aux chefs de leurs ennemis, alors qu'un danger beaucoup plus immédiat menaçait son amante, ses parents, sa sœur, et tous leurs compagnons !

Un moment, il avait cru pouvoir revenir sur ses pas une fois Keb lancé dans la bonne direction... mais l'architecture particulière de cette aile du palais les avait contraints à suivre un trajet beaucoup plus long que prévu. L'agencement des couloirs et des escaliers avait été modifié, sans doute pour protéger le secret de l'arche ! Ainsi, alors qu'il était presque certain de pouvoir guider le prince barbare, Nolan avait hésité devant l'une ou l'autre porte, puis reculé quand il pensait s'être égaré, à plusieurs reprises... Keb n'avait encore formulé aucun reproche, mais ses râles impatients étaient tout aussi éloquents !

Au moins, ils avaient pu traverser ces nombreuses pièces et galeries abandonnées sans rencontrer le moindre garde. Agénor avait dû lancer contre ses ennemis tous les hommes disponibles dans le palais, et ça en faisait déjà beaucoup, considérant que la nuit était tombée depuis longtemps sur Lorelia ! Les membres de la Légion Grise et les adorateurs des démons avaient donc remplacé les soldats officiels auprès de la souveraine… Voilà qui en disait long sur le futur règne de Sombre. Le monde serait livré au chaos ; et les mortels, dirigés par des fanatiques doublés de conspirateurs !

L'esprit de Nolan voguait ainsi entre remords, angoisse et pessimisme, quand le Maz s'arrêta soudain devant un grand mur d'apparence commune. Cela faisait trois fois qu'ils passaient devant, et si le prêtre les avait si souvent ramenés là, c'était bien parce qu'il estimait l'accès au balcon tout proche ! Fébrile, il commença à sonder la paroi en la frappant de sa canne-épée, sans grand espoir, cependant… Lorsqu'un vacarme effroyable le fit soudain tressaillir ! Keb s'était pareillement raidi, tous les sens en alerte, mais aucune autre manifestation mystérieuse ne vint troubler le calme des couloirs.

D'un regard entendu, les deux hommes se déplacèrent jusqu'au point qu'ils jugeaient le plus rapproché de l'origine du fracas. Et, après quelques instants seulement, Nolan trouva un pan de mur dont la résonance était beaucoup plus prononcée qu'ailleurs ! Le Maz se mit aussitôt à la recherche d'un mécanisme d'ouverture, astuce quelconque devant permettre l'accès à un probable passage secret… La démarche sembla beaucoup trop longue au barbare, qui flanqua simplement un grand coup de sa lowa dans la paroi, sans même avertir son compagnon !

Nolan sursauta violemment, et sa tension ne diminua pas, alors que Keb poursuivait son travail de destruction à grands coups d'acier. D'un instant à l'autre, ils allaient pouvoir vérifier si des gardes traînaient ou non dans les galeries ! La brutalité du prince wallatte fut au moins couronnée de succès, puisqu'un couloir étroit se trouvait effectivement derrière la planche que le barbare réduisait en miettes... Après une décille de ces efforts, Keb était en nage, les cheveux collés par la sueur. Il se glissa difficilement à travers la percée aux bords déchiquetés, lâchant un juron quand sa chemise s'accrocha au bois... D'un geste rageur, il arracha l'étoffe pour de bon et finit de s'en débarrasser, tandis que le Maz le suivait dans ce passage.

Le cœur de Nolan battait à tout rompre. Ceux qui étaient au bout de ce couloir les avaient forcément entendus. Ils devaient préparer leur défense, peut-être tendre un nouveau piège... Et lui se contentait de marcher sur les traces du barbare au torse nu, dans les ténèbres, pour combler le tout !

Ils allaient beaucoup trop vite. Ils auraient dû guetter leurs ennemis à la sortie du passage secret, ou au moins s'équiper d'une des lampes des galeries, avant de foncer en aveugles... Peut-être allaient-ils tout droit vers une trappe hérissée de pieux, ou n'importe quel autre cadeau laissé par Agénor à ceux qui avaient l'audace de pénétrer ces lieux sacrés !

Le jeune homme tressaillit donc, quand la main qu'il promenait contre le mur sembla soudain s'enfoncer dans le vide. Il put cependant retenir son cri de surprise, et connut un bref soulagement en constatant qu'il s'agissait seulement d'un embranchement... Ainsi, ce couloir n'était pas unique ; peut-être y avait-il tout un réseau de ces chemins dérobés dans le palais !

Sa pensée suivante fut de redouter la fuite de tous leurs ennemis par une autre route. Puis, en se rappelant le regard noir du démon, la haute stature du nouveau corps de Zuïa, il se prit à l'espérer...

Après une progression aussi lente qu'angoissante, pendant laquelle ils découvrirent deux nouvelles coursives étroites, Keb fit s'arrêter son compagnon, d'un bras posé sur sa poitrine. Le Maz connut aussitôt un regain de frayeur, se demandant quel drame imminent se préparait ! Puis, contraint au silence et à l'immobilité, il commença à entendre des clameurs lointaines... Quelques hurlements étouffés par la distance, ou les cloisons… Nolan choisit d'y trouver de l'espoir ; cela signifiait que la bataille n'était pas terminée, que ses familles et amis n'étaient peut-être pas tous exterminés !

L'instant d'après, alors que le barbare fléchissait les genoux pour une approche plus furtive encore, le Maz repéra à son tour le rai de lumière vers lequel ils se dirigeaient. Sans pouvoir le justifier, il acquit la certitude qu'il s'agissait du fameux balcon. Les ennemis mortels des héritiers étaient là, derrière cette dernière cloison, à quelques pas seulement…

Et Kebree en ouvrit la porte à la volée !

Le prince courut aussitôt dans cette pièce qui se révélait une antichambre capitonnée, en hurlant un cri de guerre purement wallatte ! Ébloui par cette soudaine clarté jetée dans ses pupilles, Nolan ne vit qu'une partie de la scène… Mais il lui sembla qu'une silhouette se jetait sur le dos du barbare ! Comme touché par la foudre, Nolan bondit à son tour, lame en avant… Son épée s'enfonça dans des chairs, de manière écœurante. Le Maz reconnut alors le vieillard qui siégeait à côté d'Agénor, et qui pouvait être le chef de la Jurande… Ce n'était plus désormais qu'un homme à genoux, paralysé par l'acier planté dans son dos, et qui tordait son visage en une effroyable grimace d'agonie. Keb ramassa le poignard que l'assassin lui destinait, et le ficha violemment dans sa gorge !

Avec un dernier spasme, le misérable s'écroula, répandant une mare de sang dans l'antichambre au décor de velours et d'or… Nolan surmonta sa nausée et dégagea sa canne-épée pour suivre Kebree vers le balcon. La mort de ce vieillard lui procurait une cruelle, mais bienvenue consolation. Ils auraient au moins entraîné un de leurs ennemis avec eux.

Ni Sombre, ni Zuïa ne devaient leur tomber dessus, pourtant. Les deux jeunes hommes eurent la surprise de trouver Agénor seule, au bord d'un balcon dont il manquait les trois quarts ! Le fils des de Kercyan reconnut à peine la sœur de l'ancien roi Bondrian. Il se souvenait d'une veuve richissime et pincée, et il faisait alors face à une véritable figure de sorcière, porteuse de bijoux d'inspiration démoniaque… Elle soutenait également une lourde épée traditionnelle de la noblesse lorelienne, mais le Maz doutait qu'elle puisse faire autre chose que l'agiter devant eux. C'était à peine si elle parvenait à la maintenir en l'air.

— Vous n'oseriez pas vous en prendre à une reine, lança-t-elle, puante de mépris.

— Je vais me gêner, répliqua Keb d'une voix rude.

D'un simple mouvement de poignet, il frappa de sa lowa le plat de l'épée, désarmant Agénor pour le coup. La douairière perdit alors de son assurance, d'autant plus que ce barbare couvert de sueur et aux yeux mauvais continuait d'avancer vers elle !

— Mon fils vous fera payer tout le mal que vous me ferez ! lança-t-elle comme ultime menace.

Sans doute ne pouvait-elle accepter la réalité ; elle ne connut la véritable peur qu'au moment où la lowa se dressa au-dessus de son visage… Nolan détourna le regard, à l'instant où l'acier grossier alla exploser le crâne couvert de taches de vieillesse. Puis Keb dégagea son arme d'un mouvement brutal, laissant la dépouille de la reine la plus riche du monde se vider de son sang et de ses humeurs.

— Pour ma mère, grommela le barbare en rejoignant le Maz.

Tous deux purent alors gagner le bord du balcon. Ce qu'ils découvrirent, dans l'immense salle qu'ils surplombaient, les emplit à la fois de soulagement et d'effroi…

La satisfaction, de voir que leurs compagnons étaient toujours debout.

Mais la terreur, de constater que cela ne durerait probablement plus très longtemps.

Après avoir échangé un unique regard, ils accomplirent la seule chose qu'il leur restait à faire. Il n'eurent qu'à déchirer une tenture pour la laisser pendre dans le vide, à quatre pas du sol…

Ainsi, ils purent rejoindre les mortels menacés par de véritables démons.

+ + +

Comme eux tous, Zejabel ressentait la fatigue de leur marche interminable dans les souterrains de la montagne, et des nombreux combats qu'ils avaient déjà livrés... Mais quand Zuïa avait sauté depuis son nid d'aigle jusque dans la salle, l'ancienne Kahati s'était soudain sentie pousser des ailes vengeresses. Cela faisait bien trop longtemps que Celle-qui-Juge hantait ses jours comme ses nuits. Depuis toujours, en fait ! Et la jeune femme venait de décider qu'il était temps d'y mettre un terme, de manière incontestable et définitive... Aussi, sans même se soucier des monstres que Sombre avait invoqué pour exterminer les héritiers à sa place, elle marcha droit sur son ancienne maîtresse, le feu aux tempes.

Le démon assassin semblait dans le même état d'esprit. Rien qu'à son regard injecté de sang, Zejabel devinait qu'elle tentait, à l'instant même, de trouver et de broyer son esprit ! Mais la Züe portait toujours son gwelom, et aucune attaque de ce genre ne pouvait l'atteindre. Leur haine réciproque ne s'exprimerait que par les armes... Alors qu'elles n'étaient plus qu'à quelques pas l'une de l'autre, l'ancienne Kahati frotta les lames de ses deux poignards sur ses cuisses, se préparant déjà à l'assaut qu'elle savait devoir repousser. Elle ne s'était pas trompée. À l'instant suivant, Zuïa pivotait sur elle-même et projetait sa lance à la vitesse de l'éclair, ne la retenant que par son extrémité !

N'importe qui se serait fait avoir par cette botte, mais la Züe avait elle-même appris à l'utiliser. Elle esquiva avec une grâce toute féline le pieu qui aurait dû l'embrocher, puis se redressa pour tenter de s'emparer de l'arme ! Malheureusement Celle-qui-Juge l'avait déjà ramenée à elle, entamant dans la foulée une jonglerie provocatrice... Zejabel concentra son attention sur le visage ricanant de son ennemie. Quelques lunes plus tôt, la fille qui habitait ce corps portait le nom de Zhira. Elle était sa plus sérieuse rivale au titre de Kahati. Meilleure à la lutte, à l'endurance... Zejabel n'avait décroché ce qu'elle considérait alors comme l'honneur suprême que pour ses facilités avec l'Esthesia. Cette nuit, elle devait se surpasser !

— Tu ne me tueras pas, promit-elle, mâchoires serrées. Je connais chacun de tes coups. Je les ai étudiés au moins aussi souvent que toi.

— Mais tu n'es pas une déesse, répliqua la perfide. Tu m'es inférieure en tout !

— Tu n'as aucun pouvoir, réfuta Zejabel. Tu n'es qu'un démon dans le corps d'une mortelle, et tu peux saigner !

Elle accompagna la tirade d'une feinte vers l'avant, que Zuïa réussit à esquiver, malgré sa surprise ! Les deux femmes recommencèrent à se faire face, tournant l'une autour de l'autre, tendues comme des serpents. Toutes deux n'attendaient qu'une petite faille, une attaque portée juste un peu trop maladroitement, pour mettre un terme au combat. Elles connaissaient chacun des points cruciaux du corps humains. Elles savaient où frapper, et sous quel angle, pour amener un adversaire de vie à trépas. Il n'y aurait pas de blessures légères, dans leur affrontement... La première à commettre une erreur le paierait de sa vie. Et sans forcément perdre une énorme quantité de sang.

La lance de Zuïa pouvait lui donner l'avantage, tout comme précipiter sa défaite, si Zejabel parvenait à poser ne serait-ce qu'une main dessus... Voilà pourquoi Celle-qui-Juge économisait ses assauts, préférant laisser son ancienne élève venir à elle ! La jeune femme ne demandait pas mieux, mais les risques de se retrouver embrochée étaient très élevés. En cet instant, pour la première fois, elle regretta d'avoir confié l'épée de Saat à Cael. Alors que cela lui avait paru d'une évidence indiscutable, sur la corniche ! Possédé ou pas, l'adolescent était celui qui leur avait permis d'échapper aux lémures, et également le premier des héritiers à réclamer l'arme ! Une arme enchantée qui faisait désormais cruellement défaut à la Züe... Rien n'affirmait que le pouvoir de l'épée aurait fonctionné sur Zuïa, mais Zejabel aurait donné beaucoup pour avoir l'occasion d'essayer.

Faute de meilleure solution, elle lança quelques attaques sans danger pour elle, avec le maigre espoir de voir soudain le démon se découvrir. Peine perdue. Le corps de Zhira répondait avec des réflexes parfaitement aiguisés, et sa maîtrise de l'espace était sans défaut... La jeune femme n'était pas pour autant prête à renoncer ; elle cherchait encore une faille, quand le sourire de Zuïa prit un angle qui lui fit froid dans le dos.

– Je viens de voir quelque chose, révéla le démon, les yeux pleins de malice. C'est si faible encore, si petit, tu ne peux pas être au courant... Mais il y a une autre vie en toi !

Zejabel fut d'abord frappée d'incompréhension, puis son regard suivit celui de son ennemie... jusqu'à son propre ventre ! Une tempête d'émotions se déclencha dans son esprit, mais elle s'efforça de les ignorer, de les renvoyer très loin ; Zuïa ne cherchait évidemment qu'à troubler sa concentration ! Pourtant, comment le démon aurait-il pu apprendre que... avec Nolan...

L'insistance avec laquelle Celle-qui-Juge fixait son abdomen la plongea dans un nouveau gouffre d'angoisse. L'expression de Zuïa s'était faite plus mauvaise encore, presque jubilatoire... Mais si effectivement son ventre abritait une vie, Zejabel refusait de toutes ses forces l'idée qu'elle puisse être corrompue ou meurtrie par le démon !

Une puissance nouvelle coula soudain dans ses membres, lui conférant une énergie telle qu'elle n'en avait jamais connue. Elle ne se battait plus seulement pour elle, désormais, et cela faisait toute la différence ! Le spectacle de son ancienne maîtresse projetant son esprit malsain dans ses propres entrailles la révoltait de manière indescriptible... Et la haine qu'elle ressentit alors fut son alliée la plus efficace !

Elle n'eut qu'à donner une petite impulsion de ses orteils pour plonger soudain sur le démon comme un félin sur sa proie. Comme dans un rêve, elle vit la lance se lever dans sa direction. Vers sa gorge. Puis son visage. Son œil, précisément. Mais la lame se contenta finalement de glisser sur sa joue, y traçant un sillon de douleur dont la Tueuse retransmis toute l'énergie dans son bras...

L'instant d'après, c'était fini. Zuïa gisait sous son genou, un poignard fiché dans sa gorge, l'autre entre la deuxième et la troisième côte. Peut-être Celle-qui-Juge était-elle déjà en train de se réincarner, sur son île, dans une nouvelle Kahati. Peut-être pas. Zejabel ne connaissait pas d'autres filles proches d'achever leur formation, et de prétendre à ce titre.

Elle ne prit qu'un instant pour esquisser une caresse sur son ventre plat, puis ramassa la lance et embrassa la salle du regard. Son cœur bondit d'allégresse, quand elle aperçut Nolan et Keb qui descendaient du balcon. Elle les avait vus quitter la salle ; elle était certaine qu'ils allaient accomplir un miracle.

Il ne leur restait plus qu'à affronter la dernière ligne de leurs ennemis. Rien moins que d'authentiques enfants dénaturés du Jal'Karu.

+ + +

Pendant tout le temps des combats, Eryne n'avait fait qu'utiliser son pouvoir de presque-déesse pour apaiser les souffrances de ses compagnons et de leurs alliés. Et la tâche était d'ampleur ! Elle s'était d'abord concentrée sur quelques combattants au hasard, parmi les plus gravement blessés, atténuant leurs douleurs par le simple effet de sa compassion... Mais les choses allaient beaucoup trop vite ; les coups étaient toujours plus violents, et les insoumis tombaient parfois sans qu'elle ait eu le temps d'adoucir leur agonie !

Alors, poussée par les événements, la jeune femme avait franchi un nouveau pas vers son élévation.

Cela s'était produit en quelques instants seulement. Bouleversée par le sort des Wallattes, qui devenaient autant de martyrs servant la cause des héritiers, et affligée par son impuissance à les accompagner dans leurs derniers instants, Eryne avait soudain senti sa conscience s'élargir davantage ! Elle était depuis un peu moins humaine, encore, et un peu plus éternelle... Mais ses pouvoirs avaient connu la même croissance, lui permettant d'élargir son aura bénéfique à l'ensemble des mortels dont elle défendait le camp. Ainsi, grâce à sa seule bienveillance, les combattants avaient mieux résisté à leur fatigue ; ils avaient moins souffert des coups qui leur étaient portés ; ou ils avaient pu fermer les yeux sur le monde sans regretter ce pour quoi ils s'étaient battus...

Eryne n'avait pratiquement aucun contrôle sur son influence. Celle-ci s'exerçait toute seule, comme un rayonnement invisible dont elle était le centre ! C'était tout juste si la jeune femme parvenait à refuser que ses ennemis en profitent également... Et encore, il lui était arrivé d'accorder un peu d'apaisement à deux ou trois légionnaires poussant leurs derniers soupirs, presque malgré elle. Elle pressentait déjà que, lorsqu'elle aurait achevé pour de bon son élévation, une telle sélection des bénéficiaires de sa compassion serait impossible !

L'accès à ce nouveau stade spirituel avait également élargi ses horizons, même si elle n'avait guère le temps d'y réfléchir. À certains moments, comme un éclair en plein orage, il lui semblait entrevoir des choses que les héritiers n'avaient jusqu'alors jamais soupçonnées... Par exemple, elle s'expliquait beaucoup mieux la manière dont Cael avait ouvert un passage vers le palais. Mais cela n'était qu'un détail dans sa nouvelle compréhension de l'univers ! Et à l'instant suivant, elle perdait de nouveau ce savoir inhumain, ne conservant que la certitude qu'il finirait par lui revenir définitivement, si elle survivait à cette nuit de cauchemar...

Elle avait cru à un tel miracle, quand les héritiers et les Wallattes étaient venus à bout des derniers assassins. Elle avait pourtant conscience de la puissance de Sombre, quelques pas au-dessus de la scène, mais elle mesurait également la force du démon prisonnier de Cael, et elle se surprenait à considérer l'adolescent comme l'Adversaire pouvant les sauver !

Tous ces espoirs s'étaient dissipés, quand les monstres avaient commencé à se matérialiser dans la salle.

Eryne était assez proche de sa condition de déesse pour reconnaître en eux de simples avatars, mais ils n'en étaient pas moins effroyablement dangereux. Leurs noms s'imposèrent à son esprit à mesure qu'ils apparaissaient, sous les cris d'effroi de la quinzaine de Wallattes survivants... K'lur, le Yoss,

Soltan, Phrias et Valiponde, tous anciens enfants de Karu, dont Sombre avait réussi à faire ses lieutenants infernaux !

Le démon lui-même avait quitté le balcon ; mais Eryne sentait toujours sa présence, quelque part dans les couloirs du palais… Et l'autre esprit maléfique, Zuïa, venait d'engager un combat avec Zejabel !

La jeune femme se trouva paralysée par l'horreur de la situation. La présence de tant de dieux noirs, réunis en un même endroit, lui semblait annonciatrice du nouveau monde désiré par Sombre. Comment les héritiers pourraient-ils échapper aux pattes barbelées de cette araignée gigantesque, ou aux canines de cet albinos aux yeux de félin ? Comment pourraient-ils renverser ces monstres dont l'un semblait constitué de roche, et l'autre de feu ? Comment pourraient-ils éviter la charge de ce satyre aux doigts d'acier ?

Ses compagnons ne se mentaient pas davantage sur leurs chances de survie. Amanón, Bowbaq, Grigán et tous les autres… Ils reculaient prudemment vers le fond de la pièce, improvisant une ligne de défense qu'ils savaient pourtant inutile. Seul Cael ne quitta pas sa position centrale. Il pointa soudain son épée sur Soltan, usant probablement de la malédiction de Saat sur l'androgyne… Mais le démon vampire n'eut pas le moindre spasme, réduisant à néant le dernier et maigre espoir des héritiers. L'épée enchantée se révélait inefficace sur les enfants de Karu !

Comme répondant à un signal invisible, les bêtes vénérées de la Jurande passèrent à l'attaque en un même mouvement. Soltan bondit sur Cael, entamant avec lui un ballet acrobatique où coups de griffes répondaient à frappes d'acier… Tous les autres se jetèrent sur les Wallattes qui fuyaient en hurlant, trébuchaient sur les corps, criaient de terreur et de souffrance lorsqu'ils étaient rattrapés… Amanón voulut se porter au secours du plus proche, mais son père le retint juste à temps. À moins d'être l'Adversaire, l'interprète ne pouvait rien contre les démons !

Les derniers insoumis périrent ainsi de manière effroyable, sous les yeux des héritiers impuissants et à la mine décomposée. Eryne se demandait pourquoi eux-mêmes n'avaient pas encore été attaqués, alors que les Wallattes connaissaient une telle tragédie... Elle détourna le regard, tandis qu'un guerrier qui tentait de se faire passer pour mort était soudain transpercé par l'araignée Valiponde. Et elle ne put retenir ses larmes, les premières de cette longue nuit, quand Bra'n lui-même choisit de se laisser tomber sur une épée, plutôt qu'être broyé par les membres de pierre que le Yoss tendait vers lui...

Même la victoire de Cael sur Soltan, presque au même moment, ne put rendre l'espoir au petit groupe. L'adolescent avait réussi à couper la tête de l'androgyne, ramenant le nombre de leurs ennemis à quatre, auxquels il fallait encore ajouter Zuïa, et Sombre, dont Eryne pressentait l'arrivée imminente ! Cael se lança ensuite sur K'lur, mais la jeune femme ne croyait pas un instant que le garçon pourrait vaincre autant d'adversaires avant qu'ils ne soient tous morts...

Le comportement des démons la surprit, pourtant. Depuis que le dernier Wallatte était mort, tous ces monstres semblaient hésiter, parcourant la pièce sans logique apparente... Eryne comprit la situation, avec un frisson glacé, lorsque Phrias aux pieds de bouc marcha soudain droit vers elle. Elle était la seule, avec Cael, dont le gwelom ne masquait pas la présence ! Ces créatures n'étaient que des avatars, des projections spirituelles de leurs maîtres respectifs ; elles ne pouvaient repérer les mortels protégés par les pierres de Dara !

Tremblant de tous ses membres, elle fit alors deux premiers pas pour s'éloigner du groupe, mais ses parents, et Amanón, puis bientôt tous les autres, la suivirent naturellement... Comment ne pas reculer, devant ce satyre de trois pas de haut qui avançait vers eux !

— Ils ne vous voient pas ! chuchota-t-elle d'une voix pressante.

— Je sais, répondit Amanón sur le même ton.

La jeune femme comprit alors qu'il ne la laisserait pas se sacrifier. C'était pourtant la meilleure chose à faire : prendre de la distance avec ses compagnons, essayer de résister aux monstres le plus longtemps possible, ne serait-ce que pour donner à Cael l'occasion de les affronter un à un ! Peut-être même que les héritiers pourraient se glisser hors de la salle avant l'arrivée de Sombre... Mais chaque fois qu'Eryne esquissait un pas pour s'éloigner, le groupe la suivait comme une ombre, armes brandies et nerfs tendus.

Le Yoss, Phrias et Valiponde ne se pressaient pas, certains de leur victoire sur celle qui n'était même pas encore une véritable sœur éternelle. Et la damoiselle voyait ainsi la mort avancer sur eux, sous l'apparence de trois créatures cauchemardesques... Les murmures de ses compagnons lui firent tout de même tourner la tête vers l'autre largeur de la pièce. Elle goûta alors à une pincée de triomphe : Zejabel venait de terrasser Zuïa !

Le plaisir de cette revanche fut encore amplifié, à l'instant suivant, par le retour de Nolan et Kebree. Eryne les avait bien vus se faufiler derrière les lignes ennemies, mais elle s'était interdit de laisser courir son imagination quant à leur sort, depuis que Sombre avait quitté le balcon !

Une certaine hargne s'empara soudain de la damoiselle, comme elle n'en avait pas connu depuis longtemps. Depuis cette autre vie où son existence n'était dirigée que par ses caprices de courtisane, précisément. Elle n'était pas encore tout à fait la déesse à l'immense compassion à laquelle le destin l'avait promise. Et ce qui restait d'humanité en elle se refusait à voir ses compagnons, ces héros capables de prodiges, tous exterminés sans la moindre chance de se défendre !

Emportée par un vent de colère, elle laissa parler, pour une fois, les voix dont elle avait été brièvement imprégnée lors de son passage à Karu. Elle serait *Celle-qui-Apaise ?* Fort bien, son œuvre serait donc de guérir les maux de ce monde ! Et elle avait devant elle plusieurs points de concentration de ces maux, démons tourmenteurs, cruels et répandant la souffrance... Il lui apparut soudain que l'aura bienveillante qu'elle dispensait pouvait prendre une autre forme, beaucoup plus agressive. Et elle n'hésita pas un instant à exprimer toute la répulsion que lui inspiraient les monstres, en une explosion spirituelle qui fit vibrer chaque parcelle de son être !

Les démons se figèrent, paralysés par cette résistance inattendue. C'était le combat de Dara contre Karu, la force de l'amour contre la soif de puissance, et la bataille se déroulait sur un plan purement mystique, avec la détermination pour seule arme... Encouragée par ce premier résultat, Eryne fit un pas en avant, allant à la rencontrer de ces monstres vers qui elle brandissait sa main tendue. Les héritiers ne voyaient rien de la lutte qui opposait la jeune femme et les créatures, mais ils eurent la sagesse de ne pas s'interposer, comprenant qu'un renversement de situation était peut-être à leur portée !

De fait, l'araignée monstrueuse, le satyre et l'humanoïde à la peau de pierre commencèrent à céder du terrain, repoussés par cette aura qui grandissait à chaque instant, et qui semblait prête à étouffer pour de bon leurs âmes corrompues ! Eryne pressentait qu'un tel résultat serait impossible avec les véritables démons, mais ces monstres n'étaient que des avatars bien plus faibles que les originaux... La jeune femme regretta de ne pas avoir atteint cette conscience supérieure plus tôt. Peut-être aurait-elle pu, ainsi, repousser les lémures et altérer le cours des événements...

Alors que Cael remportait son propre duel sur K'lur, les trois créatures restantes se dématérialisèrent une à une. Sans doute jugeaient-elles avoir suffisamment servi leur maître comme ça. La crainte que leur inspiraient les héritiers, du moins les deux qu'ils avaient aperçus, avait désormais surpassé la peur qu'ils avaient de Sombre !

Le démon s'était probablement attendu à une telle issue pour ces derniers combats. Car à l'instant où Eryne rappelait son aura, épuisée par ses efforts de concentration, elle décela la présence du démon dans le couloir tout proche !

Et deux battements de cœur plus tard, Sombre se présentait en personne devant les quatorze survivants de cette nuit sanglante.

✣ ✣ ✣

Cael devinait toute l'exultation de l'âme noire qui avait pris possession de son corps. Il lui semblait même la partager. C'était comme si son esprit de simple mortel, après s'être vu relégué au rang de parasite dans sa propre enveloppe charnelle, se trouvait soudain en train de fusionner avec le monstre. Ou plutôt, de se *dissoudre* en lui... N'était-ce pas la conclusion logique de cette malédiction ? Sombre avait tenté de le pervertir, mais il n'avait pu mener à terme son horrible projet. Cael avait ainsi grandi sous l'influence de deux consciences, l'une prenant régulièrement l'avantage sur l'autre... Mais ce déséquilibre devait un jour connaître sa fin, et ce moment semblait désormais arrivé. Bientôt, il ne resterait plus rien d'humain dans l'adolescent possédé.

Cael s'y était déjà résigné. Dès l'instant où son démon avait eu en main l'épée de Saat, il avait compris que jamais plus il ne pourrait inverser le cours des choses. Niss l'avait peut-être sauvé deux fois, mais un nouveau miracle était impossible, à ce stade... Alors, impuissant, soumis, le Kaulien s'était contenté d'observer les événements à travers des yeux qu'il ne contrôlait même pas. Sans chercher à lutter. En laissant simplement le plus fort de ses esprits agir à sa guise... C'était peut-être la meilleure chance des héritiers, après tout.

Il s'était vu ainsi vaincre les lémures, puis les assassins de la Jurande et de la Légion Grise. Sans éprouver d'autre regret que celui de ne pouvoir dire à ses parents, une dernière fois, combien il les aimait. En acceptant le rôle de simple spectateur auquel il était réduit. En se préparant, déjà, à disparaître... Mais c'était cette passivité même qui lui avait finalement ouvert une petite fenêtre d'espoir !

L'adolescent avait d'abord remarqué la précision de son démon. Ce dernier enchaînait les frappes meurtrières sur les sectateurs, mais jamais son épée ne blessait un des héritiers, ni même un Wallatte... Cael avait supposé que son double cherchait surtout à réduire les rangs de ses ennemis, puis une autre idée avait fait son chemin dans ses réflexions. Puisqu'il semblait se fondre définitivement dans son autre conscience, puisque cette dissolution de son âme se produisait sans résistance... Le garçon comprit bientôt pouvoir, d'une certaine manière, laisser quelques-uns de ses traits de caractère au démon ! En acceptant de se soumettre de manière définitive, il pouvait *influencer* la créature en train de l'intégrer !

Cette découverte effectuée, Cael n'avait cessé d'attiser la haine qu'il ressentait pour Sombre, et de souligner les liens d'affection qui le liaient aux héritiers. Il ne croyait pas un instant que l'enfant de Karu finirait par ressentir autre chose que du mépris pour ces mortels, mais peut-être accepterait-il au moins de les épargner... Enfermé dans son propre corps, à répéter et à passer en revue toutes les valeurs morales qu'il jugeait importantes, l'adolescent toucha soudain cette fameuse Volonté évoquées par Yan et la tante Corenn. Il en devina toute la puissance, et n'hésita pas à l'utiliser pour inonder la conscience du démon d'images d'amitié et d'affection, comme la Voix le harcelait d'appels à la haine et à la violence, lorsque la situation était inverse !

Il n'espérait pas récupérer le contrôle de ses membres pour autant ; il savait qu'il était trop tard pour cela. Il s'acharnait seulement à faire du démon un être plus compatissant, moins avide de conquête... Tout cela dans le désir d'éviter qu'un nouveau Sombre ne se clame bientôt le maître du monde et des dieux.

Cela semblait fonctionner. Quand K'lur, le Yoss et les autres s'étaient matérialisés dans la salle, au milieu des cadavres, Cael avait senti l'hésitation du démon à simplement les bousculer pour aller à la rencontre de Celui-qui-Vainc... Il était resté, pourtant, engageant le combat sans peut-être lui-même comprendre pourquoi. L'adolescent voulait croire qu'il se souciait du sort de ses alliés mortels ; il priait pour que le monstre qu'il devenait progressivement parvienne à défaire chacune des créatures lancées contre ses amis ! Et il continuait à se concentrer sur ses propres pensées, avec l'espoir de laisser un peu de lui dans cet esprit noir en qui son âme se dissolvait...

Ce qui advint, quelques instants plus tard, lui fit croire à sa propre démence.

Il lui sembla que c'était *son* bras, qu'il lançait en direction du torse enflammé de K'lur. Puis il eut l'impression d'esquiver lui-même les griffes ardentes que le démon projetait vers son visage.

Fébrile, éperdu, il se jeta d'un bond en arrière et fit le geste ridicule de lever le genou, rien que pour vérifier. Son démon intérieur contredit aussitôt le mouvement avant de replonger dans la bataille… mais preuve était faite. *Au moment de fusionner définitivement avec sa Voix, et avant de disparaître à jamais, Cael retrouvait le contrôle partiel de son corps !*

Cela pouvait durer plusieurs décilles, comme seulement le temps de quelques battements de cœur, mais l'adolescent était bien décidé à en profiter autant que possible. Il se laissa encore emporter sur quelques mouvements, puis prit l'initiative d'une attaque sur la créature enflammée… La puissance de ses propres muscles, la vitesse à laquelle il pouvait les tendre fut une nouvelle occasion de surprise. Il en avait déjà usé et abusé, pourtant, mais jamais avec l'esprit clair comme alors !

Son démon intérieur renâcla contre ces interventions dans son duel, mais il ne pouvait plus s'opposer à la fusion de leurs esprits et devait attendre de redevenir le maître absolu ! Cael poursuivit donc ses expériences, frappant parfois de sa propre volonté, ou accompagnant son âme noire dans ses assauts… Rapidement un équilibre se trouva entre l'un et l'autre, et le garçon eut presque l'impression de diriger complètement la manœuvre. Mais peut-être cela venait-il de la déliquescence de son esprit ; d'un instant à l'autre, tout ce qui restait de lui allait simplement disparaître !

Il eut, au moins, la joie d'emporter la victoire sur K'lur, dissipant l'avatar comme il avait déjà détruit celui de Soltan. Puis il sourit de la fuite du Yoss, de Valiponde et de Phrias…

Mais toutes ces émotions se cristallisèrent en une boule de haine, quand Sombre fit une entrée théâtrale dans cette pièce transformée en champ de bataille.

Ses deux consciences partageaient ce sentiment. L'une par rivalité, l'autre par rancune. Cael avait beau savoir que le démon n'était lui-même qu'une victime, arrachée au Jal par un sorcier trop ambitieux... Il ne pouvait s'empêcher de souhaiter mille fois sa mort. Et une telle exécration conjuguée par deux esprits sur le point de fusionner ne pouvait s'exprimer que d'une seule manière... Alors, l'adolescent brandit son épée en direction de son ennemi !

Sombre lui-même affichait une nonchalance insolente. Il était parfaitement à l'aise dans ses vêtements de soie noire, même lorsqu'il enjambait un cadavre, un membre coupé, ou qu'il contournait une mare écarlate un peu trop étendue. Il ne se baissa même pas pour ramasser une arme, se contentant d'arracher un glaive encore planté dans le corps d'un Wallatte... Puis il renifla le sang coulant de la lame avec une grimace avide, avant d'essuyer l'acier sur les cheveux de la misérable dépouille.

Des mouvements se firent entendre derrière Cael, mais ce dernier retint toute intervention de ses compagnons d'un geste. Ils durent en être fortement étonnés, car ils respectèrent son injonction ! Le démon qui bouillait dans le corps de l'adolescent n'avait pas les mêmes remords ; il pestait et tempêtait contre cet esprit réduit à presque rien, et qui s'accrochait encore à l'existence ! De fait, Cael puisait dans des trésors de Volonté qu'il ne se connaissait pas, pour se maintenir à la frontière entre la soumission et la disparition. La deuxième était inéluctable, il en avait conscience, mais il souhaitait contempler le cadavre de Sombre avant de partir pour le néant !

Son ennemi n'était plus qu'à une quinzaine de pas. Il avait gagné la lisière d'une zone un peu moins encombrée en cadavres, pour s'y arrêter et contempler l'étendue de la défaite de ses alliés. Cael l'y rejoignit, en face, chacun se trouvant alors d'un côté d'un cercle imaginaire et bordé de martyrs. L'un ou l'autre devrait s'ajouter à leur nombre.

— Es-tu l'Adversaire ?

La voix du démon le secoua jusqu'au plus profond de son être, qui n'était pourtant déjà plus le sien. C'était *la* Voix, celle qu'il entendait depuis son plus jeune âge, teintée de haine, d'arrogance et de mépris...

— C'est moi, s'entendit-il prononcer.

Il n'en avait aucune certitude, mais cette réponse lui semblait la meilleure. Peut-être Sombre négligerait-il les héritiers, s'il pensait avoir abattu son ennemi… Cet espoir se fit de plus en plus mince, alors que le démon plissait les yeux et levait son glaive !

— Je suis Celui-qui-Vainc ! affirma-t-il avec force.

— *Non,* c'est *encore* moi ! hurla Cael.

Il ignorait laquelle de ses deux consciences avait crié ; cela n'avait guère d'importance. Emporté par la haine et la rancune, il courut sus au démon, qui chargeait pareillement dans sa direction ! Le choc de leurs lames fut brutal, et aussitôt suivi de dix autres, puis vingt, alors qu'ils multipliaient des assauts difficiles à suivre par un œil humain. Tout l'espace situé devant Cael n'était plus qu'un orage d'acier, dans lequel personne n'aurait pu pénétrer sans y perdre un membre ou la vie… Cela dura longtemps, étonnamment longtemps, puis ils se séparèrent presque à regret, simplement par le hasard d'un corps faisant obstacle entre les duellistes.

L'adolescent ne ressentait ni fatigue, ni essoufflement. Il était bien conscient de ne pas diriger lui-même les attaques surprenantes de vitesse qui partaient s'échouer contre la défense de Sombre, mais c'étaient bien *sa* hargne, *sa* rage de sauver ses parents et amis, et le monde par la même occasion, qui donnaient son énergie à son propre démon ! Au moment où il allait bientôt disparaître, Cael puisait dans une Volonté d'une telle ampleur qu'elle surpassait même la haine de sa Voix pour son créateur… Sans doute dépassait-elle aussi le pouvoir de Yan, qu'on lui avait pourtant présenté comme un très grand magicien.

Le visage plus ou moins impassible de Sombre se changea soudain en une grimace haineuse, et l'adolescent se prépara à un deuxième échange de coups qui commença dans l'instant suivant. Leurs mouvements étaient si rapides que leurs lames semblaient voler toutes seules, animées d'une vie propre, plongeant, fonçant ou remontant sans jamais trouver de chair à meurtrir ! Et plus cette égalité de force s'installait entre les combattants, plus Sombre laissait transparaître sa nature démoniaque, roulant des yeux fous, poussant des cris de rage presque bestiaux, lançant parfois une main en avant à la manière d'un ours ou d'un félin... Cael ne pouvait prédire l'issue du combat, mais le démon de Saat semblait persuadé de l'emporter, *lui*, et la résistance qu'on lui opposait le faisait progressivement basculer dans un état proche de l'hystérie ! Sans doute n'avait-il jamais connu un duel aussi long...

– Je suis Celui-qui-Vainc ! *Je suis Celui-qui-Vainc !* commença-t-il à répéter, en grands cris visant à impressionner l'adolescent.

Mais Cael connaissait cette voix depuis bien longtemps, et il ne la craignait plus. Il faisait presque partie d'elle, désormais. Ce n'était plus qu'une question de temps, peut-être quelques battements de cœur, ou juste un peu plus...

– Je suis Celui-qui-Vainc ! hurlait Sombre, comme voulant s'en persuader lui-même.

Il bondit soudain en arrière et arracha sa chemise, un mélange de férocité et de détresse sur le visage. Un instant, Cael eut même l'impression qu'il pleurait... Un instant seulement, puis le démon perdit son apparence de beau jeune homme pour adopter une nouvelle forme, abominable !

Il commença par grandir, doublant pratiquement sa taille en un battement de cil, puis tordit son cou en arrière pour revenir présenter un visage d'ogre aux dents de crocodile... Le reste de son corps suivit ce modèle, gonflant son torse, épaississant ses membres, modifiant peu à peu sa géométrie pour prendre l'allure d'un colosse au regard meurtrier et aux mains larges comme des boucliers ! L'adolescent était encore sous le choc de cet effroyable prodige quand Sombre se rua sur lui, tout aussi rapidement qu'avec sa forme humaine. Le violent coup de battoir que le démon lui flanqua fit craquer son épaule et l'envoya retomber six pas plus loin !

Cael eut le réflexe de se relever aussitôt, mais Sombre n'avait pas lancé de nouvelle attaque, préférant jouir un instant de cette première victoire sur l'Adversaire. La douleur irradiait dans le corps de l'adolescent comme une succession d'éclairs, rendant fou de rage son démon intérieur ! Si les flèches et les lames des mortels avaient glissé sur sa peau comme sur la roche, il en allait tout autrement des atteintes que lui portait un éternel… Effectivement, Sombre pouvait être Celui-qui-Vainc. Il avait assez de force et de détermination pour faire plier tous les dieux, si tel était son désir.

Mais Cael n'était pas encore prêt à abandonner. À l'aube de disparaître, il n'avait rien à perdre !

Il fonça droit sur le colosse surpris, réussit à passer sous le bras ennemi et frappa violemment au flanc. Une gerbe de sang noir jaillit de la blessure, tandis que Sombre poussait un hurlement à faire trembler les murs ! L'adolescent n'eut que le temps de reprendre une posture défensive avant que l'ogre ne lance une violente contre-attaque, utilisant ses mains comme des massues dont il battait l'air avec une puissance inouïe. Cael ne put que reculer et reculer encore, prenant garde de ne pas attirer le monstre vers ses compagnons… Ces derniers devaient maudire leur impuissance, mais leur intervention n'aurait été qu'un sacrifice inutile !

Après un moment de ce manège, Sombre changea encore de forme en s'ajoutant deux nouveaux bras. Et comme cela ne suffisait pas à lui apporter la victoire, il se fit pousser une queue de scorpion, qui venait régulièrement frapper le sol où Cael se tenait juste à l'instant d'avant… La participation de l'adolescent au combat se résumait désormais à des esquives ininterrompues ! Et sans la rapidité de son démon intérieur, le duel aurait pris fin depuis longtemps… Sombre avait voulu communiquer sa force à un nourrisson, quelque part dans la campagne kaulienne, et il en payait aujourd'hui le prix de la patience.

Cael ne pouvait cependant se contenter de fuir son adversaire ; surtout s'il voulait assister à la fin de l'affrontement avant que son esprit ne disparaisse totalement. Et il semblait bien que son enveloppe charnelle, même contrôlée et protégée par la Voix, serait incapable de venir à bout du plus dangereux des enfants de Karu ! Tout espoir était-il donc perdu ? Était-ce la fin des héritiers, du monde tel qu'ils le connaissaient ?

Il prit le risque d'un dernier regard à ses compagnons rassemblés, dont il tira une nouvelle motivation. C'était impossible, il ne pouvait accepter cet avenir effroyable ! Alors, au prix d'un effort de Volonté incommensurable, il accomplit la dernière chose dont son esprit était encore capable. Il baissa son arme.

— Tu as gagné, annonça-t-il au monstre. *Tu es* Celui-qui-Vainc.

Son démon intérieur en serait presque devenu fou ; Cael sentait qu'il n'allait plus tarder à reprendre le contrôle absolu, mais il devait à tout prix le faire tenir quelques instants encore ! Déjà, Sombre approchait son visage de cauchemar, ses quatre bras tendus comme des cobras, et sa queue de scorpion prête à frapper...

— Je me soumets, reprit Cael. Tu peux le vérifier. Je t'ouvre mon esprit.

Il avait à peine achevé cette phrase que le démon enfonçait déjà la porte de ses pensées, avide d'y lire son triomphe. Pour l'adolescent, ce fut le plus difficile moment de cette bataille. Il se concentra sur sa vie, la vraie, celle entre le haras de ses parents et les classes de Grand'Maison... Il ne mentait pas en se jugeant un simple mortel, parfois un peu lâche ou égoïste. Il avait une peur terrible de Sombre et se savait insignifiant devant lui... Chacune de ces vérités gonfla d'extase le démon, qui voyait là la plus grande de ses victoires ! Il ne tarda pas à quitter cet esprit misérablement inférieur pour dresser plus haut encore sa queue pointue, déjà prêt à écraser l'insecte qui s'était prétendu l'Adversaire...

C'est alors que Cael renonça à son identité, laissant la Voix reprendre le contrôle total de ses actes.

Son autre conscience réagit comme il l'espérait.

Elle profita de la nouvelle décontraction de Sombre pour lancer son épée au plus profond de l'œil du démon.

Après, ce fut le néant.

+ + +

Une exclamation de surprise, pratiquement un hoquet, monta de toutes les gorges quand le monstre s'affaissa soudain.

Puis, plusieurs cris s'élevèrent alors que Sombre lançait une dernière frappe brutale sur Cael, en un réflexe d'agonisant, envoyant ainsi l'adolescent à terre !

Les héritiers se mirent à courir dans un bel ensemble, bondissant au-dessus des cadavres, manquant de glisser dans les mares de sang, se précipitant vers celui qui venait peut-être de les sauver… Léti arriva la première, pour tirer son fils loin de la créature inanimée. Yan la suivait juste derrière ; il se figea un instant pour contempler la mutation du monstre…

Dans la mort, Sombre semblait reprendre sa forme originelle. Son corps retrouvait sa taille véritable, ses membres rajoutés se repliaient sur eux-mêmes, redonnant au démon une apparence humanoïde… Après quelques instants, il ne fut plus qu'un jeune homme nu, recroquevillé comme un embryon, et continuant à perdre son sang noir par son orbite percée. L'épée de Saat avait été comme repoussée, chassée par la transformation, et gisait désormais sur le marbre… Le Kaulien eut la prudence de l'éloigner d'un coup de pied en arrière. L'arme tournoya un moment sur le sol, rebondit sur la botte d'Amanón, puis se coinça finalement sous celle de Nolan. Le Maz se décida à la ramasser, non sans un certain dégoût…

Kebree flanqua alors un grand coup de sa lowa sur le crâne du démon, sans réussir à faire mieux, pourtant, que semer le désordre dans les cheveux de la créature ! Le barbare ne s'arrêta pas à ce premier échec, renouvelant sa frappe deux fois, trois fois, puis il perdit l'espoir de mettre à nu la cervelle du démon. Comme les autres, il se contenta alors de contempler Niss et Cael, dans un silence presque religieux.

Dès les premiers instants, la jeune fille s'était jetée à genoux aux côtés de l'adolescent. Elle se préparait à ce moment depuis le début des combats. Elle avait même préservé ses forces pour cet unique objectif : repousser la Voix qui hantait son amoureux, et ramener ainsi ce dernier dans le monde des mortels !

Quand le bras énorme du démon avait une nouvelle fois cogné la tête de Cael, Niss avait cru qu'elle n'aurait même pas l'occasion d'essayer. Mais en arrivant près du malheureux, elle avait repéré, avec bonheur, le souffle de vie qui soulevait régulièrement la poitrine de l'adolescent… Alors, sans perdre un instant, sans avoir besoin d'avertir les autres de son projet, elle avait lancé son esprit vers celui de son héros. Avec une farouche détermination à accomplir un miracle.

Son premier contact avec les consciences mêlées du démon et de Cael diminua de beaucoup son entrain. Jamais elle n'avait connu un tel cas de figure, ni même imaginé ! Il semblait rester tellement peu de l'adolescent, dans ces pensées tourmentées, parfois contradictoires… Si bien que pendant un moment, elle ne sut même pas sur quoi appliquer ses pouvoirs d'erjak !

Quand elle trouva enfin un point d'appui, elle s'y lança de toute la force de sa volonté, provoquant ainsi l'inévitable réaction de rejet de l'âme noire prisonnière de ce corps. S'il n'avait été inanimé, le démon aurait sans doute lancé un bras vers la gorge de la jeune fille pour lui briser la nuque ! En revanche, il conservait toute son énergie spirituelle, si grande, que Niss ne tarda pas à douter de ses réelles chances de succès. Après tout, elle s'attaquait à un véritable immortel ; celui-là même qui avait défait Sombre !

Elle poussait et repoussait, multipliait les efforts pour tenter de diminuer l'emprise que cet esprit avait sur ce corps, mais il lui semblait s'échiner contre une montagne de granite. Elle avait déjà eu cette impression la dernière fois, mais elle avait alors pu compter sur le soutien inattendu de Cael ! En cette nuit dramatique, un pareil renfort était plus qu'improbable… L'adolescent paraissait avoir été broyé par le démon dont il partageait le corps. Il n'existait plus que par quelques volutes spirituelles, qui avaient tendance à s'amalgamer à celles de la Voix pour justement en augmenter la force…

Cette étrange fusion expliquait certainement la manière dont Cael avait parfois semblé maître de lui, pendant son duel. Niss avait été estomaquée par la manière dont il avait joué de son épée, puis multiplié les esquives ! En comparaison de sa vitesse et de sa dextérité, même Zejabel semblait une manchote maladroite... Mais l'adolescent l'avait surtout impressionnée par sa ruse, car elle était convaincue que cette idée de fausse soumission ne pouvait venir que de lui. Il lui suffisait de juger de la pugnacité du démon à résister à sa pression mentale pour s'en convaincre ! Jamais cet esprit ne céderait volontairement devant le sien, ni devant quoi que ce soit, d'ailleurs...

La jeune fille ignorait depuis combien de temps elle se concentrait ainsi ; elle n'avait plus qu'une vague notion de la réalité, de ce qui entourait sa silhouette aux yeux clos... Rien ne comptait que cet incendie déchaîné dans la tête de son amoureux, et qu'elle s'efforçait de maîtriser avec son seul petit souffle de mortelle ! Mais, déjà, les premiers effets de la fatigue se faisaient sentir, alors qu'elle n'avait pratiquement obtenu aucun résultat... Elle savait ne pas pouvoir profiter d'un deuxième essai, pourtant ! Si elle échouait à ramener Cael dans les instants suivants, alors, elle ne le retrouverait jamais plus.

La bataille avait beau être invisible, Niss n'en avait pas moins l'impression d'être au cœur de la tourmente. Si chacun de ses compagnons semblait avoir eu sa victoire, elle avait également trouvé son propre combat ! Un duel dont l'issue s'annonçait de plus en plus dramatique, alors que temps passait sans qu'elle ne progresse d'un pouce...

Le désespoir finit par gagner la jeune fille. L'injustice de tout ceci la révoltait. Au nom de quelle justification suprême Cael devait-il payer les fautes passées de Saat ? Pourquoi Sombre l'avait-il ainsi maudit en corrompant son esprit dès son premier jour en ce monde ? Alors que le monstre était enfin vaincu, que les héritiers avaient survécu à tous les combats, ils auraient dû s'embrasser, se féliciter les uns les autres, panser leurs blessures et refaire des projets d'avenir... Mais tous étaient penchés sur le corps inanimé du plus méritant d'entre eux, redoutant qu'il ne s'éveille soudain pour laisser libre cours à sa haine démoniaque. Et la seule à pouvoir *peut-*

être empêcher cela sentait déjà le goût de la défaite remonter dans sa gorge, prémices d'une nausée qui finirait par la submerger !

Cette prise de conscience de sa faiblesse, de l'inutilité de ses efforts, troublait encore sa concentration. Bientôt, Niss ne poursuivit plus que par principe, sans aucun espoir encore de renverser le cours des choses. Elle s'apitoyait sur le sort du malheureux sacrifié, sur la tristesse de ses parents, sur sa propre culpabilité… Jamais elle n'aurait dû prétendre pouvoir sauver la véritable personnalité de Cael. Jamais elle n'aurait dû évoquer ce plan qui plaçait l'adolescent en première ligne. La fin qu'il connaissait alors était des plus affreuses ; son esprit était pratiquement digéré par celui du démon, et le martyr n'aurait même pas la chance de voir son âme s'élever vers le Jal…

L'idée retourna les entrailles de la jeune fille, prête d'abandonner la lutte pour se détourner et rendre la bile accumulée dans son estomac. Pourtant, cette notion tout droit issue de ses expériences de la mort continua à faire son chemin dans ses pensées… Au plus profond du désespoir, une petite lueur, à peine un scintillement venait de lui montrer une possible piste à suivre.

Elle venait de se rappeler que les esprits des éternels étaient comme des étoffes tissées d'innombrables fibres. Des fibres qui représentaient chacune des âmes humaines qui les avaient rejoints. Tout comme celle de Cael s'apprêtait à s'unir, à jamais, au canevas complexe qu'était la conscience de son démon…

Niss rassembla alors l'énergie qui lui restait et concentra ses efforts sur un point plus petit encore, normalement insuffisant à lui donner l'avantage… Dans l'écheveau des personnalités que Sombre avait imprimé dans l'esprit de l'adolescent, elle réussit à isoler *une* de ces fibres, qu'elle fit se recroqueviller sur elle-même d'une simple pression de sa volonté !

Encouragée par ce premier succès, elle en repoussa une autre, puis une autre encore, puis se mit à répéter l'opération avec une frénésie incontrôlable. Bientôt, elle fut assez adroite pour agir sur des tresses entières, sans rencontrer autre chose qu'une faible résistance ! Le démon se voyait ainsi chassé par petits bouts, incapable de lutter à l'échelle des multiples esprits qui composaient le sien... Sa frustration résonnait dans la moindre de ces fibres, mais tant qu'il resterait à Niss assez d'énergie pour poursuivre son travail de sape, elle entendait continuer !

Rapidement, la révolte du monstre fut telle qu'il en vint à s'approcher du réveil. La jeune fille se précipita encore davantage ; s'il venait à ouvrir les yeux trop tôt, il la tuerait sans aucune pitié ! Alors, elle repoussait ces esprits muets par paquets entiers, de plus en plus gros, jusqu'à reprendre enfin pour cible le canevas entier de la conscience du démon... Celui-ci avait bien diminué de moitié. D'un ultime et violent effort, elle le chassa au plus profond de l'esprit de Cael, laissant la personnalité de l'adolescent reprendre doucement la place qu'elle n'aurait jamais dû quitter !

Quand elle fut certaine que le rapport des forces n'allait pas de nouveau changer, Niss se retira doucement, avant d'ouvrir des yeux pleins de larmes. Cael l'imita quelques instants plus tard, exprimant une profonde faiblesse, mais aussi une infinie gratitude... La jeune fille reporta alors son regard sur les héritiers rassemblés autour d'eux, croyant trouver sur leurs visages de la joie, du soulagement, des rires, même ! Mais ils affichaient tous un masque d'une extrême gravité.

— Sombre est *toujours* vivant, expliqua Eryne, en pleurs. Je sens encore la présence de son esprit !

+ + +

Amanón n'aurait pu être davantage désemparé. Ils ne s'étaient réjouis que quelques instants de la mort du démon, et encore, leur satisfaction était grandement entachée par l'incertitude du sort de Cael ! Pratiquement en même temps que Niss entrait en transe, Eryne avait annoncé la mauvaise nouvelle... L'étincelle divine de Sombre n'avait *pas* été soufflée ; et même, elle semblait reprendre de l'ampleur !

Une avalanche de pensées et d'émotions s'était déversée dans l'esprit de l'interprète, sans qu'il puisse en contrôler le flux. Ainsi, Cael n'était pas l'Adversaire, ou il avait échoué, ou encore les héritiers avaient-ils manqué cette chance unique, promise par les Ondines, de renverser Celui-qui-Vainc... Mais quelle importance pouvaient avoir ces explications ? Seul restait le constat de leur échec, pour ne pas dire leur défaite, car nul ne doutait que le démon ne se relève bientôt pour se lancer à leur poursuite.

Les efforts multipliés de Kebree, de Grigán, de Zejabel et de Rey pour arracher son dernier lambeau de vie à leur ennemi restaient inutiles : leurs armes, quelles qu'elles soient, parvenaient à peine à égratigner son épiderme. Même Nolan s'aventura à frapper de l'épée de Saat, mais dans sa main, l'acier n'était guère plus dangereux qu'un roseau pourrissant... Sombre semblait véritablement indestructible, et toutes les idées qui passaient par la tête des héritiers pour le neutraliser étaient donc abandonnées avant même d'avoir été formulées.

Eryne elle-même s'avoua impuissante devant le démon. Elle avait réussi à repousser quelques avatars, mais toute son énergie était insuffisante à contrer l'aura maléfique du prince de Karu ! Devant l'insistance de Nolan, elle accepta de prendre l'épée maudite et de frapper la silhouette immobile, sans davantage de résultat que ses compagnons. Son lien avec Dara empêchait probablement la presque-déesse de donner la mort à l'un de ses semblables éternels. À moins que son pouvoir ne fut simplement insuffisant... Bouleversée, la damoiselle rendit l'arme à son frère avant d'enfouir son visage au creux de ses mains. Amanón ressentit sa détresse comme une brûlure dans son propre corps. Malgré la sagesse et l'intelligence dont il voulait se croire doté, il se révélait incapable de protéger la femme qu'il aimait !

Ils en étaient là, à piétiner autour des adolescents et du corps de leur ennemi, quand Niss sortit soudain de sa transe, presque aussitôt suivie par Cael. Rien qu'en croisant le regard de son cousin, Amanón comprit que la jeune fille avait réussi à le ramener. Il en ressentit une joie sincère et bienveillante, mais cela marquait aussi la perte de son dernier espoir... Seul le démon qui habitait le corps du garçon avait réussi à blesser Sombre, à deux reprises. Sans son soutien, les héritiers n'avaient aucune chance, et il ne leur restait plus désormais qu'à fuir en espérant échapper le plus longtemps possible à la vengeance de Celui-qui-Vainc...

Les retrouvailles entre Yan, Léti, et Cael, très affaibli, n'en furent pas moins émouvantes, et leurs sourires mêlés de bonheur et de désarroi achevèrent de déstabiliser les survivants de cette nuit affreuse. Cédant à la tension, Lana surprit tout le monde en marchant soudain jusqu'à l'arche bâtie par Agénor, pour s'y agenouiller et commencer à prier en silence... Son fils la rejoignit presque aussitôt, ainsi que Reyan, Léti, et finalement tous les autres. Amanón mourait pourtant d'envie de quitter ce maudit palais, mais ils devaient bien au moins rendre un dernier hommage aux guerriers wallattes, dont le sacrifice avait malheureusement été vain... Alors, un genou en terre, courbé devant la seule porte qui pouvait encore mener au Jal, l'interprète s'efforça de respecter le recueillement des plus dévôts de ses compagnons.

— Eurydis, écoute-moi !

La voix était celle de Lana, qui déconcertait ainsi une nouvelle fois ses amis. Et l'Emaz poursuivit en ce sens, en ôtant son gwelom pour le déposer délicatement sur le marbre ! Effectivement, tant qu'elle portait le bijou, ses prières ne pouvaient être entendues...

— Eurydis, écoute-moi ! reprit-elle, avec une ferveur intacte. Nous avons tout tenté pour vaincre le démon, mais nous sommes impuissants devant sa force ! Ô, sage parmi les sages, nous avons besoin de ton aide !

Personne n'osait interrompre la supplique ou y ajouter quelque chose ; Amanón ressentait surtout un grand embarras. Son père jetait des regards nerveux vers la sortie et le corps de Sombre... D'un instant à l'autre, il allait sans doute annoncer l'avoir vu bouger !

— Guide-nous, Eurydis ! insistait la prêtresse, des trémolos dans la voix. Fais que le sacrifice de ta sœur Aliandra ne soit pas vain !

Elle poursuivit ainsi sur quelques phrases, mais sa prière n'était plus qu'un chuchotement entrecoupé de sanglots qu'elle étouffait dans le creux de sa main. Son époux l'aida bientôt à se relever, signe que cette messe improvisée était terminée... Déjà, les héritiers s'éloignaient vers l'unique sortie, bien décidés à quitter la pièce, cette fois.

Quand une lumière se répandit soudain sur toute la hauteur de l'arche !

Chacun se retourna aussitôt sur le spectacle en plissant les yeux. Amanón crut à l'ouverture d'un passage vers le Jal, ou une autre destination, mais l'apparent retour des choses à la normale devait le détromper... Aucune porte vers l'inconnu ne s'était matérialisée, non.

En revanche, en se dissipant, la lueur avait laissé derrière elle... une jeune fille !

Elle semblait à peine plus âgée que Niss, était blonde, et d'une beauté surprenante, malgré des traits plutôt communs. Ce paradoxe interpella évidemment l'interprète ; et alors que Lana, Nolan et quelques autres s'empressaient de remettre un genou en terre, il ne douta pas de faire face à Celle-qui-Guide en personne !

La déesse les contemplait avec bienveillance, puis une ombre passa sur son visage alors qu'elle promenait son regard sur les cadavres emplissant la pièce... À moins qu'elle n'ait repéré le corps de son ennemi personnel. Amanón ne supportait plus ces incertitudes, tout comme ses compagnons étaient dévorés d'impatience et de curiosité ! Elle n'était pas la première divinité qu'ils rencontraient, loin de là ; mais elle était certainement celle dont ils attendaient le plus.

— Vous... vous venez pour la troisième fois vous présenter aux mortels, commenta Lana, tremblante d'émotion. Cela signifie-t-il que... vous allez annoncer... l'âge d'Ys ?

L'éternelle acquiesça lentement, ranimant ainsi la foi et les espoirs des héritiers. L'Âge d'Ys, l'Harmonie, cette ère promise d'un meilleur destin pour l'humanité ! Cela prouvait-il que leur combat contre Sombre avait tout de même produit un résultat ? Les héritiers n'avaient pu terrasser le démon, certes ; mais peut-être ce duel non achevé avait-il eu un effet sur l'avenir du monde !

— Je suis venue vous aider à faire le dernier pas, énonça clairement Eurydis. Ainsi qu'il est prévu depuis toujours.

Personne n'osait faire un commentaire, ni même bouger, de peur de briser la magie de cet instant solennel. Après un moment qui parut une éternité, la déesse livra enfin son secret à un auditoire suspendu à ses lèvres.

— Vous savez désormais que Sombre ne peut être abattu. Il est, selon la volonté des hommes, *Celui-qui-Vainc*. Aucune arme, aucune créature ne pourra souffler son étincelle divine. Le démon survivra à tous les combats, et peu importe la durée de ces derniers. Au bout du compte, il sera toujours victorieux.

Amanón se risqua à jeter un œil en arrière, troublé par ces paroles peu rassurantes. Il ressentait même une pointe de rancune envers celle que l'on appelait la Sage. Pourquoi ne jamais avoir prévenu les héritiers de leur inéluctable défaite ?

— Aucune arme ne peut l'abattre, poursuivait-elle, mais il souffre en revanche de la même faiblesse que tous nos semblables. *Son existence même* dépend de la force des esprits dont il s'est nourri au Jal. Si vous réussissiez à défaire les liens qui le rattachent à Karu, alors, vous le feriez purement et simplement *disparaître*.

L'annonce secoua évidemment les héritiers, qui ne savaient pourtant quoi en penser, et échangeaient donc des regards d'incompréhension. Ce fut Yan qui osa, le premier, demander des éclaircissements.

— Défaire ces liens, mais comment ?

— En reniant l'existence du Jal, annonça sobrement Eurydis.

Devant les expressions perplexes de son auditoire, elle poursuivit :

— Vous êtes les seuls êtres vivants à avoir vu les deux faces du Jal, ainsi que les Gardiens de Dara et Karu. Cela vous donne un pouvoir absolu sur l'existence de cet endroit. Si vous annoncez *tous* ne plus vouloir croire à sa réalité, alors il cessera d'être... à jamais.

La révélation était si énorme, si lourde de conséquences, que l'interprète en eut des vertiges étourdissants. Pendant un moment, il fut incapable de réfléchir, mais ce n'était pas le cas de tout le monde...

– En supposant que cela fonctionne, remarqua Corenn, Sombre ne serait pas le seul à disparaître. *Tous les éternels* connaîtraient le même sort.

Eurydis acquiesça avec un sourire navré, tandis qu'Eryne pâlissait soudain, et qu'Amanón croyait sombrer dans un gouffre sans fond ! Ce n'était pas possible, un tel drame ne devait pas arriver ! On ne pouvait pas leur demander *ça !*

– Voilà de quoi serait fait l'âge d'Ys, révéla Celle-qui-Guide : un monde sans conscience supérieure pour influencer ou diriger les hommes ! Nous, les dieux et les démons, nous ne devrions pas exister. Nous ne sommes que la cristallisation de vos peurs, de vos fantasmes, de vos faiblesses ou vos désespoirs. Nous retenons malgré nous vos esprits prisonniers, dans la vie comme dans la mort, alors que vos âmes devraient pouvoir s'enrichir d'elles-mêmes à travers le temps et l'univers... Vous pensez vous élever par la prière, mais la valeur d'une âme ne se mesure pas à sa capacité à la vénération. Je n'ai jamais demandé aux mortels de me bâtir des temples, de chanter mes louanges, ou de m'adorer sous une quelconque représentation. Je désire seulement voir se répandre les trois vertus. *Savoir. Tolérance. Paix.*

Ces paroles devaient sans doute trouver écho chez beaucoup de ses compagnons, mais Amanón, pour sa part, ne pouvait songer qu'à Eryne, et à la mort qu'on lui offrait en récompense de ses sacrifices ! Personne ne comprenait-il donc que son amante allait disparaître en même temps que tous ses semblables éternels, s'ils allaient au bout de ce projet monstrueux ?

– Mais... je ne comprends pas, avoua Léti. Le Jal n'aurait-il pas dû disparaître depuis longtemps, en même temps que les Etheques qui l'ont créé ?

– Oui, *si* les Etheques l'avaient renié, concéda Eurydis. Leurs civilisations ont évolué, et ils ont simplement oublié leurs anciens rites, sans les remettre en question... mais les jardins de Dara et les fosses de Karu ont continué à attirer les esprits, et à engendrer de nouveaux dieux ou démons. Voilà pourquoi Nol fait venir des délégations de mortels, toutes les dix générations. L'Étrange lui-même ignore la finalité exacte de ces visites, mais il se révèle l'un des agents les plus importants de l'avènement de l'âge d'Ys... S'il n'avait pas été Celui-qui-Enseigne, montrant le berceau des éternels aux humains, jamais nous n'aurions eu la chance de connaître cet instant précis. Vous êtes les seuls à connaître les deux faces du Jal, et vous êtes tous réunis ! L'Harmonie ne dépend plus que de votre décision.

– Pourquoi ne pas nous avoir confié tout cela plus tôt ? accusa soudain Grigán. Ça aurait évité bien des drames et des souffrances !

– Cela m'était impossible, se défendit Eurydis. Je n'ai pas le pouvoir de lire l'avenir. Tout ce que je sais, je l'ai appris des Ondines, lors de mon unique séjour à Karu... Il était seulement dit qu'un jour, toutes les conditions seraient réunies et que je serais alors appelée à descendre une troisième fois en ce monde. Une troisième et *dernière* fois. Je n'ai pas voulu forcer le destin en apparaissant trop tôt ; ça aurait empêché l'avènement d'Ys.

La déesse semblait sincère, et les héritiers acceptèrent ses explications avec des expressions embarrassées, mais Amanón ne pouvait voir en elle qu'un oiseau de mauvais augure. Eryne était si pâle, déjà ; elle n'avait que trop bien compris les implications d'un tel projet... L'interprète se voyait en retour envahi d'une telle soif de rébellion qu'il préférait garder les dents serrées, de peur de lâcher une bordée d'injures à Celle qui prétendait les aider ! Ils pouvaient bien tous disparaître, les Sombre, Eurydis, Mishra et consorts ! L'interprète ne s'en porterait pas plus mal ! Mais *pas* Eryne, pas sa douce et belle Eryne, ainsi que l'enfant qu'elle portait...

— Que se passera-t-il exactement ? reprit Corenn. Si cela fonctionne ? Souffrirez-vous ?

La déesse ne put réprimer une petite grimace d'appréhension.

— Je ne crois pas, avança-t-elle. Quand vous aurez renié le Jal, toutes les portes devraient s'ouvrir, une dernière fois, pour libérer les esprits qui en sont encore prisonniers. La même chose devrait se passer pour les âmes qui ont tressé ma conscience, et celles de mes frères et sœurs... Cela devrait être rapide. Nous disparaîtrons, tous. Et le monde sera enfin rendu aux mortels.

Un sanglot déchirant ponctua la fin de ce discours ; il avait été lâché par Lana, qui n'avait pu se retenir davantage. L'Emaz se tourna vers sa fille aînée, ou plutôt se jeta dans ses bras, laissant libre cours à son émotion... Le duc Reyan éclata pareillement en pleurs, ainsi que Nolan, puis Niss, Zejabel... Amanón constata avec un soudain regain d'espoir qu'il n'était pas le seul à s'inquiéter du sort d'Eryne. Bientôt, la presque-totalité des héritiers osèrent enfin afficher leur tristesse, par des larmes ou des mines maussades... Le prix de la victoire finale sur Sombre se révélait cher, *très* cher. Trop, selon l'interprète.

Malgré sa détresse, il songea au fameux poème de Romerij, que les vétérans avaient trouvé à Romine. Le dernier paragraphe, en particulier, trouvait en cette nuit un véritable sens... Il y était question d'enchaîner les gardiens, d'ouvrir les portes et de briser les chaînes des éternels... Eurydis ne leur proposait pas autre chose. Mais Amanón n'était pas décidé à l'accepter !

— Le choix vous appartient, conclut Celle-qui-Guide, d'une voix de plus en plus lointaine. Mais faites vite. Je devine que le réveil du démon est proche.

Elle disparut sans autre forme d'adieu, laissant les héritiers avec tout le poids du monde sur leurs épaules.

+ + +

La vision. La vision de Nolan venait de prendre corps sous ses yeux, avec une précision d'une rare cruauté. Tout y était. La salle gigantesque, les corps répandus sur le marbre, le sang... Et les membres de leur petit groupe, blessés, courbés de fatigue et de lassitude, et surtout abattus par la détresse. Ce terrible sentiment d'impuissance, douloureux comme une lame fichée entre les côtes, et dont le Maz avait prédit l'ampleur !

Depuis le départ d'Eurydis, le désespoir des héritiers était pire encore. Ils se retrouvaient seuls devant la fatalité, sans autre choix que celui de mourir ensemble, ou de condamner l'une des leurs... On savait bien quelle était la bonne décision, mais on refusait de lui donner corps en l'évoquant, ou même en y songeant trop longtemps. Chacun pestait contre le destin à sa manière, entre atermoiements interminables, et serments de vengeance qui ne pourraient être tenus... On n'osait regarder Eryne dans les yeux, puis à l'instant suivant on plongeait dans les bras de la malheureuse, qui rendait à chacun son étreinte et un sourire navrant et entouré de larmes.

Nolan n'avait jamais trouvé sa sœur aussi belle, aussi noble, aussi généreuse, bien loin de la caricature de courtisane qu'elle était encore quelques lunes plus tôt. Il avait toujours su qu'elle n'hésiterait pas à se sacrifier pour une bonne cause, pourtant, mais au moment décisif, il espérait presque la voir retrouver son égoïsme de petite bourgeoise gâtée... Il ne fut pas satisfait. Quand Eryne eut embrassé chacun de ses parents, amants et amis, à plusieurs reprises, elle prit de la distance avec eux et s'abandonna à un dernier sanglot. Puis, elle releva son visage larmoyant et prononça les phrases qui devaient la condamner, d'une voix qu'elle voulait aussi assurée que possible : « Je renie le Jal. Cet endroit n'existe pas ! »

Une nouvelle explosion de tristesse secoua les rangs des héritiers ; aucun ne fut capable de parler pendant de longs instants. Eryne attendait à l'écart, ses larmes coulant en un flot continu, surtout depuis qu'Amanón s'était jeté à terre avec un hurlement de bête blessée...

— Ne me faites pas souffrir plus longtemps, les suppliait Celle-qui-Apaise. Manó ! Kebree ! Maman, papa !

— Je renie le Jal, lança le Wallatte à son tour, le visage décomposé et les yeux rouges.

Eryne bondit comme sous l'effet d'un soufflet, mais elle se força ensuite à sourire au barbare, le remerciant pour cette initiative courageuse… Nolan, lui, tournait la tête de tous côtés avec l'impression de perdre la raison. Ou plutôt, en *souhaitant* perdre la raison. C'était la seule chose qui pouvait, peut-être, atténuer sa détresse !

— Amanón ! répéta Eryne au jeune homme mortifié. Papa ! S'il te plaît, papa, sanglotait-elle. Il faut sauver maman, Nolan et tout le monde…

— Je renie le Jal, lâcha enfin Reyan, torturé au plus haut point. Et je vous maudis tous, les Etheques, les dieux et les démons ! ajouta-t-il à grands cris nerveux. Que le néant vous emporte pour toujours !

Sur l'instant, il paraissait dix ou quinze ans plus vieux… Nolan n'avait jamais vu son père dans un tel état de faiblesse.

— Je renie le Jal, enchaîna Zejabel dans la foulée.

Le Maz contempla la mine funèbre de son amante… Son intervention n'était pas étonnante. La Züe était une guerrière, qui avait appris depuis longtemps à accepter les sacrifices. Aussi grande soit la souffrance qu'elle devrait endurer.

— Je renie le Jal, marmonna Grigán à son tour…

Ainsi parlèrent encore Corenn, Léti, Yan et Bowbaq… Eryne ayant accepté son destin, et son propre père comprenant l'importance du sacrifice, les langues se déliaient peu à peu. C'était à chaque fois avec la plus grande des douleurs, et avec de multiples gestes d'affection et de compassion pour la malheureuse et ses parents… Cael finit par se lancer, avec sur le visage le regret évident de n'avoir su défaire le démon pour de bon. Puis Niss s'abandonna à son tour à cette sorte de trahison, avant de plonger vers son amie de dix ans plus âgée et d'étouffer ses larmes dans ses vêtements parfumés !

Ne restaient qu'Amanón, prostré à genoux depuis le début de cette horrible scène, Lana, dont chaque nouvelle déclaration la faisait sursauter comme un coup de fouet, et Nolan lui-même... Le jeune homme songea soudain qu'il serait terrible d'être le dernier à prononcer les mots fatidiques, fut tenté de prendre les devants, puis se refusa à abandonner cette épreuve à sa mère. Ils attendirent ainsi pendant quelques longs instants, sans que personne ne se décide à se lancer... Leur silence fut soudain brisé par un râle effrayant ; en tournant la tête, le Maz aperçut le dernier mouvement que Sombre faisait pour se mettre sur le dos !

Le démon ne bougea plus alors que par quelques tremblements, qui agitaient ses membres de façon régulière... Kebree fit quatre pas vers la créature immortelle, mais Grigán le rattrapa et le ramena doucement par le bras avant que le Wallatte n'aille se sacrifier inutilement. Ils avaient déjà tenté tout ce que la manière forte offrait comme possibilité. D'ici peu, Sombre aurait retrouvé toute sa puissance et sa cruauté... Ils n'avaient pas d'autre choix que d'achever ce qu'ils avaient commencé.

— Maman ? S'il te plaît, maman, insistait Eryne en pleurs. N'attends pas. Si tu m'aimes, fais que vous puissiez tous survivre !

Un nouveau râle du démon troubla l'émotion de la scène, de manière écœurante. C'était davantage un grognement de colère qu'une plainte de souffrance... Lana garda ses mains plaquées sur les oreilles tout le temps que se prolongea le cri, puis elle lâcha enfin les mots au si grand pouvoir, comme s'ils la brûlaient, avant de se recroqueviller dans les bras de son époux. Nolan partageait pleinement la douleur de ses parents, et il savait devoir bientôt l'aggraver encore...

— Amanón ? demanda-t-il doucement. Tu veux... être le dernier ?

— Non, grogna l'interprète, depuis les coudes où il avait enfoui sa tête.

Il se redressa alors, présentant un visage méconnaissable, mélange de pure détresse et de profonde rébellion... Quelque chose dans le regard de son ami fit même peur au Maz. À l'instant suivant, il comprenait pourquoi dans toute son horreur !

— NON ! répéta Amanón, les yeux fous. Je ne veux pas être le dernier ; je ne veux rien du tout ! Il n'est pas question de céder aux caprices des Ondines et de sacrifier la meilleure d'entre nous ! *Je crois au Jal !* clama-t-il, des larmes inondant ses joues ! Les dieux existent ! Je ne veux pas perdre Eryne ! Je crois au Jal ! répéta-t-il, au comble de l'émotion.

Un nouveau hurlement rageur de Sombre vint interrompre son monologue, et les héritiers purent constater que le démon avait réussi à se redresser sur un bras, et qu'il les fixait sous le rideau de ses cheveux noirs avec une moue meurtrière... Nolan se sentit transpercé par ce regard venu tout droit de Karu, comme chacun de ses compagnons, mais Amanón ne semblait pas vouloir céder pour autant ! Ajoutant à la surprise générale, l'interprète ramassa sa lame courbe et commença à s'éloigner du groupe, désignant la seule sortie de la pièce.

— Nous pouvons encore nous enfuir, prétendait-il avec conviction. Nous pouvons encore contourner ce démon, et disparaître ! Nous avons les pierres de Dara ; il ne nous retrouvera pas !

— Il trouvera Eryne, commenta tristement Corenn. Et nous ne pourrons *jamais* le vaincre, tu l'as constaté. Il n'y a pas d'autre solution, mon garçon...

Amanón se frotta soudain le crâne des deux mains, comme pour en chasser ces pensées pessimistes. Il avait vraiment l'air d'un dément, mais chacun savait qu'il n'agissait que par amour... Un amour si grand que le jeune homme était prêt à sacrifier l'avenir du monde pour la seule vie de sa belle !

— Nous trouverons un moyen, insista l'interprète. Nous en avons toujours trouvé, jusqu'alors ! Venez avec moi ! Eryne, viens !

Personne n'osa bouger ; autant par désaccord avec l'assurance du jeune homme, que par crainte du démon qui s'efforçait alors de se mettre debout... Il n'allait pas tarder à y parvenir. En avisant son orbite intacte, là où il n'aurait dû y avoir qu'une plaie béante, Nolan se rappela soudain porter l'épée de Saat. Il la regarda pendre au bout de sa main, inutile, ou presque.

Amanón semblait stupéfait du manque de réaction de ses compagnons. Surtout de la part d'Eryne, qui n'osait même plus se tourner vers lui, cachant son visage dans ses paumes ! Impuissant, hébété, l'interprète s'était donc figé sur place.

— Je ne veux pas te perdre, lâcha-t-il dans un souffle désespéré. *Le Jal existe...*

— C'est *toi*, le traître annoncé par Usul ! accusa soudain Nolan.

Cette évidence venait de lui apparaître, et il l'avait énoncée toute brute de réflexion. Amanón parut s'en offusquer, puis il sembla accepter l'idée...

— Je veux notre victoire à tous, jura l'interprète. Mais pas à ce prix-là ! Il y a forcément un autre moyen !

— Lequel ? répliqua Nolan, en s'avançant avec l'épée. Vois le monstre qui se relève déjà ! Nous n'aurons pas quitté le château de quelques décilles qu'il tombera déjà sur nous !

— Cael pourrait rouvrir un passage sous l'arche, bredouilla Amanón, éperdu. Ou nous trouverions des chevaux. Ou bien...

— Et pour quoi faire ? Pour fuir, encore et toujours, avec peut-être seulement quelques lunes de sursis devant nous ?

Nolan s'étonnait de sa propre énergie ; tout comme les autres, probablement, qui se gardaient bien d'intervenir ! Peut-être le Maz donnait-il l'impression d'avoir la situation en main ; c'était loin d'être le cas... Il sursauta même, alors que Sombre esquissait un premier pas lourd vers eux. Le monstre avait entamé une nouvelle mutation ; sa jambe avait déjà la taille d'une colonne de marbre ! Amanón remarqua soudain l'arme que Nolan avait dressée par réflexe... Il s'en éloigna en quelques foulées, passant même dans le dos du démon. Il avait adopté une de ces expressions noires que l'on aurait plutôt attendue sur le visage de son père.

— Tu ne me tueras pas, prévint-il, les yeux plissés. Je porte un gwelom ; l'épée ne peut pas m'atteindre. Appelle-moi traître si tu veux, mais je cherche seulement à nous sauver *tous*, sans exception.

— Je n'avais pas l'intention de t'attaquer, jura le Maz, atterré.

La passion d'Amanón pour Eryne dépassait vraiment des limites insoupçonnées. Comment ses compagnons n'avaient-ils pu s'en apercevoir plus tôt ? Mais cela n'aurait rien changé, de toute manière... On les aurait seulement félicités pour cette idylle placée sous les meilleurs auspices...

Alors que Sombre s'approchait toujours davantage, regagnant en force, en taille et en laideur, Nolan commença à ressentir les effets d'une véritable angoisse. Il fallait amener l'interprète à changer d'avis, à n'importe quel prix, aussi douloureuse soit la manière de l'en convaincre ! La vue brouillée de larmes, le Maz marcha énergiquement jusqu'à sa sœur et arracha le pendentif qui entourait son cou. Eryne poussa un petit cri de surprise, mais ce n'était rien à côté de sa stupeur, lorsqu'elle vit son frère tendre l'épée vers son ventre !

— Reviens sur tes paroles, ou j'utilise le pouvoir de l'arme pour tuer votre enfant ! menaça-t-il.

Les héritiers étaient sidérés par une telle violence, mais la proximité du démon commençait à les effrayer beaucoup plus ! Amanón, quant à lui, semblait avoir été frappé par la foudre.

— Tu ne ferais pas ça, commenta-t-il d'une voix blanche.

— Et pourquoi pas ? répliqua Nolan, fébrile. De toute façon, nous allons tous mourir bientôt, et par ta faute ! Écoute-moi, mon ami, et tente de retrouver tes esprits. C'est un prêtre qui te parle. Un prêtre qui te demande de faire disparaître les dieux ! Vois mon sacrifice... Et souviens-toi, également, que c'est *ma sœur* qui est menacée ! Tu crois que je refuserais d'écouter une autre solution, si elle existait ?

Amanón voulut peut-être donner une réponse, mais ses lèvres remuèrent sans qu'aucun mot n'en sorte. Après quelques instants, il succomba à un terrible sanglot, puis releva son visage larmoyant vers Eryne en secouant négativement la tête...

— Pardonne-moi, demanda-t-il, au comble du désespoir. Pardonne-moi... *Je renie le Jal !*

Nolan se sentit alors investi d'une étrange énergie, comme s'il venait d'entrer soudain dans un cercle de lumière... Cela l'étonna d'abord, puis le terrifia quand il en comprit la nature ! Sans le désirer, sans s'y attendre le moins du monde... Il venait d'endosser *le rôle de l'Adversaire !*

Il avait été désigné, tout simplement, par l'ordre dans lequel les héritiers avaient condamné Eryne. Il se trouvait ainsi le *dernier* à devoir prononcer les mots fatidiques, qui ouvriraient en grand les portes du Jal pour en libérer les esprits prisonniers. Il était celui qui, du bout des lèvres, pouvait détruire les dieux et annoncer l'avènement d'un nouvel âge. Il était l'élu annoncé par les Ondines ; celui qui de toute l'éternité devait avoir une chance, et une seule, de vaincre Sombre... Et tout ce qu'il avait à faire pour cela était de prononcer une simple phrase.

Ou non.

À l'instant de la décision suprême, Nolan se révélait torturé par l'hésitation. Et si Amanón avait eu raison ? Si les héritiers avaient pu s'échapper sans devoir sacrifier Eryne ? L'interprète s'était toujours montré d'une telle sagesse ; il n'avait pu se tromper à ce point ! Peut-être que le Maz lui-même serait à la fois l'Adversaire *et* le traître, s'il prenait une décision qui s'avérait la mauvaise...

Le regard d'amour que lui rendait sa sœur lui était insupportable ; elle aussi était suspendue à ses lèvres, attendant qu'il la projette dans le néant sans la faire souffrir davantage ! Mais Nolan ne pouvait s'y résoudre encore, écrasé par cette responsabilité. Peut-être que ce moment n'était pas encore le bon ! Peut-être que la fuite était encore possible ! Peut-être que...

Mais, à l'instant où il vit la créature charger vers Niss et Zejabel, le jeune homme lâcha les quatre mots qui devaient faire vibrer l'univers entier.

+ + +

Ce fut comme si on tentait de l'écorcher vive, avec un rasoir émoussé, par cent parties de son corps en même temps.

Puis la souffrance gagna ses muscles, ses entrailles, et même ses os... Ce fut heureusement très bref, à peine le temps d'en prendre conscience, et le voyage put commencer.

Eryne s'imagina soudain flotter dans la nuit étoilée, fonçant, au milieu d'une infinité de traits lumineux, vers une destination dont elle n'avait aucune idée. Elle ne choisissait pas les bifurcations de sa trajectoire, pas plus que les accélérations, les ralentissements inexplicables ou les variations d'altitude... Elle se voyait seulement parcourir de très grandes distances à une vitesse hallucinante, sans pouvoir s'y opposer ou influencer le mouvement.

Très vite, il lui apparut que sa propre forme était identique à celle des serpentins de lumière qui évoluaient à ses côtés. Et ceux-ci étaient étonnamment longs, s'étirant dans les ténèbres en laissant dans leur sillage une traînée deux fois plus étendue encore, et qui ne s'estompait que très lentement... Sans doute les mortels ne voyaient-ils rien du phénomène, car ils auraient cru au lever du soleil en pleine nuit ! Eryne, elle, ne perdait rien du spectacle qui s'étendait sur toute la surface du monde connu. Plus elle approchait du terme de ce voyage, qu'elle devinait soudain tout proche, et plus les traits lumineux se regroupaient en une masse compacte et ondulante. Bientôt, ils furent en vue des montagnes, que plusieurs agglomérations d'esprits gravissaient déjà en direction du sommet. Eryne se retrouva mêlée à des centaines de milliers d'autres consciences ; il en arrivait de toutes les directions !

L'ascension fut rapide, comme le reste de l'expérience. En quelques instants à peine, le serpentin parvint dans des hauteurs inaccessibles des mortels, glissa sur une neige qu'il effleurait à peine, puis plongea dans une vallée ensoleillée qui connaissait ses derniers instants...

Eryne sentit alors la panique de ses voisins ; il ne restait déjà plus ici d'enfants en qui prendre place, plus de dieux pour accueillir les âmes trop faibles pour poursuivre seules leur voyage ! Ce fut le début de la confusion. Désespérés, certains plongèrent dans les profondeurs de Karu, où ils ne devaient pourtant pas trouver davantage de maîtres. D'autres tournèrent comme des poissons pris au piège, ou suivirent des trajectoires improbables, zigzaguant en s'abandonnant à leur panique... D'autres, encore, foncèrent vers les portes qui vivaient leurs ultimes clignotements, espérant atteindre par là un hypothétique monde meilleur.

Eryne croyait avoir su quelque chose à ce sujet ; mais elle était incapable de se rappeler quoi. C'était dans une autre partie d'elle-même. Celle qui n'était pas humaine, et qui s'était effilochée à l'instant où son frère avait renié le Jal... Il ne restait qu'Eryne, désormais. Celle-qui-Apaise n'était plus, son essence dispersée dans les courants mystiques qui couraient entre les mondes. Et la jeune femme ne pouvait que se réjouir d'avoir tant résisté à franchir les derniers stades de son élévation.

Alors que les jardins de Dara finissaient de disparaître, et consciente d'avoir retrouvé son libre-arbitre, elle suivit un moment les esprits les plus nombreux. Ceux qui grimpaient toujours, vers les étoiles, vers cette étrange et magnifique lumière... Puis, elle remarqua un autre serpentin, ridiculement petit, qui progressait à ses côtés. Et elle se souvint soudain l'avoir vu d'un bout à l'autre du voyage ; il ne l'avait pas quittée...

Par la même occasion, elle se rappela que le temps de la dernière étape n'était pas encore venu, pour elle et son fils.

Alors, elle refit tout le chemin à l'envers, fonçant à travers la nuit avec l'esprit de son bébé flottant juste sous elle, comme dans un ventre imaginaire. Elle pressentait que c'était sa dernière expérience surnaturelle. Tout comme elle savait qu'elle en aurait oublié l'essentiel, lorsqu'elle plongerait sur son corps inanimé pour rouvrir les yeux sur le monde... Et c'est exactement ce qui se produisit.

Pourtant, alors qu'elle s'éveillait entre les bras d'Amanón, entourée de ses parents, de son frère, et de tous leurs compagnons, elle se rappela appartenir à une sacrée bande de faiseurs de miracles.

Épilogue

UNE PETITE BRISE descendait parfois du nord, amenant un peu d'air plus que bienvenu sur les toits du palais des B'ree, à Wallos. La terrasse principale était pourtant aménagée comme un véritable jardin, et plantée d'arbustes dispensant une ombre généreuse, mais on y sentait néanmoins toute l'ardeur du soleil de la saison du feu. C'était là qu'Amanón et Keb avaient décidé de passer le premier décan suivant l'apogée, laissant leurs épouses, ainsi que Nolan et Zejabel, se reposer dans la fraîcheur des chambres aux murs séculaires. Les deux hommes ne parlaient presque pas, se contentant de profiter d'un moment de pure détente, pendant lequel ils gardaient le plus souvent les yeux fermés... Mais l'interprète avait toujours été un homme d'esprit, et il ne pouvait empêcher ses pensées de vagabonder dans toutes les directions.

Le monde avait beaucoup changé, en dix lunes, à peine. À commencer par les relations entre Goran et Lorelia, qui étaient revenues à leur qualité d'avant la guerre. Suite à la mort d'Agénor et du prince Alcide, quelques querelles de succession avaient d'abord secoué le royaume marchand... Mais dès que le nouveau souverain était grimpé sur le trône, il s'était empressé de signer la paix avec son puissant voisin, qui y avait consenti d'autant plus facilement qu'il préférait reporter ses armées sur le front du Val guerrier.

Prévenue par son fils de la mort du démon, Chebree s'était elle-même retirée de l'alliance estienne, laissant les Thalittes, les Solenes et les Tuzéens se casser les dents sur les légions du Grand-Empire… Leur débâcle était inévitable, et les ennemis héréditaires des Wallattes étaient piteusement rentrés dans leurs frontières, sans plus pouvoir affirmer leur domination. À la suite de quoi, Chebree avait abdiqué en faveur de son fils, ce dernier bénéficiant d'une popularité supérieure à celle de sa mère. Et de la centaine d'insoumis qui s'étaient sacrifiés pour couper la tête des chefs ennemis, on avait fait des véritables héros de la nation. Toutes leurs familles avaient été honorées par des dons de terres ou des titres de noblesse. Le règne de Kebree semblait, depuis, commencer sous les meilleurs auspices…

Plus personne n'avait entendu parler de l'armée des lémures errant sous la montagne. Jamais les monstres n'avaient surgi dans les égouts de la Sainte-Cité, pas plus qu'ils n'étaient retournés au Mausolée. Sans doute avaient-ils disparu, comme toutes les créatures de Karu et de Dara, au cours de cette nuit terrible pendant laquelle le monde avait connu l'avènement d'une nouvelle ère… Sur ce point précis, les changements n'étaient pas encore très perceptibles. Les mortels n'avaient pas conscience de la perte de leurs dieux ou démons ; il leur faudrait du temps pour le comprendre, des générations, probablement. Ainsi, certains fidèles commençaient même à rebâtir les grands temples d'Ith, voulant rendre son visage à la ville légendaire…

La Jurande, en revanche, s'était vue complètement démantelée, de même que la Légion Grise. Les successeurs d'Agénor et de ses ministres corrompus avaient découvert une foule de documents compromettants sur les relations étroites entre la reine et les sectes démonistes. Considérant la catastrophe où cela avait failli les amener, les Loreliens avaient lancé une véritable chasse aux sorcières sur leur territoire, pour ensuite fournir tous renseignements utiles à leurs voisins, qui avaient agi de même… Corenn et Grigán avaient personnellement pris les choses en main à Kaul, traquant de manière impitoyable tous les Valipondes qui s'y étaient infiltrés. Beaucoup s'étaient enfuis sans même attendre une visite personnelle du vétéran ramgrith !

Cael avait repris ses études à Grand'Maison, en compagnie d'une toute nouvelle camarade de classe, une jolie arque répondant au nom de Niss… La jeune fille avait réussi à convaincre ses parents de la qualité de l'enseignement des Mères, et les deux adolescents en étaient devenus plus inséparables que jamais. Le cousin d'Amanón respirait la joie de vivre, depuis que son démon intérieur avait été anéanti en même temps que le Jal. L'interprète s'était laissé dire qu'il apprenait la magie avec son père.

Bowbaq, Rey, Léti et Yan avaient repris leur vie d'avant, sans la changer d'un iota. Le grand-père était toujours aussi heureux en famille ; les Kauliens vivaient leur passion au milieu des chevaux, et le duc continuait à inventer des pièces de théâtre où il ridiculisait ses pairs de l'aristocratie. Lana et Nolan, en revanche, avaient résolument changé de carrière. Mère et fils avaient abandonné les robes religieuses pour se lancer dans l'étude et l'enseignement de la philosophie, qu'ils estimaient capable de porter les trois vertus de la Sage : Savoir, Tolérance, Paix…

Zejabel n'était pas retournée à Zuïa, malgré les quelques nouvelles encourageantes que des marins ramenaient parfois de l'île natale de la jeune femme. On racontait que des soulèvements avaient eu lieu chez les esclaves, et que les Judicateurs avaient été incapables de les repousser. La tyrannie qu'ils exerçaient depuis des millénaires semblait soudain compromise, sans que l'on en comprenne la raison… Les héritiers savaient, eux, que Celle-qui-Juge ne pouvait plus imposer la terreur depuis son palais du Lus'an. Elle avait été anéantie, comme tous ses frères éternels !

Peut-être fallait-il en regretter quelques-uns ; peut-être l'image de ces enfants dans les jardins de Dara aurait-elle dû emplir les mortels de nostalgie… mais Eryne affirmait le contraire. Elle gardait peu de souvenirs de sa brève expérience de déesse, tout comme Cael avec son démon intérieur, mais elle croyait se rappeler un certain sentiment de libération. Du moins, pour ceux qui partaient rejoindre cette étrange lumière dont elle conservait une vague image dans son esprit.

Des pas se firent soudain entendre dans l'escalier, tirant les deux hommes de leurs rêveries. Nolan précédait Zejabel, Lyn'a et Eryne, toutes trois câlinant leurs bébés respectifs. Le fils d'Amanón était le plus âgé, mais de quelques décades seulement sur celui de la Züe, lui-même né une lune plus tôt avant la fille de Kebree... L'ancien Maz et les trois femmes radieuses de bonheur ne firent que passer en gardant un doigt sur la bouche, en signe de silence, puis ils s'éloignèrent en guidant Lyn'a jusqu'à une partie plus ombragée de la terrasse.

L'interprète les contempla avec une expression béate, se reprochant encore la crise de passion amoureuse qui avait failli les priver de ces instants. Il ne se le pardonnerait sans doute jamais. Puis, il se rappela son travail de traduction des symboles copiés de la porte de Dara, et sa mine se rembrunit... Une question lui brûlait les lèvres, depuis trop longtemps. Il songea qu'il n'aurait peut-être jamais de meilleure occasion de la poser.

– Keb, appela-t-il, très sérieusement. Quand tu nous as parlé de ta vision, celle provoquée par les Ondines... À propos de mon fils... Est-ce que tu nous as bien *tout* dit ?

Le Wallatte resta impassible un instant, puis son célèbre sourire carnassier monta bientôt sur ses lèvres.

– Tu en penses ce que tu veux, répondit-il, vaguement amusé. Tu es libre.

Ainsi s'achève

le Sang du Jal

cinquième et dernier tome du cycle des

Enfants de Ji…

…Merci à tous les lecteurs qui m'accompagnent dans ces voyages depuis maintenant une décennie. Et, comme dit l'artiste, rendez-vous dans dix ans !

P.G.

Généalogie simplifiée :

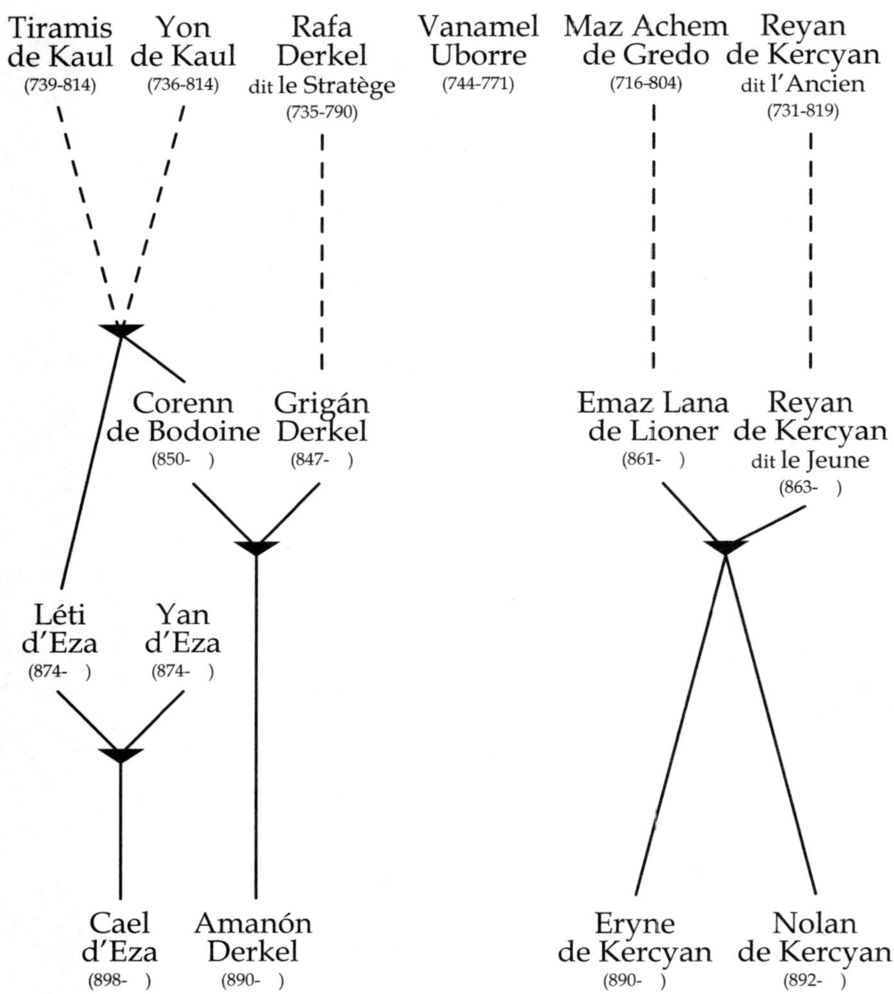

les sages et les héritiers

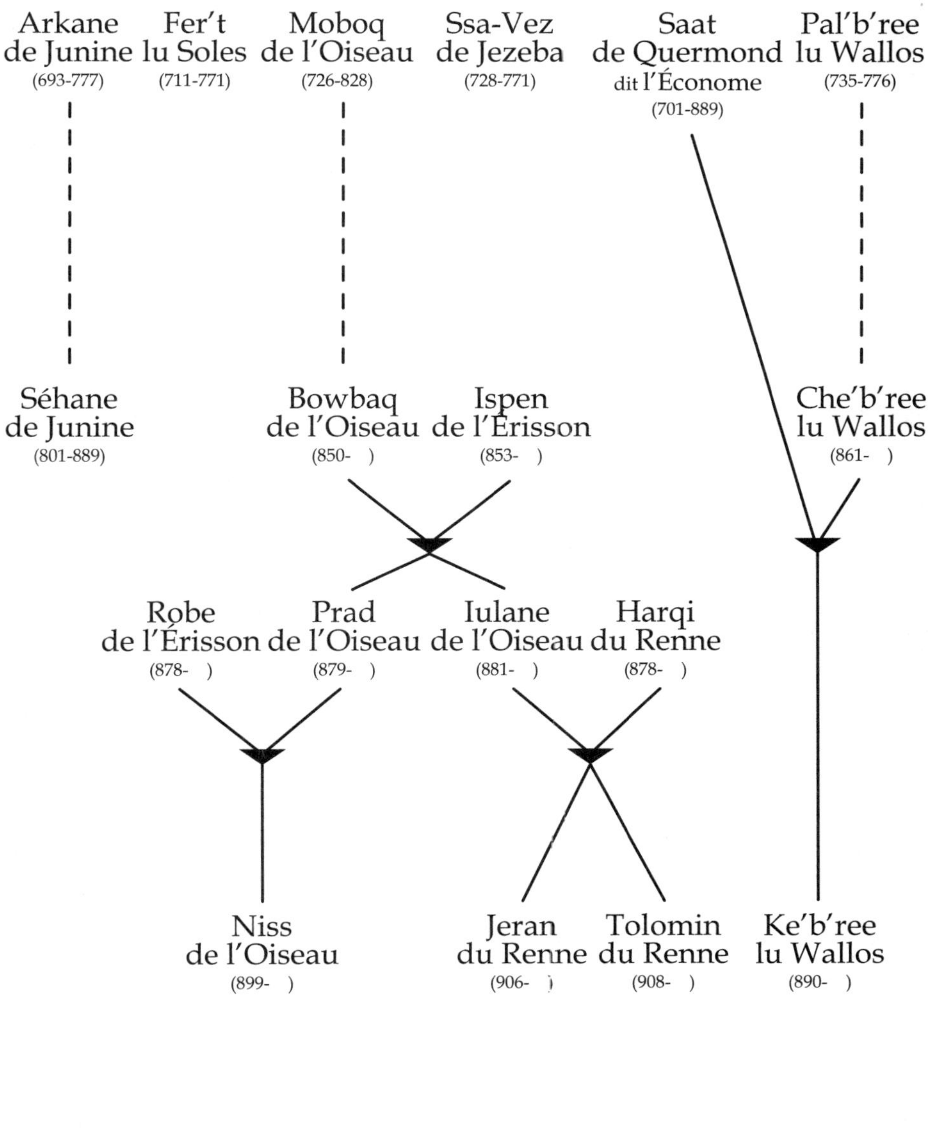

Achevé d'imprimer en juillet 2006
sur les presses de l'imprimerie Darantiere
8, boulevard de l'Europe - BP 8
21801 Quetigny Cedex

Dépôt légal : juillet 2006
N° d'impression : 26-0928

Imprimé en France